L'année du gel

DE LA MÊME AUTEURE

Piqûres de rappel, Calmann-Lévy, 2021.

De la même veine, Calmann-Lévy, 2022.

AGATHE PORTAIL

L'année du gel

ROMAN

J'AI LU

Ouvrage paru sous la direction de Julie Fallon

À mon mari.
Aux viticulteurs qui travaillent à la frontale.
À nos gendarmes.

Lundi 5 juin 2017

À chaque nouvelle ornière, la camionnette de Fabien Etcheverry s'enfonçait un peu plus dans le sol et le bas de caisse se mit à frotter avec fureur sur le gravier. Le chemin qui menait à Haut Méac avait connu des jours meilleurs. Il donnait un aperçu désolant de ce que devenait la propriété. Le jeune patron de la *Boulange du Fleuve* crispa un peu plus ses doigts autour du volant. Il évaluait les dégâts sur son utilitaire tout neuf et maudissait les Mazet qui se montraient incapables d'entretenir leur allée.

Le tee-shirt tiré sur ses épaules de rugbyman, le jean encore blanc de farine, il s'étira en sortant de la camionnette puis frotta méthodiquement ses cuisses du plat de la main. Ses cheveux noirs étaient parfaitement enduits de gel « fixation extrême », ses joues rasées de près avaient perdu depuis peu les rondeurs de l'adolescence et il serrait avec application les dents de manière à faire saillir les maxillaires. Les pains tièdes, tout juste sortis du four, réchauffaient le creux de son coude et diffusaient l'odeur du travail bien fait.

La silhouette impressionnante du château de Haut Méac se détachait à peine sur le ciel sombre. Ses créneaux irréguliers, ses toits pentus mangés de mousse et ses gouttières tordues ne lui enlevaient pas une certaine majesté.

En passant sous le porche de la cour carrée, Fabien se dit qu'il aurait dû laisser ses phares allumés. La nuit était encore épaisse et l'on voyait à peine se dessiner le contour des bâtiments. Fabien nota sans y penser la peinture écaillée des portes charretières, les touffes d'herbe à Robert qui s'étalaient au pied des murs et la bâche qu'on apercevait au loin sur le toit du pigeonnier. Combien de temps encore les Mazet allaient-ils pouvoir cultiver l'illusion de la prospérité ?

« Le drame des viticulteurs d'aujourd'hui, c'est le bâti. » Cette phrase, Fabien l'entendait plusieurs fois par jour lorsqu'il tenait la caisse de la *Boulange* à la place de son apprenti. Il fallait ajouter que Bernard Mazet n'était pas vigneron dans l'âme. Il y allait à reculons, poussé par le sens écrasant du devoir. Trois ans auparavant, la grêle, puis le gel du printemps avaient fini de dissoudre le peu d'optimisme qui lui restait. Mais il continuait, vaille que vaille. Il faisait meilleur être boulanger.

Pour masquer les balafres du terrain raviné, une remorque de gravier avait été déversée au milieu de la cour puis ratissée à la hâte. Ses chaussures s'enfonçaient dans la couche irrégulière de cailloux et le son ricochait sur les murs des écuries et du chai. Fabien pensa au bruit du pain grillé qui s'émiette entre les doigts.

Au loin, un coq lança une première salve de cocoricos puis sembla se raviser et le silence se réinstalla au pied du château. Fabien se rappela de vérifier en rentrant à l'atelier la pousse de ses brioches.

L'escalier qui montait vers le château était couvert de lierre et il se cramponna à l'arête du muret qui bordait les marches tout en serrant contre lui son sachet de papier brun.

Il pressa le pas en contournant l'entrée monumentale et s'arrêta devant une petite porte aux vitres tremblotantes. Il tira avec difficulté la clé de la poche arrière de son jean Armani trop serré et pénétra dans la cuisine. Une odeur d'oignon lui sauta au visage. Le plan de travail au milieu de la pièce était rangé. Les casseroles de cuivre oxydé pendaient tête en bas au-dessus de la crédence et seul le vrombissement du double réfrigérateur troublait l'épais silence.

Fabien se délesta de son encombrant paquet et vit avec soulagement que Bernard Mazet avait laissé à son attention les trente euros qu'il lui devait pour les pains et croissants des jours écoulés. Il n'aimait pas que les clients accumulent les ardoises, surtout les Mazet.

La cuisine avait besoin d'un sérieux coup de peinture. Le carrelage de terre cuite faisait des vagues et les passages répétés des cuisinières, serveuses et femmes de chambre l'avaient terni sans que personne ne juge nécessaire d'y passer une couche d'huile de lin. Fabien posa un regard curieux sur les broches posées à l'angle de la cheminée. Bernard Mazet s'en servait-il encore ? Qui pouvait vivre dans ces murs d'un autre temps, sans micro-ondes, dans cette odeur de vieille soupe et de crasse ? Même récurée à fond, il était évident que la cuisine garderait une vague odeur de chou. Le charme de l'ancien était vraiment une formule d'agent immobilier. Chacun savait qu'il n'y avait rien de plus agréable qu'une belle cuisine fraîchement carrelée de blanc, leds au plafond et frigo intégré.

Drôle d'intrusion dans l'intimité de ces gens que d'entrer dans leur cuisine pendant leur sommeil. Avant de démarrer ses livraisons à Haut Méac, Fabien s'était imaginé un décor moins miteux.

Une porte dans le mur aimanta son regard. On aurait dit une porte de caravane vintage, arrondie aux angles et plaquée d'un affreux formica jaunâtre imitation bois. Elle détonnait à côté de la porte en chêne donnant sur le couloir de service. Fabien avait imaginé dès sa première visite qu'elle donnait accès à un abri antiatomique des années soixante, mais il s'était interdit de l'ouvrir, question de discrétion.

Ses yeux s'animèrent à l'idée de découvrir l'intérieur d'un authentique bunker, vestige de la paranoïa générale qui avait suivi la crise des missiles de Cuba et investissement délirant des ancêtres de Bernard Mazet, du temps où le château de Haut Méac vivait dans l'insouciance des années de belle récolte.

Fabien dressa l'oreille. Pas un murmure, pas même l'écho d'un pas à l'étage.

Bernard Mazet n'allait pas tarder à se lever pour aller travailler à la vigne, avant que la chaleur de juin ne s'abatte sur le domaine. Il ne faisait rien de mal en prenant la minuscule liberté d'ouvrir la porte. Il ne ferait que jeter un œil avant de reprendre sa tournée. L'idée de contempler les parois, qu'il imaginait plaquées de métal argenté, le faisait littéralement trembler d'excitation. Il pourrait ainsi ajouter à sa collection de *Pif Gadget* et de transistors en bois verni l'image mentale d'un lieu tout droit sorti d'un James Bond.

Il s'avança sans bruit et saisit la poignée métallique pointée vers le bas qu'il remonta à l'horizontale avec précaution. Elle venait d'être graissée et ne fit aucun bruit. Il tira vers lui la porte, qui ne bougea pas. Il la poussa, avec plus de force, se disant que le sens de l'ouverture était contre-intuitif. Rien non plus. Les charnières étaient bien de son côté, la porte ne pouvait donc s'ouvrir que vers lui. D'un coup brutal, le jeune Basque força une dernière fois et la porte s'ouvrit avec un bref bruit de succion.

Il entra d'une enjambée dans la pièce sombre, poussé par un élan de curiosité puis s'immobilisa aussitôt, arrêté net par la morsure d'un froid polaire.

La porte de formica ne dissimulait pas un abri antiatomique, mais une chambre froide.

Dans les années soixante-dix, le grand-père de Bernard Mazet, motivé sans doute par l'ennui d'une vie sans surprise et par une grande curiosité pour la chose humaine, avait décidé de mettre son château à la disposition des partisans de l'agriculture biodynamique. Il avait pour cela imaginé un espace de conférences dédié à la mémoire de Rudolf Steiner où se discutaient les dernières expérimentations menées dans des fermes pilotes. On évoquait lors de ces rassemblements les luttes intestines qui faisaient rage au sein du tout nouveau Syndicat d'agriculture biodynamique.

Ces messieurs, tout disposés à éclairer le débat de leurs généreuses lumières, n'étaient pas dénués d'un certain goût pour le confort. Il avait donc fallu installer à grands frais une quantité invraisemblable de cabinets de toilette dans le château. Des trous avaient été percés dans tous les coins pour faire passer l'eau chaude dans chacune des quatorze chambres.

La cuisine avait également subi d'importantes transformations de manière à nourrir ces beaux esprits. Le végétarisme n'ayant pas encore fait florès, il fallait un endroit où stocker les monceaux de viande livrés directement de l'abattoir. On imagina donc une chambre froide disposant de la capacité révolutionnaire de passer d'une température simplement réfrigérante à une température négative, jusqu'à –10 °C.

Fabien se trouvait face à l'œuvre d'un original qui n'avait même pas eu l'idée de faire breveter son concept.

Il trouva à tâtons l'interrupteur qui fit jaillir une lumière crue. Les étagères sur lesquelles reposaient auparavant des dizaines de bouteilles de bière gisaient sur le sol, fracassées. Les crochets à suspendre la viande avaient été arrachés et abandonnés devant la porte. La bâche qui servait à protéger l'intérieur de la camionnette de Bernard Mazet lorsqu'il transportait du gibier était roulée en boule au milieu de la pièce dévastée. Fabien imagina deux fanatiques de catch ayant pris l'espace confiné pour un ring. Il était un peu désorienté et ne savait que faire des impressions étranges qui l'assaillaient. Fallait-il rendre compte de cet étrange bordel à Bernard ? C'était immédiatement se discréditer auprès de la famille Mazet qui le pensait d'une discrétion à toute épreuve. Fallait-il refermer la porte et repartir sur la route pour continuer sa tournée, en reléguant bien loin au fond de sa mémoire les images dérangeantes qui s'étaient imprimées en lui ?

La main sur la poignée, il décida de suivre la deuxième option. Il allait se retirer sans bruit lorsqu'il aperçut sous un pli de la bâche bleue une forme étrange qu'il prit pour un moignon humain. Un avant-bras sectionné au poignet, plus exactement.

Sans écouter ses sirènes internes qui lui commandaient de quitter au plus vite les lieux, Fabien s'approcha.

Ce n'était pas un moignon qui avait attiré son regard, mais l'extrémité d'un coude replié.

L'atmosphère confinée et le silence artificiel de cette boîte hermétique rendaient sa respiration difficile. Il s'agenouilla et, d'une main incertaine, releva la bâche qui craqua comme une feuille raidie par le givre.

Dans le prolongement du coude, il y avait une épaule dont l'angle laissait penser qu'elle était démise : l'humérus faisait une bosse bleuissante qui donna à Fabien des haut-le-cœur. Il remarqua la bretelle d'un débardeur brun. C'était une femme, allongée sur le ventre, les genoux ramassés sous elle. Elle avait dû tenter d'ouvrir la porte en se servant de tout ce qui lui tombait sous la main avant de se réfugier maladroitement sous la bâche.

Son larynx lui tomba dans l'estomac et il sentit ses intestins lui couler dans les jambes. Il avait besoin de s'asseoir. Une fois sur le sol, il tendit la main et sentit sous sa paume la rigidité glaçante de la peau. La chair du bras n'avait plus aucune mollesse, les doigts recroquevillés semblaient impossibles à décrisper.

L'acidité lui monta dans la gorge et il renonça à soulever le reste de la toile. Il se releva et fut obligé de se retenir au chambranle de la porte. Sa main resta brièvement collée à la paroi lisse et il mesura alors combien le froid était intense.

Il ne savait pas s'il fallait laisser la porte ouverte ou non. Il ne savait pas s'il fallait éteindre la lumière. On allait penser que c'était sa faute. On allait le bourrer de coups dans le secret d'une pièce aveugle pour qu'il avoue. Peut-être que sous la bâche, le crâne était défoncé, la gorge béante. Il regarda ses mains. Pas de sang, c'était déjà ça.

Il se sentit pris de nausée et sortit précipitamment par la porte qui donnait à l'extérieur puis essuya plusieurs fois ses mains sur son jean.

Que fallait-il faire, nom de Dieu ? Ses empreintes étaient partout, il ne pouvait plus refermer la chambre et tenter d'oublier. Peut-être qu'il était encore temps de sauver la pauvre fille. Il se sentait incapable de pénétrer de nouveau dans la pièce glacée, ne serait-ce que pour jeter une couverture sur la silhouette étendue. Il n'avait pas de couverture de toute façon.

Il ne pouvait que composer le 18, s'empêcher de vomir, s'empêcher de hurler, s'empêcher de pleurer.

Au bout d'un temps qui lui sembla à la fois court et interminable, Fabien entendit les premiers bruits de la maison qui s'éveillait. Bernard Mazet allait descendre, l'œil ensablé et le pli des draps imprimé sur le visage.

Des pas traînants bruissèrent sur les carreaux de ciment du hall d'entrée, des coups de coude maladroits contre les cloisons résonnèrent dans l'étroit couloir de service, puis Fabien entendit un raclement guttural commun aux fumeurs.

— Qu'est-ce que tu fais là ?

Bernard Mazet, la quarantaine fatiguée, se tenait, interdit, dans l'embrasure de la porte de sa cuisine.

Trois jours plus tôt,
vendredi 2 juin 2017

— Bonjour, dit Élise en entrant dans la cuisine où Daphné Dambérailh dévorait à belles dents une tartine de rillettes.

— Bonjour ma chère, répondit Daphné. Le beurre est sous cloche, les mouches allaient en venir à bout. Ne voulez-vous pas goûter ceci plutôt ? C'est excellent pour les constitutions fragiles.

Élise Ascaride tira une chaise en haussant une épaule. Elle portait avec elle une tension permanente, comme une aura diffuse qui emplissait les lieux où elle pénétrait. Son corps sec, haut comme trois pommes, semblait contenir un nœud et ses yeux foncés posaient sur les choses et les êtres un regard inexpressif. Elle ressemblait ce matin à un gamin échappé d'une maison de correction. Elle flottait dans un débardeur mou. Ses cheveux courts en bataille et ses genoux osseux faisaient peine à voir.

Elle attrapa un bol au milieu de la table en cerisier d'un geste maladroit.

— Voyez-vous, continua Daphné, ma mère partait du principe qu'on devait manger proprement en toutes circonstances. Tout devait se manger du bout de la fourchette. Je n'ai découvert la joie de grignoter un pilon qu'après sa mort. Le blanc de poulet, quel ennui…

Élise ne répondit rien à cette tirade et se versa un généreux bol de café.

Daphné Dambérailh se leva de table pour débarrasser sa tasse et sa soucoupe, dépliant une carcasse interminable. Elle faisait un bon mètre quatre-vingts et portait haut le menton, ainsi que le lui avait recommandé son professeur de maintien à l'adolescence. Ses cheveux étaient d'un châtain suspect étant donné sa soixantaine bien tassée. Elle arborait un nez proéminent qu'elle qualifiait d'aristocratique et son sourire était un défi à l'orthodontie. Ce n'était pas à proprement parler une beauté, cependant elle avait une aisance telle qu'on ne pouvait en aucun cas la trouver laide. Malgré son inamovible tablier aux poches sans fond, elle semblait toujours sur le point de disputer un bridge au Crillon avec la duchesse d'Épernon.

— Qu'avez-vous prévu aujourd'hui ? s'enquit Daphné, une main sur la poignée de la porte.

— Rien.

— Rejoignez-moi au potager, j'ai une foule de courgettes à ramasser et cela m'ennuie au plus haut point.

— Je verrai.

Élise replongea le nez dans son bol, mettant un terme à une conversation déjà beaucoup trop longue à son goût.

Daphné posa sur la table carrée un sécateur parfaitement graissé, puis recula.

— Je vous confie mon outil favori. Faites-en bon usage, ma chère. À tout à l'heure j'espère !

Elle rangea d'une main un torchon blanc et bleu et replaça de l'autre une assiette sur le vaisselier ciré, puis elle sortit par la petite porte de la cuisine qui donnait sur le potager.

L'avantage d'habiter une ancienne abbaye, c'est que les murs conservent la fraîcheur, songea-t-elle au moment où le poids de la chaleur matinale s'abattit sur ses épaules. Elle contempla avec approbation le petit cloître au centre duquel sa grand-mère avait installé le potager. Les clématites prenaient d'assaut les colonnes. Au pied du muret qui délimitait les galeries, des touffes de vergerette formaient un nuage gracieux.

Avec un soupir, Daphné arracha son regard aux jolies bordures et se mit à déambuler entre les carrés de son potager. Les tomates rougissaient, très bien. Les fleurs de courgettes jetaient des taches de couleur dans un fouillis de feuilles duveteuses. Parfait. La ciboulette montait en graines. Mauvais. Daphné se résigna à couper les tiges renflées qui promettaient de si jolies fleurs mauves.

— On ne laisse pas monter en graines la ciboulette, cela affaiblit le pied, récita Daphné.

Elle passa le reste de la matinée à grattouiller, désherber, effeuiller. Quelle plaie ce potager, tandis que le jardin d'agrément derrière la maison était si plein de promesses. Daphné s'imposait chaque jour deux heures de soin au potager avant de se tourner vers ce qui l'intéressait vraiment : ses fleurs, ses arbustes, les massifs où s'épanouissaient les vivaces, la petite serre où levaient les annuelles avant d'être repiquées çà et là au gré de ses envies.

Elle suivit des yeux les arabesques de sa glycine sur la façade et prit quelques secondes pour passer en revue les fenêtres aux petits carreaux typiques du XVe siècle. Il était possible de voir le potager de toutes les pièces. C'était la raison pour laquelle elle ne résistait jamais à y semer quelques graines de nigelles ou de zinnias qui trouvaient leur place entre les envahissantes courges et les framboisiers revêches.

La pierre brune de sa maison n'était pas celle typique de la région. Les moines qui avaient fondé l'abbaye en 1467 se méfiaient de cette pierre si blanche et si friable. Ils firent venir par voie fluviale la bonne pierre d'Auvergne, bien dure. L'abbaye détonnait dans ce paysage de vignes et de chais lumineux. Il n'en restait finalement que le cloître et les bâtiments annexes : cellier, dortoirs, salle capitulaire où les arrière-grands-parents de

Daphné Dambérailh avaient installé leur salon. L'église abbatiale en elle-même avait été pratiquement rasée à la période révolutionnaire. À la pensée qu'elle aurait pu hériter d'un clocher à entretenir, Daphné frémit.

Prosper Mérimée avait sauvé ce qui restait du bâtiment en le classant en 1840. Fort heureusement, l'abbaye n'avait pas, ou peu, servi de carrière de pierres aux gens des alentours. En cause, la pierre brune, qui ne pouvait en aucun cas boucher harmonieusement les trous des bâtiments en pierre de Frontenac. Daphné connaissait chaque maison des alentours où saillait une pierre incongrue. Elle n'allait pas jusqu'à traiter les propriétaires de pillards, mais elle n'en pensait pas moins.

Sa locataire n'avait finalement pas tenu compte de son invitation à la rejoindre. Dans la fraîcheur de la cuisine, Daphné retrouva le sécateur exactement là où elle l'avait laissé.

La jeune fille était partie Dieu sait où, pianoter sur ses téléphones portables qui bipaient sans arrêt. Les soucis de la nouvelle génération laissaient Daphné perplexe.

La cafetière avait été reposée sur son socle sans qu'Élise eût la présence d'esprit de l'éteindre. L'odeur de café recuit emplissait la cuisine et couvrait le parfum des lys que Daphné avait disposés sur le vaisselier. Accueillir des étrangers chez soi n'était pas chose facile.

La nécessité de trouver un complément de revenus s'était fait cruellement sentir lorsque sa voiture avait rendu son dernier soupir en arrivant en haut du chemin qui menait à l'abbaye.

Elle avait donc réfléchi à un plan d'action qui lui permettrait de faire face à cette dépense imprévue. La location d'une ou deux chambres lui était apparue comme une idée lumineuse. Elle n'avait qu'une angoisse : voir les touristes asiatiques se précipiter à sa porte. Elle avait beau savoir que leur civilisation millénaire reléguait l'Europe au rang de demoiselle, elle ne pouvait se retenir d'éprouver une forme de dégoût pour leur visage, qu'elle trouvait bizarrement aplati, et pour leur odeur corporelle. Seuls les Japonais trouvaient grâce à ses yeux.

À la vue de la mine maussade de sa première locataire lorsqu'elle avait ouvert la porte d'entrée, Daphné avait eu un moment de doute quant à ses critères de sélection.

Élise Ascaride n'était pas dérangeante, mis à part peut-être les tatouages étonnants qui criblaient l'intérieur de ses bras. Des séries de chiffres qui évoquaient pour Daphné des coordonnées GPS.

Cela faisait une dizaine de jours qu'elle était arrivée et elle ne parlait pas de départ. Elle traînait son petit corps maigre de la cuisine à la chambre. Le seul endroit de l'abbaye où Daphné la voyait de temps en temps, c'était le salon à musique où elle se cachait derrière les lourds paravents de bois exotique. Elle choisissait un fauteuil face à la fenêtre et restait figée pendant des heures, le regard happé par la lumière. Son visage fermé et son appétit de moineau avaient découragé l'enthousiasme accueillant de sa logeuse. Cependant, depuis quelques jours, Daphné avait noté des progrès. Pas un sourire, pas encore. Mais une touche de rose sur les pommettes, une fesse un peu moins creuse sous le jean moulant.

— Bonjour, Madame Daphné.

Une petite femme replète se tenait devant l'évier, une éponge à la main. Ses cheveux grisonnants étaient soigneusement frisés chaque mois chez le coiffeur de la rue principale de Lafontac. Son large derrière tirait sur les coutures de sa blouse fleurie et elle avait du mal à boutonner son corsage qui menaçait de s'ouvrir jusqu'au nombril à chaque respiration.

Daphné remarqua que sa femme de ménage tenait au creux de la main une petite poignée de miettes ramassées sur la table du petit déjeuner.

— J'apporte le saladier à pudding, Isabelle ! s'exclama-t-elle.

Interdite, Isabelle resta la main en suspension.

— Voilà ma chère, laissez les miettes ici. J'aurai bientôt de quoi faire un gâteau au raisin. C'est bien la seule chose que les Anglais nous aient transmise de valable.

Résignée, la femme de ménage jeta les miettes du petit déjeuner dans un saladier en verre où s'amoncelaient déjà quelques quignons de pain rassis.

— J'ai commencé par le salon à musique, Madame Daphné, annonça Isabelle en se frottant les mains. La pendule d'officier qui était sur le piano, vous l'avez rangée ailleurs ? Elle m'aidait bien à calculer mon temps...

— Comment Isabelle ?

Absorbée par la problématique des gauras qui devenaient envahissantes dans le jardin de derrière, Daphné sembla émerger des abysses.

— J'ai pas vu la pendule d'officier sur le piano, répéta Isabelle avec patience. Vous l'avez bougée ?

— Pas du tout, elle devrait y être, je ne la déplace jamais ! J'ai trop peur que la poignée ne lâche et que le boîtier ne se fracasse par terre. Toutes ces petites roues, ces ressorts bizarres... Tant qu'elle marche, je n'y touche pas.

Isabelle saisit en une fraction de seconde l'urgence de se justifier.

— Moi je n'ai rien pris non plus, Madame Daphné ! Vous me connaissez, je suis franche comme l'or. Je n'aurais jamais emprunté une petite cuillère à ma propre mère sans la lui demander.

Daphné, de nouveau perdue dans ses pensées, répondit distraitement :

— Oui, oui, Isabelle, merci.

Une fois dans l'entrée, elle marmonna :

— Ma montre d'abord, cette pendule ensuite... Je devrais sans doute en parler à Géraud. Ou au docteur Chaleau ! Qui sait, je vieillis, ça n'est pas réjouissant.

Elle remit distraitement un abat-jour d'aplomb avant de gravir l'escalier qui menait au premier étage. Les marches étaient d'un bloc et des années d'usage les avaient creusées en leur centre jusqu'à ce que les arêtes en soient totalement émoussées.

Le palier du premier étage était organisé autour de la cage d'escalier. Une rambarde sculptée entourait l'immense trémie et permettait d'embrasser du regard le hall d'entrée et sa porte cloutée.

Daphné passa d'un pas rapide devant la porte d'Élise Ascaride puis entra dans sa chambre. Elle s'assit sur son lit, songeuse. La montre disparue n'avait pas de valeur particulière, sinon pratique. Mais la pendule aurait pu atteindre des sommets en salle des ventes.

Elle se saisit du téléphone posé sur sa table de nuit et posa sa boucle d'oreille droite à côté de son verre à eau.

— Allô, ici Daphné Dambérailh, puis-je parler au major je vous prie.

— Un instant, madame, répondit un jeune élève gendarme.

Une insupportable musique d'attente grésilla dans le combiné que Daphné éloigna aussitôt de son oreille.

Une tasse de café refroidissait sur le bureau du major Dambérailh qui regardait avec désespoir une série de rappels s'afficher sur son téléphone mobile. Il se passa la main sur le crâne et soupira au souvenir de la touffe de cheveux blonds qu'il avait trouvée sur son oreiller au réveil. À cette allure, les golfes qu'il tentait de camoufler de chaque côté de son front allaient bientôt se rejoindre et isoler une houppette sur le devant, tel un iceberg qui se serait séparé de la banquise. Le major saisit sa tasse et grimaça lorsqu'il se rendit compte que son café n'était déjà plus assez chaud. Il quitta sa chaise et s'étira, les yeux papillotants d'avoir trop fixé son écran. Sa femme imputait aux nouveaux modes de travail de la gendarmerie les poches qui s'alourdissaient sous ses yeux. Quant à lui, il cherchait une explication du côté du manque de sommeil. Il ne trouvait même plus le temps d'accomplir son jogging bihebdomadaire et surveillait avec inquiétude l'évolution de son abdomen. La sonnerie du téléphone le tira des considérations déprimantes qui s'imposaient régulièrement à lui depuis qu'il avait fêté ses quarante-quatre ans.

— Allô ? Tante Daphné ! Que puis-je pour vous ? s'enquit Géraud Dambérailh avec jovialité.

Les appels de Daphné Dambérailh n'étaient pas quotidiens mais presque ; elle avait toujours un accrochage, un chien errant ou un feu défaillant à signaler à son neveu qui accueillait avec bonne humeur ces interruptions, tant qu'elles restaient brèves.

— Voilà, tu sais que je loge depuis peu une jeune femme, je reçois également des locataires occasionnels, bref, il y a du passage. Eh bien, figure-toi que ma montre a disparu, ce qui n'est pas dramatique. Mais ce matin, Isabelle me dit que la pendule d'officier d'oncle Raoul a disparu également. C'est plus ennuyeux, vois-tu.

— Je comprends..., répondit Géraud Dambérailh en faisant un signe impatient au gendarme à peine sorti de l'adolescence qui lui tendait un dossier par l'entrebâillement de la porte. Je vous envoie quelqu'un dans l'après-midi.

— Pas avant ? interrogea Daphné, déçue du peu d'utilité de son lien familial avec la crème de la gendarmerie locale.

— Non, ma tante. Je vous envoie une équipe pour la routine, prendre les empreintes et vérifier si vous avez été victime d'une effraction. Mais j'imagine qu'Isabelle a fait le ménage avec application et qu'il ne reste pas un grain de poussière ni un indice valable.

— En effet, soupira Daphné. C'est bien la première fois que je regrette son efficacité. Merci, mon chéri. Dis-moi, peux-tu m'envoyer Géraldine ? Je lui dois quelques pots de confiture de framboises de l'année dernière, ça débarrassera le cellier.

— Géraldine est occupée à vérifier le dispositif de sécurité sur le terrain du festival qui ouvre demain.

— Alors Louis ? Mais pas ton M. Péon, je te prie. Avec ses grands pieds et ses battoirs en guise de mains, il va forcément casser quelque chose. Il est si gauche ! Je me demande encore comment il a pu réussir le concours.

— Tante Daphné, s'impatienta le major, ce n'est pas à la carte. Nous faisons comme nous pouvons avec les hommes et les femmes disponibles, un point c'est tout. Je vous envoie les deux que j'ai sous la main. Et téléphonez à votre assureur ! Bonne journée, ma tante.

Géraud Dambérailh raccrocha, agacé.

Il leva les yeux sur la porte écaillée qui l'isolait visuellement du couloir. Phoniquement parlant, c'était une passoire. Que la porte soit ouverte ou fermée, il profitait du concert de jérémiades qui s'élevaient du guichet, du boucan de Géraldine Amblevert qui occupait le bureau d'à côté et qui avait le don de taper sur son clavier d'ordinateur comme une forcenée, tout comme des bruits de la chasse d'eau qui gargouillait toutes les dix minutes. À croire que ses hommes avaient tous besoin de se faire opérer de la prostate.

Des posters bleuis *La gendarmerie recrute* masquaient une peinture indéfinissable, entre le vert et le bleu, qui donnait à son bureau une atmosphère d'aquarium négligé.

— Frégé ! Péon ! cria-t-il de sa chaise.

Il se leva et grommela quelque chose contre la scandaleuse absence de privilèges dus à son rang. Il avait bien besoin d'un fauteuil un minimum rembourré et devait se contenter d'une chaise de cantine comme le troufion de base. Le couloir qui menait à l'accueil était désert.

— Frégé !

— Oui, major ?

Louis Frégé sortit la tête du bureau voisin. Géraud Dambérailh le soupçonna de s'être endormi sur la table inoccupée de sa collègue. Ses gars traînaient la patte alors même que l'été, avec sa collection de cambriolages, de conduites en état d'ivresse et de bagarres en tout genre n'avait pas commencé. Le principe de la microsieste était plus qu'un confort : une nécessité ! Il n'était lui-même pas en reste après avoir enchaîné les soirées dehors, les week-ends tronqués et les longues journées de patrouille. Le boulot avait toujours connu ses moments de « bourre », comme disait son équipe entre deux portes, mais depuis deux ans, l'exception était devenue la règle. Les directives liées à la lutte antiterroriste usaient à petits feux les plus solides de ses gars. Géraldine était la seule qu'il n'avait jamais surprise à bâiller, il aurait donné cher pour savoir à quoi elle carburait. Elle ne jurait que par la tisane, mais il y avait certainement un truc.

— Il faut aller chez Daphné Dambérailh, on lui a volé une pendule de valeur. Où est Péon ?

— Aux toilettes, je pense.

Le jeune gendarme jeta un œil par la fenêtre en soupirant. La simple idée de la chaleur qui l'attendait à l'extérieur lui fit monter la sueur au creux des aisselles.

— Péon ! appela de nouveau Géraud avec impatience. Péon, au feu !

Un bruit de chasse et des coups désordonnés résonnèrent dans la cabine mal isolée installée en bout de couloir. Jean Péon en sortit, reboutonnant à la hâte son pantalon.

— Pardon, major, mais il n'y avait plus de papier. J'étais ennuyé.

Jean Péon approchait gentiment de l'âge de la retraite. Il était spécialiste de l'enquête de voisinage, toutes les mamies lui trouvaient un air bonhomme qui leur donnait envie de s'épancher. Ses cheveux gris coupés court lui donnaient une allure martiale que démentaient deux yeux rieurs. Les personnes entrant dans la gendarmerie le prenaient systématiquement pour le plus gradé. Géraud Dambérailh s'en accommodait fort bien et laissait le plus souvent les gens dans l'erreur, ce qui lui évitait d'écouter les récriminations sans intérêt de ceux qui s'estimaient trop importants pour être pris en charge par la piétaille.

Géraud ne put s'empêcher de fixer son regard sur les larges mains de son subordonné. Il avait les ongles coupés à ras, les doigts épais et des articulations gonflées qui s'apparentaient à des boulets de percheron. Il fallait reconnaître que Jean Péon semblait davantage équipé pour casser des noix à mains nues que pour jouer de la flûte traversière.

— Péon, vous allez accompagner Frégé à l'abbaye, il y a eu un vol apparemment. Vous embarquez le matériel.

— Le laser est arrivé, major ?

— Non, bien sûr que non. On ne l'a pas commandé.

Les deux sous-officiers se regardèrent, interloqués.

— Mais pourquoi, major ? Vous savez bien qu'on n'en peut plus de la poudre conventionnelle.

Louis Frégé ressemblait à un nourrisson à qui on aurait retiré le sein en milieu de tétée.

— Pas de budget, répondit laconiquement le major.

Il commençait à haïr ces trois mots qu'il prononçait plusieurs fois par jour et à tous propos. La machine à capsules ne fonctionnait plus. Pas de budget. Péon avait apporté une plaque électrique d'étudiant et sa vieille cafetière italienne qui remplissait le local cantine d'une odeur de brûlé.

Les ordinateurs portables, pas de budget. Géraldine Amblevert et Louis Frégé partageaient une vieille bécane qui roulait sous un système d'exploitation obsolète. Seule la tablette qui permettait de saisir les dépositions sur le vif avait encore bonne allure. Elle avait à elle seule englouti une bonne partie du budget matériel.

Péon prit un ton plaintif qui eut le don d'exaspérer Géraud :

— Mais major, Frégé a des crises d'éternuements terribles à chaque prise d'empreintes. Je suis obligé de me farcir tout seul le boulot ! Soi-disant que la poudre est « non allergène », mon œil.

— Je sais, les gars, et moi, j'aimerais bien un fauteuil correct au lieu d'une chaise d'écolier, une fourgonnette neuve et une personne de plus ! Au boulot !

Péon grogna en tournant les talons :

— Pas de laser, pas de PQ, ça va mal ici, ça va mal.

— Quelle route, mais quelle route ! J'en ai des haut-le-cœur. Vincent, rappelle-moi de ne plus jamais monter dans ta voiture.

Léonie Chastaignié claqua la portière de la petite Z3 sans ménagement. Elle embrassa d'un œil critique l'imposante façade du château de Haut Méac.

Deux colonnes néoclassiques encadraient une porte en bois laquée du rouge sang caractéristique des demeures de la région. Elles étaient toutes deux jointoyées de frais et filaient jusqu'aux fenêtres du deuxième étage. L'effet était spectaculaire mais ne faisait qu'accentuer un contraste douloureux entre la splendeur pimpante de l'entrée et le reste de la façade. Des pierres manquaient aux corniches, certaines tours semblaient édentées. Au deuxième étage, les volets intérieurs étaient fermés. La vigne vierge qui grimpait le long du mur avait été partiellement arrachée, emportant avec elle de larges éclats de pierre. Du fond de la cour carrée, il n'était pas possible d'apercevoir la tour nord, ce qui limitait l'impression de désolation. En effet, depuis 1983, cette grande tour vivait une convalescence prolongée. Une femme de chambre avait oublié de débrancher le fer à repasser dans la lingerie au dernier étage avant de quitter le château pour la nuit. Le feu avait ravagé la totalité de la charpente de la tour, entraînant dans son souffle brûlant les huisseries et les planchers. Les fenêtres aveugles laissaient entrer la pluie aussi bien que les hulottes qui parsemaient le sol de pelotes dans lesquelles les enfants de Haut Méac avaient aimé reconnaître de minuscules os de souris.

— Pas trop mal. Qui a trouvé ça ? interrogea-t-elle sans se tourner vers les deux autres personnes qui sortaient de la voiture en s'étirant.

À trente ans à peine, elle en paraissait dix de moins. Sa robe rouge cerise mettait en valeur son ventre rond. Des cheveux ébène flottaient sur ses épaules et adoucissaient la ligne haute de ses pommettes. La maternité l'avait légèrement arrondie mais ne gommait pas les aspérités d'un corps un peu pointu. Elle avait juste ce qu'il fallait de chair pour que son nez soit plus épais qu'une lame de couteau. Ses yeux étaient légèrement trop enfoncés et ses paupières un peu lourdes accentuaient son air las. Elle avait le teint mat, presque bistre, et les deux petits bras osseux qui sortaient de sa robe vive semblaient à peine capables de porter son lourd sac à main de marque.

— Clara, je crois, répondit son compagnon, affairé à tirer une première valise du coffre.

Un peu essoufflé, il se massa le bas du dos et regarda sa compagne du coin de l'œil. Corentin Le Doussot était une bonne pâte. Son ambition majeure était de voir passer un sourire sur les lèvres de sa compagne. Il était aussi doux qu'elle était sèche et l'assumait sans complexe.

— Ça peut aller à première vue. J'espère que les chambres donnent à l'ouest, j'ai remarqué en passant un vieux bâtiment magnifique. Ça serait parfait en toile de fond.

Elle tourna les talons puis entreprit de monter les marches qui menaient au perron du château, sans un regard pour Corentin qui peinait à tirer valises et sacs dans la cour accidentée.

— Elle est toujours comme ça avec toi ou c'est uniquement quand elle est enceinte ? lança Vincent Brun-Mareuil qui fit tinter à l'intérieur de sa main les clés de sa petite voiture de célibataire jusqu'à ce que le bruit en devienne agaçant.

Il connaissait Léonie depuis bien plus longtemps que Corentin et ne boudait pas les occasions qu'il avait de le lui rappeler. Il l'avait rencontrée dès leur deuxième année d'études, lorsqu'il occupait le poste enviable de trésorier du bureau des élèves. Léonie était secrétaire générale.

Corentin Le Doussot ne s'était greffé que quelques années plus tard à leur petit groupe. Vincent le trouvait beaucoup trop gentil. D'après lui, une femme comme Léonie avait besoin de poigne, de répondant. Il fallait cependant reconnaître que Corentin savait l'apaiser comme personne lorsqu'elle commençait à grimper au cocotier.

Côte à côte, Vincent et Corentin regardèrent Léonie gravir les marches irrégulières qui reliaient la basse-cour au château. Le contraste entre les deux hommes n'était pas à l'avantage de Corentin. Sa calvitie naissante, son léger embonpoint et son jean mal coupé lui donnaient l'allure d'un représentant de commerce en week-end. Son polo bleu marine portait des plis très nets, résultats d'un repassage méticuleux qui se terminait par un jet de vapeur une fois le polo plié. Corentin Le Doussot ne voyait pas de problème à repasser lui-même ses affaires. De toute façon, Léonie refusait de prendre en charge la corvée du linge. Pour elle, l'étape entre le panier et le dressing n'était qu'un trou noir.

Vincent Brun-Mareuil ne connaissait pas ces problématiques, il avait une femme de ménage. La trentaine à peine entamée, il portait les cheveux coiffés vers l'arrière, le plus souvent retenus par une paire de lunettes de soleil de luxe. Il était gai comme un enfant et contradictoire comme un adolescent, à la fois inquiet de son apparence et déconcerté de voir l'effet qu'il produisait parfois sur les femmes. Il préférait fuir tout ce qui ressemblait à une contrainte, quitte à jeter le bébé avec l'eau du bain. La vie de couple, par exemple, lui semblait largement surestimée au regard des tracasseries infinies qu'elle engendrait. Dans un autre registre, une belle voiture cessait de l'intéresser dès qu'elle montrait des signes de faiblesse et réclamait le garage plus d'une fois par an.

Trop occupé à s'autocongratuler pour les choix très avisés qui guidaient sa vie, Vincent Brun-Mareuil ne comprit pas pourquoi Corentin lâchait sacs et valises et se précipitait vers l'escalier de pierre.

Les escarpins à semelles lisses de Léonie avaient glissé sur le lierre qui tapissait les marches du petit escalier. En une fraction de seconde, elle s'écroula en bas des marches, sans opposer plus de résistance à la chute qu'une poupée de chiffon.

— Ça va ? Chérie ? Tu t'es blessée ?

Les questions de Corentin claquèrent dans l'air, chargées d'angoisse.

Léonie, recroquevillée dans sa petite robe cerise, croisait les bras autour de son ventre. Elle ne bougeait pas. Corentin s'agenouilla, il passa avec douceur une main sur le petit visage fermé pour dégager les cheveux bruns qui couvraient le visage de sa femme. De longues mèches s'étaient prises dans les commissures de ses lèvres.

Elle entrouvrit les yeux et répondit d'une voix pâteuse :

— Laisse-moi respirer. Je n'ai rien.

— Où as-tu mal ? Ton ventre, ça va ?

Corentin tentait de maîtriser la panique qui lui vrillait l'estomac et faisait dérailler sa voix.

— Ça va.

Léonie referma les yeux comme pour s'extraire quelques secondes de la scène. Corentin, les mains ouvertes en coquilles sur ses genoux pliés, ne savait que faire.

— Laisse-moi la porter jusqu'au château, intervint Vincent qui l'écarta sans ménagement.

Corentin, encore livide, acquiesça sans dire un mot. Il aurait été bien incapable de porter Léonie où que ce soit.

En luttant pour retrouver son souffle, il se remit debout. Vincent emportait déjà Léonie dont les bras et les jambes balançaient mollement.

Corentin frotta silencieusement ses paumes marquées par le gravier. Le sang battait dans la cicatrice encore fraîche qui lui barrait l'abdomen. Il s'était pourtant efforcé de se réjouir de cette semaine de retrouvailles, mais partager Léonie avec l'indéboulonnable groupe de ses compagnons d'études lui déplaisait. En leur présence, il ne reconnaissait pas tout à fait la femme qu'il aimait. Elle riait si fort, maniait le verbe avec une telle acidité dans le seul but de faire rire grassement Pierre et Vincent que c'en était presque gênant quand on connaissait comme lui l'autre versant. Il vivait dans sa chair le sentiment d'imposture qu'aurait dû ressentir Léonie.

Sans prendre la peine de retourner à la voiture, il monta pesamment les marches en direction du château, contourna deux vasques en pierre monumentales d'où débordaient des campanules mauves à demi défleuries puis s'arrêta à quelques mètres de la porte d'entrée. L'entrebâillement lui permettait de voir Léonie, assise sur une chaise apportée à la hâte dans le hall d'entrée, ainsi que Vincent, le poing sur la hanche et le front barré d'une ride d'inquiétude. Face à eux, une jeune femme blonde exhibait des jambes bronzées prises dans un short blanc beaucoup trop court.

— Ma pauvre, quel choc. Je rêvais d'une autre arrivée ! dit l'hôtesse d'un ton plaintif en s'agrippant au dossier de la chaise où Léonie se tenait, encore pantelante.

— Je vous assure que je ne sens rien d'anormal, protesta la jeune femme.

Corentin réprima un mouvement de surprise lorsque Alexane Mazet se tourna vers lui. Elle était largement plus âgée que ce à quoi il s'était attendu. Son visage trop bronzé semblait nacré sur le haut des pommettes. La bouche charnue était belle encore, mais s'ouvrait sur un sourire d'une blancheur dérangeante.

Une multitude de bracelets dorés cliquetaient à son poignet. Une bague énorme pendait littéralement à son annulaire gauche, éclipsant une alliance fine comme un cheveu.

Elle souffla pour dégager la mèche blonde qui lui cachait l'œil et reprit :

— Vos amis ont téléphoné, ils ont pris un peu de retard. J'en profite pour vous montrer vos chambres !

Elle attrapa d'un geste calculé les clés qui pendaient au râtelier de bois et d'ivoire fixé sur la colonne de l'escalier afin d'exhiber son ventre plat. Le pied sur la première marche de l'escalier de pierre blanche, elle se retourna d'un air désolé.

— Ma chère, je crois que nous allons devoir vous laisser seule quelques minutes, il me semble que vous ne devriez pas monter les escaliers avant d'avoir un peu récupéré.

Léonie répondit d'un sourire pâle et fit signe à Corentin de suivre Alexane Mazet. Il ne put se résoudre à la quitter des yeux tant que la courbe de l'escalier le lui permit. Lorsqu'il ne la vit plus, il entendit un soupir douloureux se répercuter sur les murs nus du hall d'entrée.

— Voilà la chambre que je vous ai réservée, claironna Alexane Mazet.

Elle ouvrit une double porte dont les battants montaient jusqu'au plafond.

Corentin fut saisi par la vue. La fenêtre ouverte laissait entrer un parfum de jasmin. Le château dominait de toute sa hauteur un vallon où les rangs de vigne dessinaient des lignes de fuite concurrentes. Des bosquets de frênes et de marronniers ponctuaient les angles des parcelles cultivées et offraient aux vaches bazadaises quelques îlots d'ombre.

C'était à peine si la route qui serpentait jusqu'au village marquait le paysage tant les touffes de sauge en rétrécissaient le tracé sous leurs épis violets. Peut-être cette semaine de vacances forcées lui permettrait-elle finalement de se reposer l'esprit. Il se retourna vers Alexane Mazet qui attendait un commentaire flatteur.

— Je me suis permis de faire suivre mon courrier en prévision de cette semaine. J'espère que cela ne vous dérange pas.

— Pas du tout, répondit-elle. Je vous montrerai l'endroit où les lettres sont déposées. Vous trouverez à gauche la salle de bains, continua-t-elle, les yeux fixés sur Vincent dont elle cherchait à attirer l'attention. La baignoire date d'avant-guerre, elle n'est pas particulièrement confortable pour lire mais on y tient à deux.

Elle rit à sa plaisanterie et en profita pour rejeter légèrement ses cheveux vers l'arrière. Vincent ne remarqua pas sa démonstration de charme et s'approcha de Corentin qui contemplait par la fenêtre le ballet des engins agricoles. Leur va-et-vient inlassable d'un bout du rang à l'autre évoquait le mouvement monotone de l'aiguille piquée dans l'ouvrage puis tirée, puis repiquée. La ligne d'horizon était troublée par des ondes de chaleur qui imprimaient à l'air une vibration continue.

— Léonie a eu gain de cause sans même avoir à faire un scandale, observa Vincent, le doigt pointé sur une demeure dont la façade brune contrastait avec les maisons blanches rassemblées au gré des lieux-dits.

Le vrombissement d'une voiture se rapprochant de Haut Méac emplit la chambre.

— Les autres arrivent, signala Corentin.

— Je vous montre votre chambre rapidement, monsieur Brun-Mareuil, s'empressa Alexane Mazet, un pied dans le couloir, l'autre dans la chambre.

— J'espère que la vue sera du même acabit !

— Je crois que vous et Mlle Delage en serez satisfaits, répondit Alexane qui cherchait la clé suivante dans le fouillis de son trousseau.

— Pardon ? s'étrangla Vincent. Nous occupons la même chambre ?

— J'ai commis un impair ? (Alexane ouvrit des yeux ronds et sortit une feuille pliée en quatre de la poche arrière de son short.) Mon mari m'avait noté trois couples et une personne seule.

— Deux couples et trois personnes seules, corrigea Vincent.

— C'est Bernard, il rêve, toujours la tête dans ses vignes et les pieds on ne sait trop où, soupira Alexane Mazet.

— Que fait-on ? interrogea Vincent. Aucune envie de partager une chambre avec Olivia.

— C'est ennuyeux… Comme vous le savez, nous n'avons que quatre chambres à la location. Les autres ne sont tout simplement pas en état.

Alexane se tapota la lèvre du bout de la clé.

— Mes beaux-parents ont une chambre. Vous êtes passés devant chez eux à l'entrée de l'allée. Ils occupent la maison de gardien.

— C'est un peu gênant, fit observer Vincent.

— En effet, je ne peux pas leur demander ça, soupira Alexane. Je m'expose à des réflexions jusqu'à Noël et au-delà !

— N'y a-t-il pas un hôtel pas trop loin ? Quelqu'un qui loue des chambres ou des studios à la semaine ? Vincent, tu n'es pas trop difficile…, intervint Corentin.

— Il y a une possibilité ! s'exclama Alexane. Notre voisine, Daphné Dambérailh, a pris une locataire il y a deux semaines. L'abbaye est immense, elle aura certainement de quoi nous dépanner. Je l'appelle dès que vos amis seront installés.

Alexane sortit de la chambre qui retrouva son atmosphère paisible. La moquette blanc cassé atténuait le moindre son. Le papier peint clair mettait en valeur un bouquet d'agapanthes bleu lavande posé sur une console à gauche de la porte de la salle de bains. Vincent se surprit à respirer plus librement. Ce genre de femme avait le don de pomper l'oxygène autour d'elle, cherchant systématiquement à occuper le centre de l'attention.

Des éclats de voix joyeux montèrent du rez-de-chaussée. Juliette Hoareau et Pierre des Ombries venaient d'entrer dans le hall et de découvrir Léonie, toujours assise sur sa chaise au pied de l'escalier.

Daphné guettait devant la porte de l'abbaye l'arrivée des deux gendarmes.

La petite cour qui servait plus ou moins de parking surplombait le chemin qui desservait l'abbaye. D'énormes potiches ponctuaient la rambarde de pierre et ne cessaient de causer des soucis à Daphné. L'une se fendillait, l'autre vacillait à la moindre poussée, une troisième laissait fuir l'eau et les plantes qui tentaient de se développer en son sein végétaient d'une année sur l'autre.

Le véhicule de patrouille crissa lorsque les roues trouvèrent le gravier à la sortie du chemin.

En voyant Jean Péon lui adresser un signe jovial par la fenêtre ouverte, Daphné Dambérailh laissa échapper un soupir résigné. De loin, sa large silhouette avait un côté désarticulé. Daphné imputait ses problèmes de coordination à une forme de dyspraxie congénitale et incurable. Elle veillait à lui parler distinctement.

— Merci, messieurs, de vous être déplacés si rapidement. Comment allez-vous ?

— Bien, merci, madame, et vous-même ? s'exclama Louis Frégé avec bonne humeur en touchant son calot.

— Pas mal. Avez-vous trouvé les pousses germées dont je vous ai parlé la dernière fois dans le bureau du major ?

— Non, je n'ai pas eu un moment pour retourner au marché depuis. Mais j'y pense.

— Vous qui êtes friand de toutes ces choses, naturopathie et compagnie, je pense à vous à chaque fois que je passe devant cet étalage bizarre. Pour un peu, je m'attends à y trouver de la poudre de limace en bocal.

Daphné plissa le nez avec une moue de dégoût.

— On y viendra, assura le jeune Frégé.

— Alors, madame Dambérailh, qu'est-ce qui s'est passé ? demanda Péon qui ne goûtait pas particulièrement ces sujets *new age*.

— Entrez d'abord, je vous expliquerai à l'intérieur ! Avec cette chaleur écrasante, je ne vois pas bien comment nous pourrions réfléchir dehors.

Daphné Dambérailh s'effaça pour laisser entrer les deux gendarmes en nage. La climatisation de leur véhicule n'était pas au mieux de sa forme, ils roulaient toutes vitres ouvertes, le coude à l'air. Frégé avait fait remarquer qu'ils ressemblaient plus à des policiers en vacances qu'à des gendarmes en service.

— Il fait frais ici, observa avec satisfaction Péon en retirant son calot qu'il glissa dans la poche de son pantalon d'intervention.

Ce faisant, il se prit les pieds dans le tapis étalé dans l'entrée. Daphné se tendit comme un arc et se prépara à entendre le fracas d'une chute. Contre toute attente, Péon se rétablit sans difficulté.

Frégé sortit un calepin dont les pages étaient toutes couvertes d'une écriture serrée. Il le prit à contresens et chercha l'endroit où il avait arrêté de noircir le verso de ses feuilles.

— J'y suis. D'abord, avez-vous remarqué une effraction ?

— Non, je ne crois pas, répondit Daphné. Mon cher, toutes les portes ici restent ouvertes nuit et jour. Il n'est pas compliqué d'entrer.

— Eh oui, Frégé, renchérit Péon d'un air amusé, tu n'es plus à la grande ville ! Il va falloir adapter ta routine.

— Très drôle, grogna Frégé. C'est pas moi qui suis né à Neuilly.

Jean Péon porta la main sur sa poitrine et prit une expression choquée.

— Traître...

— Donc, reprit Frégé, je note : pas d'effraction. Où était la pendule, je vous prie ?

— Dans le salon de musique.

Daphné leur indiqua le couloir de service qui partait de la cuisine et desservait la salle à manger puis le salon, qu'ils traversèrent les yeux fixés sur le potager qui s'épanouissait derrière les grandes fenêtres cintrées.

Le salon de musique désignait pompeusement un angle du salon isolé derrière d'immenses paravents.

Un piano à queue partageait l'espace avec une harpe imposante. Quelques fauteuils crapaud en cuir vert foncé permettaient aux auditeurs d'écouter les musiciens à l'abri des conversations qui se tenaient dans les canapés, disposés autour de la cheminée.

— Où était la pendule, madame Dambérailh ? demanda Péon, laissant Frégé à sa contemplation ébahie de la harpe.

Daphné étendit le bras en direction du piano.

— Ici. J'ai hérité d'une pendule d'officier, une de celles que Bonaparte emportait en campagne, voyez-vous ? On la tient par une petite poignée. Elle donnait l'heure et les cycles de la lune. Ce n'est pas que je la regardais souvent, sauf au moment de la remonter, mais elle avait une certaine valeur.

— Une valeur de combien ? demanda Frégé, calepin à la main.

— Eh bien, une valeur sentimentale d'abord, puisqu'elle me venait de mon oncle Raoul, qui la tenait de sa mère Félicie, qui l'avait reçue de…

— Je comprends, madame Dambérailh, l'interrompit le sous-officier. C'est la valeur marchande qui nous intéresse. Il nous faut savoir où chercher le voleur : malfrat de passage, sourceur d'antiquaire, collectionneur marron…

— Je…

Daphné hésita. Parler d'argent de manière aussi directe n'était pas un exercice dans lequel elle se sentait à l'aise.

— Je pense qu'en salle des ventes, elle aurait pu partir à cinq ou six mille euros. Elle avait sa clé d'origine, je crois qu'elle était en platine et la vitre qui protégeait le cadran était en cristal de roche.

Frégé contint un borborygme de surprise.

— Vous êtes sûre, madame ?

— Je crois que oui, c'est un chiffre que je tiens de l'inventaire des monuments historiques. C'était surtout sa gravure qui faisait sa valeur. Elle avait été offerte à mon aïeul par Aurore Dupin.

Pas de réaction des deux hommes.

— George Sand, expliqua Daphné, jugeant que la formation des gendarmes laissait à désirer.

— Ah oui ! Oui, bien sûr, George Sand. L'écrivain.

Frégé se tira avec soulagement de ce mauvais pas.

— Elle-même ! appuya Daphné.

— *Lui*-même, corrigea gentiment Péon.

— Non, *elle*, Péon, c'était une femme.

Louis Frégé fut tellement heureux de reprendre son aîné qu'il ne résista pas à la tentation de se rengorger.

— George était une femme. Parfait.

Péon sembla un peu perdu, mais il reprit contenance au fil de la prise de déposition. Daphné avait remonté la pendule l'avant-veille, elle n'aurait su dire si celle-ci était à sa place le jour suivant.

— Merci, madame Dambérailh. Nous allons procéder à la prise d'empreintes. Frégé va s'occuper de votre femme de ménage. Il faut que nous puissions les isoler. Moi, je vais m'occuper de la poudre, soupira Péon en sortant de sa sacoche un large pinceau et un gros pot semblable à ces baumes pour l'entretien du cuir.

Frégé n'attendit même pas l'ouverture du récipient pour éternuer avec frénésie.

— Je monte trouver votre aide-ménagère, articula-t-il avec peine, les yeux larmoyants.

Dans un silence religieux, Péon commença à promener son léger pinceau sur la surface noire du piano et sur les objets auparavant disposés à proximité de la pendule. La lumière de la fin de matinée pénétrait à travers les fenêtres et jouait dans le nuage de poudre.

Daphné s'étonna qu'il n'ait encore rien cassé. Malheureusement, un juron sonore accompagna un bruit de porcelaine brisée et elle préféra quitter le salon à reculons plutôt que de se confronter à la vision désolante de ce que le pauvre Péon avait brisé.

Tandis qu'elle pressait un citron vert au-dessus d'une lourde carafe, Daphné entendit des éclats de voix furieux qui lui parvenaient par la porte donnant sur l'entrée.

Elle sortit aussitôt de la cuisine et, au pied de l'escalier, elle avisa Frégé qui battait en retraite, à reculons. Le poing sur la hanche, Isabelle agitait de sa main libre un torchon en grondant d'un air menaçant :

— Si je vois que vous m'avez fichu en l'air deux heures de travail, vous allez m'entendre. D'abord je vérifie, ensuite seulement je mettrai le doigt dans votre machin.

Frégé tenta faiblement de faire valoir la « procédure habituelle » et rentra la tête dans les épaules au moment où Isabelle franchit le seuil du salon de musique.

— Mais c'est pas vrai ! Les sagouins, pardonnez l'expression ! Et l'abat-jour plissé ! Et les cendriers en jade ! Mais vous avez déjà vu un travail pareil ! On dirait que vous avez éternué dans le talc à Madame Daphné !

— Tout à fait d'accord, madame, sourit d'un air entendu Jean Péon. C'est une partie du boulot dont nous nous passerions bien aussi.

Il tenta d'amadouer la femme de ménage en lui montrant ses avant-bras blanchis.

— La gendarmerie n'a pas les moyens de nous payer un laser, que voulez-vous, nous voici tous victimes des coupes budgétaires.

Isabelle émit un « tss » de mépris pour le pauvre Péon qui vit avec désespoir son numéro d'empathie échouer lamentablement.

— Vous me ferez le plaisir de passer le chiffon microfibres avant de partir.

Daphné, qui voyait déjà ses bibelots brisés, s'interposa.

— Isabelle, ces messieurs n'ont pas assez de douze heures pour mener à bien les missions qui sont les leurs. Je ferai le plus gros après leur départ.

Péon lui lança un pitoyable regard de gratitude et se remit à balayer de son pinceau les derniers espaces susceptibles de porter des empreintes intéressantes.

Un peu radoucie à l'idée que Daphné ne lui demandait pas de repasser elle-même derrière les deux gendarmes, Isabelle frotta sa main contre sa large hanche et tendit l'index en direction de Louis Frégé.

— C'est bon, apportez le tampon ! aboya-t-elle.

Frégé ne se le fit pas dire deux fois.

Daphné proposa à Frégé et Péon de quoi se restaurer. Elle leur assura qu'un jambon sec pendait intact dans le placard garde-manger et qu'il n'y avait rien de plus facile que d'aller chercher au potager quelques tomates bien mûres.

Péon et Frégé se regardèrent, hésitants, puis reconnurent que le menu proposé était plus sympathique que le sandwich triangle qu'ils prévoyaient d'acheter sur le chemin et d'avaler devant leur écran. Isabelle quitta la pièce les coudes serrés contre son corps, claqua les talons sur le pavé de l'entrée et remonta les escaliers avec énergie.

Corentin sortit de sa chambre à regret. Les conversations à bâtons rompus, joutes oratoires entre Pierre et Vincent, et même la jovialité de Juliette Hoareau l'épuisaient déjà.

— Mais qu'est-ce qui lui est arrivé, à notre Léonie ? interrogea une jolie brune qui gravissait d'un pas souple les quelques marches qui la séparaient de Corentin.

Elle lui embrassa les joues avec vigueur et le prit par les épaules.

— Tu as mauvaise mine, toi aussi, jugea-t-elle.

— Merci, ravi de te voir, répondit en souriant Corentin.

— Mais qu'il est bête ! Tu nous as fait peur avec ton appendicite surprise, tu sais.

Corentin ne répondit pas mais lui serra le bras avec amitié. Juliette respirait la santé. Elle semblait toujours sur le point de courir un semi-marathon. Ses baskets fluo, son short en lycra et son débardeur de sport étaient pour elle une seconde peau. Vincent lui glissait parfois qu'avec ses épaules de nageuse, elle devrait porter des tee-shirts un peu plus couvrants, ce à quoi elle opposait un franc éclat de rire. Elle portait les cheveux longs attachés en une queue de cheval haute qui lui battait les épaules.

Son allure détonnait dans le décor solennel du hall où la pierre centenaire le disputait aux gravures d'époque.

— Pierre n'est pas là ? demanda Corentin qui descendit les dernières marches derrière elle.

Pierre des Ombries et Juliette Hoareau s'étaient plu en dernière année d'école et ne s'étaient plus quittés. Selon leurs camarades de promotion, c'était l'alliance de la carpe et du lapin. Pierre traînait derrière lui des mètres de titres ronflants et des cohortes de grands-oncles souffreteux tandis que Juliette connaissait à peine le nom de ses grands-parents.

— Il est au téléphone dehors avec Olivia. Elle était censée être dans le train de 17 h 45 et quand nous sommes arrivés à la gare, personne.

— Elle ne vous avait pas prévenus ?

— Tu penses bien. Je crois que Pierre est en train de l'assaisonner comme il faut. Il va falloir redescendre à je ne sais pas quelle heure pour aller la chercher.

— Olivia fait et tout le monde s'adapte, conclut Léonie.

Elle croisait et décroisait les jambes pour trouver une position confortable. Son ventre l'empêchait de se tenir simplement genou contre genou et elle semblait souffrir à chaque mouvement.

— C'est à peu près ça.

Juliette lui caressa l'épaule d'un geste réconfortant.

— Et toi, qu'est-ce que tu nous réserves, à quoi devra-t-on s'adapter ?

— À pas grand-chose. Je ne me suis rien foulé ni cassé, Dieu merci. Nous en sommes quittes pour une belle frayeur et puis c'est tout.

— J'aimerais quand même qu'on appelle un médecin, objecta Corentin. À sept mois de grossesse, on déconseille en général ce genre de cabriole.

— Pas de catastrophisme, je te prie. Je me reposerai bien sagement. Comment est la chambre ?

— Idyllique. On voit à des kilomètres, on a le soleil du soir pile en face de la fenêtre.

— Parfait. Je vais pouvoir bronzer de la chambre !

Pierre des Ombries poussa la porte puis entra, précédé d'une énorme valise. Corentin se précipita pour lui tenir ouvert le lourd battant qui menaçait de se refermer trop tôt.

— Salut l'ami ! s'exclama-t-il en s'épongeant le front. Comment vas-tu ?

— Bien, comme d'habitude, répondit Corentin.

Les deux hommes s'embrassèrent en se donnant de grandes tapes sur les omoplates.

Pierre fit craquer ses articulations en étirant les bras vers le plafond. Il était grand et portait la barbe de trois jours comme personne.

La plupart des femmes le trouvaient séduisant et n'hésitaient pas à le lui signifier. Avec sa voix de basse, il savait se faire écouter sans hausser le ton, ce qui avait achevé de conquérir Juliette.

— Alors, Olivia ? relança Léonie qui saisissait toutes les occasions de jeter de l'huile sur le feu, pour le spectacle.

— Olivia, qu'elle brûle en enfer ! soupira Pierre. Qui va la chercher ? Elle arrive par le train de 20 h 15, si tout va bien.

Alexane Mazet réapparut dans le hall au moment où Pierre terminait sa phrase.

— S'il faut aller à la gare ce soir, je peux ! J'avais prévu une petite virée à Péchadey ! Bernard restera certainement tard dans ses chères vignes, il faut bien que je m'occupe. Vous êtes Juliette Hoareau et Pierre des Ombries, je suppose ?

— Tout à fait. Enchantée, madame Mazet, répondit Juliette avec chaleur. Merci de nous dépanner pour Olivia. Je vous donnerai son numéro, même s'il est difficile de la rater.

— Ne manque-t-il pas quelqu'un d'autre ?

Alexane promena son regard sur la bande qui se serrait autour de la chaise de Léonie.

— Clara est dehors. Elle a été un peu malade sur la route, je pense qu'elle prend l'air, répondit Pierre, embarrassé.

— Pierre est spécialiste des ronds-points passés en première, expliqua Juliette avec un grand éclat de rire. Si vous aimez les à-coups, les cahots et les calages, nous vous accueillons avec joie dans notre voiture.

— Je prends ! s'écria Léonie. Cela sera toujours mieux que les doubles ronds-points de Vincent qui n'arrive pas à lire les panneaux en même temps qu'il conduit.

— Les petites dames de la ville ne sont pas adaptées aux routes de campagne ! soupira Pierre, faussement désespéré.

Juliette éclata de rire puis empoigna la valise la plus proche et la soupesa en évaluant le nombre de marches à gravir.

— Et si chacun déballait ses affaires ? Madame Mazet, y a-t-il un endroit où nous pouvons nous retrouver pour prendre un apéritif ensemble ? J'ai apporté quelques bières à mettre au frais, si c'est possible.

— La cuisine est à votre disposition. Nous avons un double frigidaire dont la partie gauche vous est réservée. Pour les bières, le plus simple est d'utiliser la chambre froide.

— Vous avez une chambre froide ?

— Elle n'est pas tout à fait aux normes. Elle a été posée ici par le grand-père de mon mari ! C'était une autre époque. Nous nous en servons pour entreposer la viande lorsque nous organisons de grands dîners ou bien pour les bouteilles à tenir au frais. C'est bien pratique, même si elle fait quelques caprices.

Lorsque Clara Levasseur, petite chose mignonne et insipide, pénétra dans le hall une dizaine de minutes plus tard, il était vide. Sa silhouette tremblante semblait minuscule sous les hauts plafonds. Elle regarda autour d'elle d'un air perdu et ne put se résoudre à emprunter l'une des portes qui donnaient sur le hall. Son teint de papier mâché donnait à penser qu'elle avait souffert du trajet un peu plus que ne l'imaginaient ses amis. Elle serrait sous son bras une antique serviette en cuir qui lui donnait l'air d'une assistante bibliothécaire. Ne manquaient que les lunettes, qui lui auraient forcément glissé sur le nez. Elle était jolie mais terne, avec une petite bouche rose et des sourcils délicats. Ses cheveux blond foncé étaient retenus sur la nuque par une barrette en plastique. Elle avait conscience de son insignifiance, ce qui avait pour résultat de provoquer chez la plupart des hommes l'envie de la protéger. Les femmes, quant à elles, étaient exaspérées par son inexplicable succès. Il était difficile de l'imaginer étudiante en école de commerce, liée avec un groupe déluré et fêtard.

Vincent redescendit les escaliers en compagnie d'Alexane Mazet qui lui jetait des regards en biais. Clara les salua et resta plantée en silence près d'Alexane qui attrapa une des cartes de visite posées sur le comptoir du hall. Elle griffonna au dos l'adresse de l'abbaye et tendit la carte à Vincent en lui disant qu'elle avait prévenu Mme Dambérailh, qui était absolument ravie d'accueillir un nouveau locataire.

Juliette dévala à son tour l'escalier et eut un mot gentil pour Clara avant de sortir au pas de course du hall. Elle revint moins d'une minute plus tard en portant un énorme pack de bières ainsi que des sacs plastique gonflés de charcuterie et de fromage.

— Voilà l'apéro ! claironna-t-elle. Où puis-je poser tout ça ?

— Suivez-moi, la cuisine est au bout du couloir de service.

Un étroit boyau reliait le hall à la cuisine, desservant au passage la salle à manger, le grand salon d'été orienté plein ouest et le salon d'hiver. Juliette tenta de se figurer en dessous de quelle chambre elle passait puis elle y renonça après avoir tourné deux fois dans une semi-obscurité.

Dire que la cuisine était « dans son jus » était un doux euphémisme. Juliette déposa son chargement sur un billot lacéré par des années d'usage. Le comptoir central était encombré de sacs de courses à moitié déballés. Alexane n'en eut pas l'air gênée et ouvrit avec peine la porte de la chambre froide.

— Voilà l'antiquité !

Juliette goûta la fraîcheur de la pièce et promena discrètement le regard autour d'elle.

Elle sentit que le petit espace servait autant de débarras que de lieu de stockage alimentaire. Tout un côté était utilisé pour entreposer des bocaux vides, des insecticides divers et variés ainsi que des produits ménagers. Sur les étagères, elle vit une quantité invraisemblable de pots de confiture étiquetés avec soin. Des saucissons et un énorme jambon suspendu aux crochets de boucher se balançaient mollement sous l'effet de l'ouverture de la porte hermétique.

La température qui régnait était suffisamment fraîche pour inhiber les odeurs, mais Juliette percevait tout de même un relent de moisi.

La gare déserte vibra à l'approche du train de 20 h 15. Le bitume du quai sentait fort et des plaques lisses plus foncées luisaient, comme si elles n'étaient pas encore sèches. Deux voies seulement se croisaient au centre de la gare. Une petite cahute couverte de tags maladroits faisait face au bâtiment qui abritait les guichets. L'odeur des pissotières se répandait sur le quai désert et les mouches venaient se saouler de l'odeur d'ammoniaque aux abords de la vieille porte battante.

Dans un grincement épouvantable, le train régional s'immobilisa et les portes s'ouvrirent alors que retentissait l'annonce classique disant que les dernières voitures n'étaient pas reçues à quai.

Trois personnes descendirent du train. Un jeune homme qui bondit de la dernière voiture directement sur la voie, une étudiante qui ne leva pas les yeux de son roman en franchissant l'espace vide qui séparait le marchepied du quai et une créature étonnante aux cheveux presque rouges qui portait un sac de toile tissée en bandoulière. Ses sandales de cuir sortaient d'un magasin d'artisanat. Elle promena sur le quai de la gare un œil émerveillé. Les passagers qui avaient fait le voyage dans les fauteuils voisins purent la voir joindre les mains et s'incliner légèrement en direction des portes coulissantes de la petite gare.

Olivia Delage n'avait plus rien à voir avec la personne qu'elle était dix-huit mois auparavant. Elle vivait un profond renouvellement. Les motivations qui avaient été les siennes pendant tant d'années lui semblaient aujourd'hui ineptes. Elle vivait ce moment où le serpent termine sa mue et s'en va, sans un regard pour sa peau morte. L'idée d'apporter une nouvelle grille de lecture à son groupe d'amis la faisait vibrer d'une énergie d'évangéliste. « Changer de logiciel » était devenu un mantra qu'elle se murmurait à chaque fois qu'une difficulté résistait à l'anéantissement par la méditation.

Lorsqu'elle sortit de la petite gare où ne bourdonnait même pas un distributeur de canettes, elle comprit que personne n'était venu la chercher. Le parking accueillait une dizaine de voitures dont la moitié avait le pare-brise encombré de flyers coincés sous les essuie-glaces.

Avec le crépuscule, montait du sol un parfum d'humidité chargé de poussière. Olivia s'installa sur un banc constellé de chewing-gums et se mit à attendre.

Les panneaux publicitaires crasseux vantant le vignoble devenaient peu à peu la principale source lumineuse.

Olivia, perdue en elle-même, sursauta quand un klaxon vrilla l'air. Elle lutta contre un intense sentiment d'agression sonore. *Bienveillance et sérénité*.

Une main s'agitait du fond de la voiture et la portière avant s'ouvrit avec lenteur, poussée de l'intérieur.

— Je suis si terriblement désolée de mon retard ! Montez vite !

Olivia s'approcha et découvrit Alexane Mazet installée derrière le volant, les yeux brillants et les cheveux en bataille. Une odeur d'herbes amères flottait dans l'habitacle et Olivia reconnut celle du gin.

— Pardon, pardon ! Non, laissez, ne dites rien, je suis impardonnable. Ravie de vous rencontrer.

Un peu étourdie par ce babillage, Olivia eut à peine le temps de placer deux mots qu'Alexane reprenait son monologue. La voiture prenait les virages à la corde et Olivia se rendit compte que les phares étaient éteints lorsqu'elles quittèrent les lumières de Péchadey. Elle tenta de le signaler à Alexane qui était trop occupée à faire l'article du vignoble, de son terroir, de ses camarades charmants.

À la vue du pont qui traversait le fleuve et qu'elles allaient devoir emprunter, Olivia se crispa. La structure en métal ressemblait à un tube carré à travers lequel deux voitures auraient eu de la peine à se croiser. Alexane Mazet le franchit sans ralentir.

De l'autre côté, le paysage se gondolait progressivement jusqu'à devenir nettement vallonné. Il était plus de 22 heures, mais Olivia apercevait de loin en loin des phares au milieu des vignes. Parfois, une lueur dansante apparaissait et disparaissait entre les rangs.

— Et tous ces abrutis qui bossent à la frontale..., commenta Alexane sans plus d'explication.

Elle alluma ses phares.

Le silence se fit dans l'habitacle.

— C'est pas vrai..., murmura-t-elle en voyant deux individus lui faire signe du bord de la route.

Elle vérifia la vitesse qui s'affichait sur le compteur puis actionna son clignotant et ralentit jusqu'à pouvoir se ranger derrière la voiture bleu marine.

Il faisait nuit depuis plusieurs heures déjà. Bernard Mazet jeta sur sa montre un œil rougi par la fatigue. Il embrassa la parcelle de cabernet d'un regard vide. Les heures de travail à la lueur de sa lampe frontale le rangeaient dans une catégorie bien particulière de viticulteurs. Au choix : celle des utopistes qui pensaient pouvoir compenser par un travail acharné l'ingratitude de la vigne, ou celle des imbéciles qui tentaient par tous les moyens de se passer des bras supplémentaires indispensables étant donné la surface de leur exploitation.

Bernard Mazet appartenait aux deux catégories. Ses récentes acquisitions de parcelles avaient rendu inhumaine la charge de travail pour une personne seule, et les rendements des deux dernières années n'avaient pas permis une embauche. D'abord la grêle, qui avait vidé en une nuit sa trésorerie exsangue. Sa mère n'avait eu de cesse de le faire s'assurer contre ces orages dévastateurs qui hachent la vigne et hypothèquent la récolte de l'année suivante. Ce qu'il avait fait, un an trop tard.

Cette année, pas d'orage, mais un mal bien plus sournois. Les producteurs illustres de l'appellation pouvaient lutter à grand renfort de moyens, pas lui. La vigne était entrée en végétation deux semaines avant la date habituelle, poussée par un printemps doux. Les jeunes rameaux tendres déroulaient avec allégresse leurs pousses que Bernard tenait le matin au creux de ses mains avec un mélange d'inquiétude et d'espoir. Dans la nuit du 27 au 28 avril, la température était descendue jusqu'à –5 °C. Bernard avait passé la nuit sur le qui-vive, comme si le gel annoncé sur son application météo allait se déclarer bruyamment en arrivant au pied de Haut Méac. Il avait entendu vers 5 heures du matin les hélicoptères que les crus classés avaient convoqués pour brasser l'air glacé et empêcher le gel de se vautrer dans leurs parcelles.

Bernard Mazet s'était levé sans bruit, avait enfilé une paire de bottes par-dessus son pyjama, attrapé un vieux Barbour qui sentait l'automne et avait arpenté ses rangs avec désespoir. Il éprouvait au creux de ses lombaires la douleur aiguë des jeunes rameaux, brûlés par le froid, pétrifiés par l'humidité glacée qui montait du sol. Il se répétait à voix basse les données obscures qui dessinaient la carte de sa propriété en la traversant dans la nuit : La Gardelle, mille trois cents pieds, quinze pour cent de jeunes vignes, cinquante-cinq hectolitres de rendement à l'hectare les bonnes années ; Petit Fréjac, merlot, mi-pente sud, grave et sous-couche siliceuse, raisins assemblés en général avec les cabernets sauvignons du Méaux, rangs étroits ainsi que l'avait souhaité le propriétaire précédent. Des vignes généreuses qui donnaient presque trop.

Il connaissait chaque parcelle intimement. Ses spécificités, ses caprices, sa vulnérabilité aux attaques de mildiou. Il savait tout, sur chacune d'elles. Il sentait les rameaux ployer sous la brûlure injuste du gel. Il sentait la sève ralentir sa circulation dans les jeunes pousses, puis se retirer lorsqu'elle le pouvait encore, engourdie, au plus près du cœur battant d'un pied de vigne qu'elle ne parvenait plus à parcourir.

Bernard se souvenait de cette nuit de désolation avec honte. Il avait erré en pyjama d'un rang à l'autre jusqu'à ce que son propre père vienne le cueillir sur les coups de 10 heures et le ramène à la camionnette en le tirant par le bras comme un enfant. Depuis, il travaillait deux fois plus pour rattraper ce qui pouvait l'être.

Comme il ne pouvait pas laisser Alexane prendre la pleine mesure du désastre, il l'avait encouragée dans sa nouvelle marotte. Leurs trois filles passaient l'été loin de Haut Méac et avaient donné avec indifférence leur accord pour que leurs parents disposent de leurs chambres et les proposent à la location. Les premiers hôtes, un groupe d'amis se réunissant avec constance tous les ans depuis la fin de leurs études, devaient être arrivés depuis plusieurs heures au château.

Bernard s'arracha à la contemplation de sa parcelle dont les allées étaient parfaitement dégagées en une perspective nette, dépourvue de tiges volubiles indisciplinées. Il appréhendait la rencontre avec ces inconnus qui détenaient peut-être la clé d'un nouveau modèle économique pour la propriété.

Il grimpa dans le petit engin qui l'avait assourdi pendant plus de douze heures et remonta vers le hangar à matériel où il entreposait son tracteur flambant neuf, payable en cent vingt mensualités, ses épandeurs, quelques bonbonnes diverses ainsi que des dizaines de bidons d'huile à moteur.

Lorsque Bernard Mazet eut tourné la clé qui bloquait l'ouverture de la porte en tôle ondulée du hangar, il chercha la sensation de la journée terminée. Il ne trouva que la double mauvaise conscience de n'avoir pas terminé le travail et d'avoir laissé Alexane accueillir seule les sept touristes envoyés par Airbnb.

Il passa au ralenti la grille de Haut Méac qui s'ouvrait sur une allée de platanes centenaires. La maison de gardien, qui se tenait à gauche derrière la grille, était illuminée dans toutes les pièces. Il vit se découper la silhouette de sa mère dans la lumière dorée de la fenêtre du salon. Elle se tenait un peu voûtée et Bernard en fut contrarié. Elle devait encore souffrir de ce mal de dos qui la clouait parfois au lit dans une gangue de douleur.

Il décida de ne pas s'arrêter ce soir et de filer jusqu'au château dont la silhouette massive se découpait sur le ciel indigo.

Colette Mazet regarda avec un petit pincement au cœur les phares de la camionnette dépasser le pavillon. Elle posa sur la table basse la tasse brûlante qu'elle tenait du bout des doigts et retourna dans la cuisine chercher les brins de sarriette et de lavande qu'elle avait laissés près de son sécateur.

— Tu veux du miel ou pas ? lança-t-elle en direction du salon.

— Oui, merci, chérie.

Jacques Mazet ne leva pas les yeux de son magazine lorsque sa femme posa devant lui un pot en verre et une cuillère creuse.

— Il est encore rentré après 21 heures.

— Laisse-le, il sait ce qu'il fait.

— Je me demande…

Colette Mazet regarda les brins de lavande secs s'épanouir dans l'eau bouillante au fond de sa tasse. Il était difficile de lui donner un âge précis. Sa voix basse était bien timbrée et ne cadrait pas particulièrement avec ses cheveux blancs coupés court ni avec sa silhouette un peu tassée.

— Veux-tu de la tarte aux myrtilles ?

Jacques Mazet leva le nez de son article et posa sur sa femme un regard vif. Ses yeux sombres étaient profondément enfoncés sous d'épais sourcils noirs qui tranchaient avec ses cheveux blancs. Ses deux joues étaient fendues verticalement, comme si ses fossettes s'étaient étirées de haut en bas avec l'âge. Il avait l'air de sourire sans avoir besoin de bouger les lèvres. Assis dans son fauteuil, il ne semblait pas grand mais une fois debout, il dominait sa femme d'une tête et demie. Il était beau et lorsqu'il prenait la peine de lever les yeux de ce qui l'absorbait, il était difficile d'échapper à l'intensité de son regard.

— Tu attends quelqu'un ?

— Pas ce soir. Daphné Dambérailh m'a appelée ce matin, elle m'envoie sa pensionnaire demain avec la mission de la faire parler et de lui faire avaler quelque chose.

— Elle s'en fait tant que cela ?

L'intérêt de Jacques Mazet pour la conversation s'était déjà évanoui et il replongea dans sa lecture. Colette Mazet posa sa tasse fumante sur le rebord de la fenêtre et retourna à la cuisine où elle tira avec force sur une poignée vissée dans l'épaisseur de la table. Le tiroir à couverts s'ouvrit brutalement et faillit la projeter sur les tomettes cirées.

— Jacques, je compte sur toi pour arranger ce tiroir ! Je ne sais pas s'il faut le cirer ou bien le graisser. Ce qui est certain, c'est que le jour arrive où la poignée va me rester dans la main. Quand ce jour viendra, j'aurais espoir que tu t'attaques ensuite à ces piles de pulls inutiles que tu entasses partout !

Colette Mazet connaissait trop son mari pour attendre une réponse. Elle coupa deux parts dans la tarte qui refroidissait sur la grille du four. La pâte sablée s'émietta. Les myrtilles coloraient la crème pâtissière qui garnissait le fond, quelques baies roulèrent hors des soucoupes et finirent leur course au pied de l'épaisse table de ferme dont les tiroirs coulissaient mal.

Colette Mazet serra entre ses doigts potelés les deux soucoupes qu'elle posa sur la table basse. Son poignet dodu formait un petit bourrelet de part et d'autre du bracelet-montre qu'elle portait trop serré. Elle considérait que laisser le cadran tourner sur le côté du poignet faisait négligé.

— Dis-moi si tu veux ajouter du sucre, j'ai peur que les myrtilles ne soient un peu acides.

— C'est parfait, ma chérie, répondit Jacques Mazet qui touillait distraitement sa tasse d'eau chaude où il n'avait ajouté ni miel, ni aromates.

— Je n'ai aucune idée de quoi raconter à cette petite.

— Laisse-la parler, répondit Jacques Mazet en levant les yeux sur sa femme. Les gens aiment parler d'eux.

— Mais Daphné me dit qu'elle est mutique ! Je me demande bien de quels pouvoirs elle me croit dotée.

— Elle te connaît bien, ma chérie.

Le silence s'installa dans le salon. Puis Colette Mazet revint à sa première idée.

— Crois-tu que Bernard s'en sortira ? J'ai peur que Haut Méac ne soit une charge trop lourde pour lui.

— Il est solide. Sans Haut Méac, il n'aurait rien, tu le sais aussi bien que moi.

— Si seulement Alexane était plus…

Jacques et Colette laissèrent cette dernière phrase mourir dans le silence douillet de leur salon.

— Patsy ou Billie ? s'ébroua Colette Mazet en se relevant du profond canapé.

— Tu choisis.

Les premières notes de *Crazy* emplirent le salon, la voix chaude de Patsy Cline s'éleva. Colette Mazet ferma les yeux et se mit à osciller en rythme. Jacques Mazet plia son journal et le posa sur le fauteuil voisin.

— Vous dansez ?

Après la fin du morceau, Jacques et Colette continuèrent à tanguer avec cette économie de gestes propre aux couples d'un âge certain.

Six kilomètres plus bas, Alexane Mazet arrêtait sa voiture à cheval sur le bas-côté.

Elle pressa le bouton pour faire descendre la vitre.

— Bonsoir, madame, avez-vous consommé de l'alcool ce soir ?

— Bonsoir, monsieur Péon. Pas vraiment, pas grand-chose en tout cas.

— Ah ça ! Madame Mazet ! Bon, je ne vous demande pas vos papiers, hein ! claironna le sous-officier. Vous avez un phare qui a grillé, il est temps de changer vos ampoules.

— Ah oui, c'est possible, merci, monsieur Péon.

Olivia la trouva étonnamment peu loquace.

L'autre gendarme, plus jeune et moins grand, fit le tour de la voiture sans saluer Alexane puis vérifia les dates inscrites sur la vignette verte collée au pare-brise.

— Avez-vous votre nouvelle vignette ? demanda-t-il après un bref salut de la tête.

— Non, nous ne l'avons pas encore reçue.

— Elle est périmée depuis cinq mois, madame. Nous allons faire un petit contrôle d'alcoolémie.

Louis Frégé se dirigea vers la voiture marine pour y chercher un éthylotest. Olivia sentit Alexane s'écrouler intérieurement. Toute sa verve et son éclat semblaient s'être dissous. Elle se tenait raide sur son siège, les mains volontairement posées sur les genoux afin qu'elles ne se crispent pas sur le volant.

En quelques pas, Jean Péon rejoignit le jeune gendarme. Il posa sa main sur la portière.

— Frégé, ne fais donc pas de zèle, c'est Mme Mazet, quoi ! glissa-t-il à son jeune binôme.

— Je suis sûr qu'elle nous fait son numéro, répondit Frégé en détournant le visage pour ne pas être entendu des occupantes de la voiture.

— Oublie un peu les vieilles histoires. Laisse-la partir. On la sermonne sur son feu et la prochaine fois, on vérifiera sa vignette. Mais on laisse courir pour ce soir.

— On a tort.

— Je prends ça sur moi, d'accord ?

Le jeune Frégé cessa d'argumenter. Péon se pencha vers la vitre ouverte et dit avec un large sourire :

— Allez, ça ira pour cette fois. Appelez bien votre assurance et changez votre ampoule, c'est important. Bonne soirée, mesdames !

Alexane remonta sa vitre et démarra avec précaution. Elle vérifia son angle mort avant de s'engager sur la départementale et fit un signe à Péon dans le rétroviseur.

Lorsque les deux gendarmes furent hors de vue, Olivia sentit qu'Alexane se dénouait.

Samedi 3 juin 2017

Pierre et Juliette se prélassaient dans leur immense lit à baldaquin cramoisi, adossés contre des oreillers joufflus. Les croissants avaient parsemé le couvre-lit de miettes dorées.

— Tu sens quelque chose de particulier ? demanda Pierre en posant sur Juliette un regard où se disputaient l'émotion et l'inquiétude.

— Pas vraiment. Je ne sais pas, c'est trop tôt sans doute. Et je ne suis sûre de rien.

— Mais ça fait plus de trois jours de retard, ça ne t'est jamais arrivé ?

— Non.

Juliette détourna le regard et fixa l'immense miroir à cadre doré qui les reflétait.

— Ne nous emballons pas, je sens que ça t'angoisse. Nous irons à la pharmacie tout à l'heure. Je crois que c'est le jour du marché, ça me ferait plaisir de redécouvrir tout ça avec toi.

— Tu as des souvenirs précis ? demanda Juliette qui se glissa hors des draps en évitant de faire tanguer les plateaux posés à leurs pieds.

— Pas vraiment. Un vieux avec des poules qu'il fourrait dans des cartons en les tenant par les pattes. Des fromages artisanaux, des petits cendrés. Il n'y en avait pas deux qui avaient la même forme.

— C'est amusant que nous nous retrouvions à cet endroit, à quelques kilomètres à peine de la maison que tes parents louaient.

Pierre sourit à Juliette en guise de réponse. Elle regarda sa montre avec impatience.

— Il est déjà 11 heures, j'espère que les autres sont un peu plus avancés que nous.

— Tu as déjà fait un jogging interminable, pris une douche, un petit déjeuner et fait des cochonneries que je ne détaillerai pas.

Pierre saisit Juliette par la taille et la renversa sur le matelas. Elle fit mine de se débattre avant de capituler sous le poids de Pierre qui s'écrasait sur elle.

Ils entendirent une porte claquer et se redressèrent immédiatement, avec des mines contrites, avant d'éclater d'un rire commun.

La chaleur montait comme dans un four entre les murs décrépits de la cour carrée. Pierre et Juliette ouvrirent les portières des deux voitures pour faire baisser la température qui rendait les fauteuils aussi brûlants que du métal en fusion. Clara regardait autour d'elle d'un air absent en balançant distraitement un sac en tissu informe qui semblait sorti de ses années d'étudiante. Elle était vêtue d'une robe à poches basses, resserrée à l'ourlet, qui la faisait ressembler à une professeure d'arts plastiques. Sa queue de cheval pendait mollement dans son cou. Elle attendait placidement que quelqu'un prenne l'initiative de lancer le départ vers Lafontac et son marché hebdomadaire.

Corentin sortit du château.

— Léonie reste se reposer, lança-t-il de loin. Quoi qu'elle en dise, elle est encore sonnée.

— Elle a mal quelque part ? Il faut lui trouver un médecin ? s'enquit Juliette.

— Elle refuse de se faire ausculter.

Juliette ne fit aucun commentaire. Elle songeait que la résignation de Corentin était sans doute la meilleure des stratégies à adopter face à quelqu'un comme Léonie qui se nourrissait des conflits et se durcissait face à l'opposition. Elle attrapa Corentin sous le coude, tant pour le réconforter que pour le forcer à allonger le pas. Clara attendait en silence, déjà assise à l'arrière de la Nevada à côté d'Olivia qui entamait le récit enflammé de sa dernière formation aux techniques de reiki. Pierre tapotait le volant avec impatience.

— Est-ce que Vincent nous rejoint ou on passe le chercher ? demanda Corentin au moment où l'abbaye surgissait devant eux.

Le bâtiment se détachait au cœur d'une brume de chaleur. Les hortensias qui fleurissaient côté nord piquaient du nez mais leurs ombelles blanches et bleues éclaboussaient de couleur la sévère façade.

— Tourne ici, Pierre ! s'écria Juliette.

Clara, bercée par le monologue interminable d'Olivia, sursauta.

La voiture fit voler les graviers lorsqu'elle s'engagea dans la cour de Daphné Dambérailh. La porte d'entrée s'ouvrit avant même que les cinq amis aient mis pied à terre. Daphné s'y encadra, pulvérisateur anti-pucerons à la main, chapeau sur la tête. Après avoir salué chacun, elle leur annonça que Vincent terminait son petit déjeuner. Juliette ouvrit des yeux ronds et eut une moue impatiente.

Élise Ascaride se glissa derrière Daphné en baissant les yeux. Elle ne jeta pas un regard sur le groupe d'amis massé devant la porte d'entrée, les contourna simplement avant de monter dans sa minuscule voiture.

Juliette la suivit d'un regard amusé. Pierre laissa échapper une exclamation en entrevoyant le petit visage chiffonné.

— Tu la connais ? demanda Juliette.

— Elle me rappelle l'assistante de Berlemont.

— Qui ?

— Le directeur grands comptes de l'agence qui bosse pour nous.

— Ceux qui vous ont plantés dans les grandes largeurs ?

— Oui. Berlemont n'a pas eu de mots assez durs pour ses équipes.

— Un peu facile de se défausser comme ça, s'insurgea Juliette.

Pierre des Ombries n'était pas particulièrement physionomiste, pas assez en tout cas pour se forger une certitude. Il se laissa distraire par l'arrivée de Vincent qui s'encadra derrière Daphné, une tartine à la main.

Daphné Dambérailh nota le changement d'attitude instantané d'Olivia qui s'interrompit dans le récit passionnant de ses déboires amoureux. Elle se redressa et fit passer la masse de ses cheveux bouclés sur son épaule gauche tout en portant son regard sur l'olivier en pot qui assombrissait le seuil.

— Salut ma belle, content de te voir, lança Vincent avec désinvolture avant de donner un vigoureux coup de poing dans l'épaule de Pierre en guise de bonjour.

Elle lui tendit la joue avec indifférence et reprit son récit. Clara et Juliette échangèrent un demi-sourire qui n'échappa pas à Daphné.

Tandis que Corentin grimpait dans la petite voiture de sport de Vincent, Pierre fit rugir le moteur de son antique Nevada et lança sa voiture en première, pied au plancher, dans les virages qui descendaient vers Lafontac.

Le marché hebdomadaire débordait dans les ruelles qui convergeaient vers la place centrale. Selon le panneau planté à l'entrée du village, le marché se tenait à Lafontac tous les samedis depuis 1317. Sous les arcades de la bastide, Pierre retrouva avec joie les étalages qu'il avait parcourus enfant pendant des étés qui lui semblaient durer indéfiniment. Un orgue de Barbarie auquel était attaché un chat emplissait la place d'une mélodie aigrelette. La fromagerie *La Souris qui Rit* occupait toujours l'angle, et comme chaque jour de marché, elle était vide. Les prix que la fromagère pratiquait ne lui laissaient aucune chance face aux exposants en camionnette réfrigérée.

Prenant Juliette par la taille, Pierre lança par-dessus son épaule :

— Chacun vit sa vie, et rendez-vous à 13 h 30 à la crêperie pour déjeuner si ça vous va ?

— Comme vous voulez, murmura Clara qui chercha immédiatement à qui se greffer.

Pierre et Juliette cherchèrent un peu d'ombre sur la place du marché que le soleil inondait à la verticale. Les arcades étaient bondées.

Corentin palabrait avec un apiculteur, incapable de trancher entre le pot d'onguents et la gelée royale. Il sursauta en reconnaissant Léonie, installée sur la terrasse du *Bar de la Font* dont les tables et les chaises mordaient sur la rue.

— Tu n'étais pas censée te reposer ?

— Alexane Mazet m'a déposée. Je crois qu'elle s'ennuie, cette femme. Elle n'a pas arrêté de me tourner autour en me proposant un café, un glaçon, un éventail. Puis sa femme de ménage est arrivée et heureusement elle s'est désintéressée de moi. J'ai pu me reposer sous son parasol.

— Et ?

— Et quand elle m'a dit qu'elle partait faire je ne sais quoi à Péchadey, je lui ai demandé si elle passait par Lafontac et me voilà.

— Tu n'es pas raisonnable, tu disais toi-même que…

— Ne me fais pas la leçon, j'ai passé l'âge.

Corentin déglutit et tenta d'ignorer les regards curieux de leurs voisins de table qui flairaient la dispute.

— Je ne te fais pas la leçon. Je veux prendre soin de toi.

— Corentin, lâche-moi.

Les yeux de Léonie s'étaient étrécis jusqu'à former deux fentes belliqueuses.

— Tu n'as aucune raison de t'intéresser autant à moi. Quant à ce bébé, il faudrait déjà qu'il soit de toi.

Corentin recula sous la violence de l'impact. Il se détourna de Léonie et trébucha sur des pieds de chaises enchevêtrés. Face à lui, Clara tenait à la main un sachet de papier bourré d'abricots. Il refusa de voir la pitié qui marquait son visage et quitta la terrasse à grandes enjambées.

Léonie sentait l'adrénaline battre dans sa gorge. La jouissance d'avoir réussi à blesser en une seule phrase refluait déjà. La perfection assassine d'une pique bien placée lui procurait une joie étrange. Elle n'avait pas encore atteint le point où le remords montait par vagues jusqu'à noyer toute la scène dans un brouillard coupable. La crainte de ne pas savoir comment réparer ce qu'elle avait brillamment causé allait bientôt l'étouffer. Corentin finirait inévitablement par la consoler, faisant semblant de croire qu'elle souffrait bien plus de se sentir coupable que lui souffrait d'avoir été blessé. Ses voisins se détournèrent en murmurant tandis qu'elle touillait vigoureusement son jus de tomate, comme si l'inéluctable déroulement d'émotions qui allait la mener une fois de plus vers le dégoût d'elle-même pouvait être repoussé avec un peu de rage et d'énergie.

La route se déroulait devant Corentin comme un lacet abandonné au fond d'un tiroir. Chaque inspiration lui rappelait les vapeurs brûlantes d'eucalyptus au-dessus desquelles il se penchait presque chaque hiver, l'humidité en moins. L'air immobile donnait à chaque bruit, à chaque pas, un poids et une densité d'argile sèche.

Arriverait-il à pardonner encore une fois ? Il reconnaissait la boule amère que faisaient surgir en lui les phrases gonflées de vinaigre de Léonie. Cette fois-ci, il n'arriverait pas à l'avaler. Il essuya la sueur qui lui coulait dans l'œil. Il lui semblait que toutes ses vieilles plaies, cicatrisées tant bien que mal, s'étaient rouvertes au même instant. Une douleur aiguë et impitoyable lui avait percé le cœur.

— Vous faites quoi là ?

Corentin sursauta au son d'une voix agacée. Il n'avait pas entendu arriver d'un chemin perpendiculaire une machine agricole étroite d'où partait une longue lame crénelée relevée vers le ciel. Dans la cabine, un homme joufflu le dévisageait sans aménité.

— Je vais à Haut Méac.

— Par cette chaleur ? Sans casquette, sans rien ? Il y a au moins six kilomètres, vous êtes dingue.

Corentin promena autour de lui un regard perdu. Il avait marché sans vraiment prêter attention à son environnement.

— Ça va aller.

— Déconnez pas, vous allez faire un malaise ou je ne sais quoi. Vous n'êtes pas d'ici, vous. Montez.

— Ça va aller.

En répétant ces mots, Corentin sentit que sa langue prenait trop de place dans sa bouche et que l'intérieur de ses joues avait gonflé. Il chercha la dernière fois où il avait bu et rien ne lui vint à l'esprit depuis le café matinal servi par Alexane.

— Vous êtes parisien ou quoi ? grogna l'autre qui se gratta l'épaule à travers un tee-shirt grisâtre. Montez. Je vous pose à l'entrée du château, vous aurez juste l'allée à remonter.

— C'est gentil.

La petite cabine de la rogneuse était prévue pour une seule personne et Frédéric Lavergne la remplissait déjà plus qu'à moitié. Corentin se tassa contre la vitre.

— Ça se passe bien chez les Mazet ?

— Vous les connaissez ? répondit automatiquement Corentin.

— Lavergne, Mazet, Frégé, ça sort des mêmes lits tout ça. Alexane Mazet, c'est ma cousine. Elle devait se marier avec Francis Frégé et lui apporter vingt-deux hectares, mais elle a changé son fusil d'épaule. Elle a préféré devenir la dame du château.

— Ça existe encore les mariages arrangés ? demanda Corentin qui était trop épuisé pour se rendre compte que sa question pouvait froisser.

— On n'impose rien. On regarde les choses dans un ensemble.

Frédéric Lavergne avait répondu si sèchement que Corentin sentit à travers le brouillard dans lequel il évoluait depuis quelques heures qu'il n'avait pas dit ce qu'il fallait.

— Ici les vignerons s'en sortent bien alors ? tenta-t-il.

Frédéric Lavergne embrassa d'un large geste les vignes qui formaient un remous en contrebas de la route.

— À condition d'avoir du raisin, on peut s'en tirer.

— Je ne suis pas sûr de comprendre.

— Certaines années, ça donne bien, et d'autres non. Par exemple, il y a quatre ans, on a grêlé jusqu'à l'os ici. Pas de raisin. Pas beaucoup non plus l'année suivante, le temps que la vigne se remette.

— Mais il y a des choses prévues pour compenser, non ? Des assurances, j'imagine ?

— Ça coûte, les assurances. Depuis, on s'y est quand même mis.

Un nuage de poussière suivait la rogneuse et noyait le paysage dans une fumée dorée. Le silence s'installa de nouveau dans la cabine.

— Et puis le gel cette année, reprit Frédéric Lavergne.

— Pardon ?

— On a tous gelé. Pas mal d'entre nous n'auront rien cette année. Bernard Mazet en fait partie, je peux vous le dire rien qu'à regarder ses parcelles.

— Mais vous disiez que vous étiez tous assurés depuis la grêle ?

— C'est pas la même assurance.

La rogneuse dépassa l'abbaye. Corentin commençait à apercevoir les grilles de Haut Méac, brunies par la rouille. Les deux battants traînaient par terre et creusaient au sol de petites douves sèches. Les gonds pris dans la pierre des colonnes se déchaussaient et peinaient à retenir la masse de ferraille qui se dessoudait par endroits.

— Je vous laisse ici, moi je tourne à gauche. Buvez un coup en arrivant.

La poignée au creux de la main, Corentin se tourna vers Frédéric Lavergne.

— Quelqu'un habite dans la petite maison de gardien ?

— Les parents à Bernard. Ils ont quitté le château quand Bernard est revenu. C'est pas mes parents qui auraient fait ça !

Après avoir remercié d'un signe de tête le jeune vigneron, Corentin accusa le coup lorsque la chaleur qu'il avait oubliée l'enveloppa de nouveau. Les platanes de l'allée offraient un couloir ombragé qui se poursuivait jusqu'au château dont les tours émergeaient derrière les ramures immenses.

À genoux devant son caisson à semis, Colette Mazet pulvérisait une brume d'eau tiède sur les feuilles tendres qui piquaient du nez sous leur voile d'ombrage.

Corentin se tenait à quelques mètres seulement de la haie qui séparait le jardinet de l'allée.

— Vous vous êtes égaré ? interrogea-t-elle de sa voix basse.

Avec un sourire tenant lieu de salut, Corentin secoua la main en signe de dénégation et fit mine de continuer sa route.

— La chaleur est accablante ces jours-ci, vous me semblez avoir besoin d'un bon verre d'eau fraîche. Entrez deux minutes !

Avec ses genoux terreux et son brumisateur à la main, Colette Mazet offrait une image rassurante. Corentin ne se sentait pas le cœur de lui opposer un refus, d'autant plus qu'il sentait un fond de migraine de déshydratation lui enserrer le crâne. Il poussa le petit portail en bois dont le bruit métallique, lorsqu'il abaissa la clenche, lui rappela le son que produisait la porte du buron où il avait si souvent accompagné ses grands-parents. Ce fut comme s'il entendait de nouveau le son des cloches que portaient les salers autour du cou. Il sentit presque l'odeur de foin chaud qui s'échappait de l'étable et la piqûre du froid matinal qui lui prenait les jambes.

— Je fais macérer des écorces d'orange, du thym et de la menthe, ça vous dit de goûter ? demanda Colette Mazet qui poussa la porte donnant sur sa cuisine. Je déteste l'eau sans rien.

La cuisine de Colette sentait le sablé au beurre. Une multitude de photos coincées derrière des rubans croisés couvrait tout un pan de mur. On y reconnaissait Bernard, Alexane, des douzaines de fillettes aux cheveux blonds et ébouriffés, à moins qu'il ne se fût agi de la même à des âges différents, des vues de Haut Méac à toutes les saisons, quelques cartes postales et des faire-part multicolores sur lesquels des nourrissons dodelinants étaient fièrement mis en scène en dépit de leur laideur. Chaque étagère, chaque rebord de fenêtre était encombré de vases et de boîtes à biscuits en fer-blanc.

Colette Mazet ouvrit un large réfrigérateur chromé qui donnait à sa cuisine un petit air étudié.

— Je vous avoue que je suis terriblement curieuse de découvrir les hôtes de Bernard et Alexane. Vous êtes de la région ?

Elle sortit une dame-jeanne en verre où flottait un amas de feuilles et de morceaux d'agrumes.

— Pas vraiment. Certains travaillent à Cognac, d'autres à Paris. Nous nous sommes rencontrés pendant nos études à Clermont-Ferrand.

Colette s'immobilisa.

— L'agro ?

— Non, ils étaient en école de commerce, moi en physique-chimie.

Colette hocha la tête. Elle sembla lointaine quelques secondes puis revint à la conversation.

— Et vous connaissiez déjà le coin ?

Deux verres épais furent posés sur la table de la cuisine. Colette Mazet saisit à pleins bras la bonbonne couverte de buée qu'elle inclina fermement et remplit les deux verres en bouchant du pouce le goulot pour bloquer les feuilles de menthe qui voulaient s'en échapper.

— Moi non. L'un de nous venait passer ses vacances ici.

Colette Mazet plissait les yeux avec intérêt.

— Passez nous voir si vous en avez l'occasion, je serais ravie de papoter avec votre ami. Tout a tellement changé ces dernières années, j'aime évoquer le passé !

Un coup discret à la fenêtre leur fit lever les yeux. Derrière la rangée de pots, Corentin rencontra le regard d'un homme assez âgé qu'il supposa être M. Mazet.

— J'ai trouvé une demoiselle dans le jardin ! annonça Jacques Mazet.

Malgré la chaleur, il était vêtu d'un pull côtelé kaki à col montant et d'un gilet beige dont les poches effilochées retenaient à peine la poignée de vis qu'il y avait fourrée. Colette Mazet leva les yeux au ciel en reconnaissant deux spécimens qu'elle avait discrètement descendus à la cave en espérant que son mari, grand frileux devant l'Éternel, finisse par les oublier. C'était sans compter l'attachement presque pathologique de Jacques Mazet pour tous les pulls qui avaient partagé sa vie, sans exception. Il était suivi d'Élise Ascaride, aussi gauche qu'une adolescente arrivant à sa première soirée.

Dans le hall de Haut Méac, la fraîcheur relative de la pierre tendait à se transformer en une moiteur d'église d'après 15 août. L'odeur crayeuse du calcaire prenait de l'ampleur et les boiseries exsudaient un parfum de vieille cire qui prit Corentin à la gorge. Dans l'ombre, sur une desserte en acajou accolée au comptoir de l'entrée, un plateau en cuivre luisait. Personne n'osait cependant y déposer le fouillis habituel propre aux vide-poches : poignée de monnaie, vis de lunettes à ne surtout pas égarer, ticket de tram sans doute encore bon ou bouton en nacre tombé d'un chemisier. Corentin en déduisit que le plateau était réservé au courrier. Il était 15 heures passées, la lettre qu'il attendait devait se trouver dans la liasse que le facteur avait glissée dans la boîte à l'entrée de la propriété, mais le plateau était vide.

Corentin Le Doussot faisait partie de ceux qui ne rechignaient jamais à cocher la case « recevoir au format électronique », car il restait dubitatif sur la fiabilité du service postal dont la bonne marche dépendait de tant d'humains. Cependant, il avait récemment découvert qu'une enveloppe bien cachetée, qui pouvait être ouverte en temps et lieu choisis, loin des regards, avait quelques avantages que le téléphone n'offrait pas. Mais cette enveloppe n'était pas là où elle aurait dû se trouver.

Un petit coup sec donné sur la porte résonna entre les balustres de l'escalier, une seconde avant que la lumière de midi ne fasse reculer la pénombre du hall. Daphné Dambérailh s'arrêta net en apercevant Corentin.

— Vous êtes là mon cher ? Je vous pensais à Lafontac avec vos charmants amis.

— Le soleil m'a poussé à rentrer plus tôt, je crains les coups de chaud.

— Vous n'avez pas l'air dans votre assiette, en effet, constata Daphné qui déposa dans le plateau doré une enveloppe crème barrée de larges arabesques.

Corentin se demanda si Mme Dambérailh avait l'habitude de s'introduire chez les uns et les autres sans plus de cérémonie. C'était peut-être un usage admis dans cette petite communauté unie par les liens du voisinage et par les préoccupations banales du quotidien ; les ravages de la pyrale dans les bordures de buis ou le mauvais genre de la boulangère par exemple. Alors qu'elle s'apprêtait à sortir d'un pas énergique, Daphné se ravisa et adressa à Corentin Le Doussot un sourire aussi déstructuré que chaleureux. Son nez se rapprocha brusquement de son menton et lui donna une physionomie tout droit sortie d'un conte pour enfants. Elle lui proposa de se joindre à la tribu des Mazet qu'elle venait de convier à l'une de ses traditionnelles cueillettes. Elle qui détestait se piquer aux tiges poilues des framboisiers et se baisser pour regarder derrière les feuilles de groseilliers, qui avait trop le vertige pour grimper sur l'échelle du verger et refusait catégoriquement de se faire piéger par les prunes trop mûres qui explosaient entre les doigts, avait trouvé une parade terriblement efficace : faire cueillir par d'autres. Elle en expliqua le principe à Corentin, tout étourdi par le flot de mots dont le débit lui rappela l'eau s'engouffrant dans le sas d'une écluse. Chacun cueillait ce qu'il souhaitait et laissait en partant la moitié de sa récolte dans les grands paniers que Daphné posait à la sortie des enclos. Elle se défendit du moindre contrôle, car la vertu de ses cueilleurs ne pouvait être mise en cause sans jeter le doute sur des personnalités aussi intègres que Colette et Jacques Mazet, ou pire, que son propre neveu, Géraud Dambérailh, major de la brigade de gendarmerie de Lafontac. Corentin acquiesçait en tentant d'intercaler de petits mots d'assentiment, puis finit sans même s'en rendre compte par engager tout le groupe de ses amis à se rendre le lendemain chez Daphné, qui quitta Haut Méac ravie de sa rencontre.

Lorsque le calme se réinstalla dans le hall, la raison de l'angoisse qui étreignait encore

Corentin refit peu à peu surface. Où pouvait se trouver la lettre qu'il attendait ? L'aurait-on déposée dans sa chambre ?

Il lui apparut que personne n'était entré dans la pièce où il retrouva les draps et la couverture repoussés au bout du lit et les volets mi-clos. La panique commença à creuser un sillon au fond de son estomac. Il la sentait rouler comme un galet pris dans les remous de l'Allier. Il lui semblait que son angoisse ne cessait de s'étirer, de repousser les parois de son corps comme le pied d'un bébé déforme le ventre de sa mère. Une dernière possibilité faisait encore barrage au sentiment de perdre pied : la lettre n'avait peut-être pas été envoyée le jour prévu. Il fallait se résoudre à faire ce qu'il souhaitait éviter. Les doigts crispés sur son portable, il se prit à répéter de manière incantatoire une courte prière qu'il n'adressait à personne : *Faites que je tombe sur la secrétaire, faites que je tombe sur la secrétaire*.

Il ne voulait pas être confronté à la personne seule habilitée à lui livrer l'information qu'il attendait par courrier. Il voulait uniquement s'assurer de la date d'envoi de ce courrier, point. La secrétaire fut précise et sans appel. En raccrochant, il avait la certitude que sa lettre aurait dû se trouver dans le plateau doré du rez-de-chaussée.

Vincent Brun-Mareuil et Alexane Mazet remontaient vers Haut Méac en évitant les zones où le soleil brûlait le sol. Juliette Hoareau fondit sur eux.

— Vous rentrez du tennis, m'a dit Olivia ? Je serais vraiment partante pour un match contre toi, Vincent. Bien sûr, je vise la victoire, dit-elle en pinçant les poignées d'amour que Vincent se donnait tant de mal à dissimuler sous l'élastique de son short.

Sans lui laisser le temps de répondre, elle annonça à Alexane qu'elle s'était permis de déposer dans la chambre froide les courses qu'ils avaient rapportées du marché.

— Après notre déjeuner gargantuesque, difficile d'envisager le dîner, mais nous pensions que peut-être nous pourrions nous installer dans un endroit où nous ne vous dérangerions pas. Cela nous permettrait de ne pas reprendre la route à la recherche d'un restaurant, qu'en dites-vous ?

Soufflée par l'énergie de Juliette, Alexane mit quelques secondes avant de trouver une réponse adéquate. Oui, elle comprenait que le groupe ne pouvait pas prendre tous ses repas à Lafontac ou ailleurs, non, elle ne voyait pas d'inconvénient à l'usage partagé de la chambre froide, et enfin, elle proposait la table de jardin qui se trouvait sous les fenêtres du petit salon à l'est – l'accès à la cuisine était direct par une porte de service percée dans le repli de la tour.

Juliette claironna un « merci » sonore pardessus son épaule et repartit d'un bon pas. Elle semblait parfaitement insensible à la chaleur.

À la vue de la camionnette blanche de son mari garée en bas de la cour carrée, Alexane lâcha précipitamment le bras de Vincent, qu'elle avait pris après le départ de Juliette. Sans un regard en arrière, elle allongea le pas vers la double porte donnant sur le chai.

— Bernard ? Tout va bien ?

Elle trouva son mari dans la fraîcheur du chai à barriques, derrière un rideau de plastique épais qui séparait les pressoirs des cuves en inox.

— C'est la chaleur ? interrogea-t-elle.

— C'est insoutenable.

— Ce n'est pas raisonnable de rester à la vigne à ces heures-là, gronda Alexane qui passa avec agacement une main sur le front de son mari où quelques cheveux moites formaient une boucle.

Bernard Mazet saisit la main de sa femme dont il embrassa le bout des doigts.

— Ils annoncent des orages cette nuit.

Le sol bétonné donnait au bâtiment une sonorité de cathédrale. Le vrombissement du système de thermorégulation qui était testé en prévision des vendanges absorbait les bruits parasites venant de l'extérieur. Alexane rompit le silence.

— Ils ont dit sur quelle rive ?

— En face, mais on est tellement près, est-ce que ça change quelque chose ?

— Ça change tout, Bernard. Ne te mine pas inutilement. Un peu de pluie ne peut pas nous faire de mal. Je vois bien que les vignes souffrent.

— Mais tu imagines, la grêle ? La pluie, je veux bien, mais la grêle…

— Arrête, Bernard, tu veux bien ?

D'une main ferme, Alexane saisit le menton de son mari pour le forcer à soutenir son regard.

— J'ai tellement donné, Alexane, je ne peux pas admettre que tous ces efforts n'aient servi à rien.

— Je refuse de t'entendre dire des choses pareilles, rien n'est fichu, tu m'entends ?

— Ça serait un mal pour un bien, finalement…

— Je ne sais pas de quoi tu parles. Tu fais tout ce qu'il est possible de faire pour que cette propriété fonctionne et ce n'était pas un cadeau. Avec toutes ses expérimentations bizarres, ton père t'a laissé un vignoble dont pas un débutant ne voudrait, même si on le lui offrait. Ce n'est pas en cinq petites années que l'on peut tout remettre d'aplomb.

Bernard leva sur sa femme un regard de chien battu.

— Je n'ai pas su dire non, c'est ce que tu essaies de me dire ?

— Mais pas du tout. Arrête un instant de croire que je veux te couler, je suis là pour t'aider !

Alexane répéta « laisse-moi t'aider » plusieurs fois. Elle voulait que ses mots pénètrent l'esprit de son mari, dont elle ne comprenait toujours pas comment il traitait les informations.

Certaines le touchaient de manière disproportionnée, d'autres se perdaient sans qu'elle ne comprenne ni où ni pourquoi.

— Je n'ai pas besoin d'aide, je dois assumer, ne pas vous faire porter le chapeau à toi et aux filles.

— Comme tu veux.

— Je ne pouvais pas dire non, Alexane, pas après tout ce qui s'est passé. On m'a présenté la propriété sur un plateau d'argent, que voulais-tu que je fasse ?

— Tu as bien fait, je n'arrête pas de te le dire !

— J'avais le couteau sous la gorge, les filles et toi à mettre à l'abri…

Les yeux dans le vague, Alexane ne pouvait s'empêcher de devancer Bernard en finissant des phrases qu'elle avait entendues des dizaines de fois. Il allait bientôt dire qu'il devait payer le prix de ses erreurs.

— J'avais une carrière en or, le métier de mes rêves, au point que mes parents cherchaient un repreneur sérieux pour la propriété. J'ai fait une erreur et je dois payer, donc je paye. N'essaie pas d'atténuer les choses, c'est encore pire.

La porte se referma de tout son poids lorsque Alexane quitta le chai. Les planches vermoulues tremblèrent de bas en haut.

Elle demeura quelques minutes le front appuyé contre la porte écaillée afin de prendre de la hauteur sur l'échange éprouvant qu'elle venait d'avoir avec son mari. Elle disposait d'une réserve de compassion immense dans laquelle il ne souhaitait jamais puiser et dont elle ne savait que faire. Elle voyait bien la frustration grimper d'année en année et redécouvrait avec une joie tout enfantine l'intérêt qu'elle pouvait susciter auprès d'autres hommes moins renfermés que son mari. Il imaginait toujours le pire. Cette histoire d'orage par exemple n'était qu'une preuve parmi d'autres qu'entre deux options, il se projetait systématiquement dans la plus sombre. Alexane avait fini par accepter le catastrophisme presque obsessionnel de son époux. Elle se disait qu'il tenait là une manière de vider ses peurs de leur substance à force d'en explorer chaque recoin, comme s'il essorait un vieux torchon souillé qu'il voulait laver jusqu'à la dernière fibre.

La sueur lui coulait dans le dos et sous les seins. Ils s'alourdissaient avec les années malgré les mouvements qu'elle effectuait consciencieusement pour en renforcer le maintien, le matin devant sa glace, paume contre paume, coudes à l'horizontale.

Elle poussa un soupir interminable puis releva la tête. Elle avait besoin d'une perspective réjouissante. Le billet de loto qu'elle venait de remplir chez un obscur buraliste de Péchadey se trouvait dans la poche intérieure de son sac. Il lui restait environ trois heures avant le tirage qu'elle irait consulter sur Internet. L'attente la chatouillait agréablement.

Le bleu dur du ciel était tendu comme une toile de tente au-dessus de Haut Méac. Bernard avait dramatisé, comme à son habitude. De là où elle se trouvait, Alexane pouvait apercevoir les parcelles des propriétaires voisins. Elle remarqua que dans presque chacune d'elles, une machine viticole soulevait un nuage de poussière. Il était courant qu'une annonce de mauvais temps précipite les fermiers, propriétaires et saisonniers dans les rangs pour achever en catastrophe des travaux qui avaient été interrompus ou remis au lendemain.

La porte du hall était entrouverte et la chaleur s'insinuait inexorablement. Alexane s'appuya contre le battant avec la nette impression de se battre contre la montée des eaux. D'une manière ou d'une autre, le château serait envahi, il ne resterait pas le moindre endroit frais où se mettre à l'abri.

Elle eut envie d'un verre.

Chacun réagissait à sa manière à la chaleur : les nerfs des uns flanchaient, les neurones des autres fondaient et chacun finissait par prendre son voisin à la gorge. Le manque d'air et la déshydratation rendaient fou.

Le tout début de soirée était en principe l'heure préférée de Daphné Dambérailh. Elle s'asseyait sur le pas de la porte de sa cuisine et regardait longuement les insectes dorés voler à contre-jour, un verre de vin d'Auvergne à la main. Elle ne pouvait pas le déguster en faisant totalement abstraction de la trahison qu'elle commettait vis-à-vis des vignerons qui entouraient l'abbaye. Si seulement elle avait pu trouver dans l'appellation un vin qui allie le poivre et le fruit aussi simplement qu'un saint-pourçain.

— Ma chère, vous rentrez à la meilleure heure ! Venez vous asseoir avec moi, il y a de la place pour deux.

Daphné se tassa contre le montant de la porte et indiqua à Élise un espace où pouvait à peine se loger un enfant de trois ans.

— C'est gentil, je vais lire un peu.

— Vous avez fait ma petite commission chez les Mazet ?

— Oui, j'en sors.

— Vous en sortez à l'instant ?

Daphné porta un œil surpris à son poignet avant de se souvenir qu'elle avait égaré sa montre.

— Comment avez-vous trouvé les Mazet ?

Le regard fixé sur un pot de fleurs posé à gauche du seuil, Élise répondit qu'elle les avait trouvés très gentils. Les mots qui semblaient au début se frayer un chemin avec difficulté jusqu'à l'oreille de Daphné s'enchaînèrent peu à peu avec une fluidité dont celle-ci ne soupçonnait même pas qu'Élise était capable.

— Il est un peu perché, lui, je crois, déroula Élise en levant les yeux vers la poignée de la porte de la cuisine contre laquelle Daphné s'appuyait. Il m'a déposée comme un paquet dans le salon, puis il est reparti dans le jardin avec une loupe et une boîte d'allumettes en disant qu'il allait reproduire la bataille de Castillon.

— C'est tout à fait lui, sourit Daphné. Qu'y avait-il dans sa boîte ?

— Des coccinelles.

— Censées exterminer des pucerons infâmes ?

Daphné reprenait peu à peu ses aises sur le rebord du seuil. Discuter des fantaisies de Jacques Mazet l'amusait follement.

— Sans doute.

— S'il avait pu peindre ses pucerons en bleu pour mieux figurer l'assaut, il l'aurait fait. Et Mme Mazet ? Comment vous est-elle apparue ?

Élise releva tout à fait le visage et fixa sur Daphné un regard clair où se lisait l'émerveillement.

— Elle a été adorable. Chez Colette, on se sent... enveloppé.

Son verre toujours à la main, Daphné donna deux brefs petits coups de menton qui pouvaient signifier qu'elle comprenait ce qu'Élise cherchait à dire, ou bien manifester un certain agacement de ne pas savoir procurer le même genre de sensation. Elle pouvait tout aussi bien exprimer sa désapprobation de voir la jeune Élise désigner par son prénom une personne de son entourage qui avait joué au bridge plus d'une fois avec sa propre mère. C'était le genre de geste-valise dont Daphné était coutumière.

— Pardon ma chère si je suis indiscrète, mais qu'avez-vous fait pendant trois heures chez les Mazet ?

Le regard d'Élise fuit vers un récupérateur d'eau installé au pied d'une gouttière et elle retrouva le phrasé haché que Daphné lui connaissait.

— On a parlé. De ses fleurs. Elle m'a montré des photos de famille. La pauvre.

Voyant qu'Élise avait épuisé son stock de mots, Daphné cessa de relancer la conversation et but à petites gorgées son saint-pourçain. Après tout, la soirée s'annonçait douce et un souffle de vent commençait à faire osciller les longues tiges des gauras que Daphné avait plantés contre le mur du salon. Sans détourner les yeux de ses fleurs, elle demanda :

— Savez-vous si M. Brun-Mareuil compte prendre son dîner à la maison ?

— Pas du tout, je ne l'ai pas encore croisé.

— Campari, gin-fizz, vodka orange ou vin du pays, annonça Vincent en posant sur la table de plastique blanc un nombre de bouteilles qui semblait dépasser largement ce qu'il était humainement possible de tenir entre dix doigts.

— Moi, je prends l'orange sans la vodka, s'il vous plaît.

Léonie caressa d'un air d'excuse son ventre rebondi.

— Et moi, le gin sans fizz, dit sèchement Juliette.

Trois heures auparavant, elle était sortie des toilettes de leur chambre devant lesquelles Pierre l'attendait en grattant le papier peint fraîchement posé. Elle lui avait tendu sans un mot le test de grossesse qu'ils s'étaient encouragés l'un l'autre à acheter dans la pharmacie de Lafontac. Négatif, comme tant d'autres. Cette fois cependant, Pierre l'avait prise dans les bras en lui murmurant qu'à ce stade, il était difficile de compter sur une fiabilité absolue. La notice précisait qu'il était préférable de réaliser le test le matin, or il était 16 heures passées. Le résultat qui leur était proposé devait donc être pris avec des pincettes.

Juliette Hoareau avait été une petite fille du genre à attacher sa propre dent de lait à un fil de nylon, à enrouler ce fil à une poignée de porte et à claquer celle-ci sans frémir. La dent était arrachée avant que l'appréhension ne monte. Elle avait cette capacité étonnante à accueillir le choc puis la douleur en les inscrivant dans une démarche globale. Elle aurait pu encaisser la déception si elle avait dû l'affronter seule.

Pierre quant à lui ne s'était jamais résigné à trouver porte close tant qu'il n'avait pas tenté de forcer la fenêtre. Par cette simple phrase, il avait réussi à creuser une brèche dans le stoïcisme naturel de Juliette et à jeter le doute sur un résultat qu'elle n'aurait pas songé à discuter.

Elle avait donc laissé grandir en elle un espoir de plus en plus ferme. Ces trois jours et demi de retard devenaient le signe indiscutable d'un enfant à naître. Au fil de la fin d'aprèsmidi, elle avait consolidé l'édifice fragile de ses espérances à l'aide d'infimes symptômes qu'elle identifiait avec ravissement, jusqu'à se forger une certitude.

Alors que les ombres commençaient à s'allonger, Pierre et Vincent avaient battu le rappel des uns et des autres tout autour du château et dans les couloirs : l'apéritif se profilait. Alexane Mazet était sortie opportunément de son atelier, un pinceau à la main, et Vincent l'avait invitée à se joindre à eux. Juliette avait dévalé le lourd escalier et couru jusqu'à la cuisine où elle avait tiré un plateau de la pile posée sur le frigidaire ronflant. Elle avait choisi sur les étagères de la chambre froide de la charcuterie et des fromages qu'elle était occupée à déballer lorsqu'un spasme puissant lui avait saisi le bas du ventre. Elle avait reposé les larges tranches de comté qu'elle tenait à la main et s'était dirigée comme un automate vers les toilettes du rez-de-chaussée. La porte lui avait résisté et elle avait entendu Clara réclamer deux secondes de patience de sa petite voix douce.

La porte s'était enfin ouverte.

— Tu n'as pas l'air bien, avait dit Clara, dévisageant Juliette avec intensité.

— Si, si.

Dans l'intimité des toilettes, Juliette avait vu s'écrouler la joie qu'elle avait alimentée d'espoirs et de sensations imaginaires. La déception avait jeté un bloc de plomb dans sa poitrine et elle avait porté sur ses illusions un regard amer. Ce qu'elle vivait comme une tragédie était digne d'une brève de comptoir, elle s'était vautrée dans le ridicule de la post-trentenaire qui s'invente un enfant. Elle piétinait sa douleur pour la tenir à distance. C'est avec un visage glacé qu'elle avait ouvert la porte derrière laquelle Clara l'attendait, lui ouvrant les bras. Il avait suffi de vingt minutes pour qu'elle se sente vidée, presque récurée de l'intérieur. Clara avait le don de provoquer une véritable logorrhée. Il lui avait suffi de poser une question puis de s'effacer dans une attitude de profonde compassion. Les mots avaient jailli avant même qu'elle les ait pensés et en s'entendant parler, elle avait été saisie de vertige.

Son gin sec à la main, elle fit quelques pas sur le gravier, encore étourdie. Une fine couche d'amertume, dense comme du verre, recouvrait le vide immense qu'elle avait fait en elle. Pierre était debout face à la table de jardin, un verre à la main. La lumière déclinante lui dessinait un nouveau visage. Il se tourna vers elle avec un sourire confiant et il comprit. Juliette ne sut que faire et baissa les yeux. Il était plus simple de refermer en elle-même les douleurs et le découragement qui l'engloutissaient plutôt que de porter ses tripes sur la table devant Corentin, Olivia, Léonie et son ventre plein, Vincent et Alexane qui souriait à la ronde, sa coupe à la main rejetant sans cesse ses cheveux vers l'arrière. Comme il lui était impossible de déglutir et de ravaler le nœud qui s'était constitué dans sa gorge, elle le laissa coincé là où il était et se tut, persuadée qu'au premier mot, sa voix sortirait étranglée et contrainte.

Il lui fallait s'asseoir, de préférence tournée vers la vue qui s'étalait vers l'est. Les vignes dévalaient jusqu'à l'horizon en bleuissant, les haies vives qui les délimitaient allaient en s'affinant jusqu'à former un lacis d'égratignures au sommet des coteaux les plus éloignés. Juliette saisit une chaise et s'installa, son gin à la main, l'autre posée sur son ventre. Elle vit du coin de l'œil que Léonie avait adopté la même position et elle retira sa main comme si son ventre était une plaque de cuisson brûlante. Elle ne pouvait pas s'occuper pour le moment de la tristesse de Pierre qu'elle sentait flotter dans son dos. Les conversations sourdes qui se déroulaient entre lui, Vincent et Alexane lui parvenaient, entrecoupées de silences que ni Vincent ni Alexane ne pouvaient combler assez vite.

Clara déboucha sur la terrasse improvisée, la main sous le plateau que Juliette avait commencé à préparer. Elle le posa sans faire de bruit et sourit gentiment à Corentin qui lui versa un verre de vin blanc. Juliette ne détourna pas les yeux du paysage lorsqu'elle sentit la main légère de Clara lui effleurer l'épaule. Le ciel, qui avait été d'un bleu impitoyable toute la journée, fonçait de minute en minute, comme si un pinceau laissait tomber avec régularité une goutte d'encre noire dans l'air liquide.

Alexane racontait entre deux éclats de rire bruyants combien elle aimait l'heure tranquille du soir où les bruits de la vigne s'apaisaient, chacun rentrant chez soi. Il était possible d'entendre l'angélus sonner en contrebas selon l'endroit d'où venait le vent et de voir les hirondelles chasser en piqué sur l'herbe. *Tout ton être pue la solitude,* pensa Juliette avec une aigreur qui lui fit peur. *Tes ongles de pied trop bien vernis, tes jambes lisses trop découvertes, tes yeux inquiets qui vont de l'un à l'autre pour vérifier que leur attention ne se disperse pas. Je m'étonne que tu puisses refermer la bouche avec tes dents qui ont le temps de sécher quand tu souris et doivent accrocher tes lèvres. À la place de Vincent, j'aurais pitié. Il joue, il ne fait que jouer parce qu'une semaine sans faire son coq, c'est trop pour lui. Sans toi, il aurait cédé à la cour que lui fait Olivia.*

Combien de fois Juliette les avait-elle maternés, consolés, leur avait-elle tiré les marrons du feu, à tous ? Elle se sentit envahie d'une lassitude immense. L'éclair jaune d'un loriot lui fit lever brusquement la tête et les notes flûtées qui s'échappèrent d'un figuier difforme en contrebas allégèrent un instant le puits de souffrance dans lequel elle se sentait couler. Ce fut comme si un mal de tête tenace la quittait, ne lui laissant que le souvenir de la douleur. Le jour finissant lui sembla plus lumineux et le chant du loriot plus audible. L'alternance des croassements âpres et des trilles harmonieux l'enchantait. Elle y trouvait un équilibre doux-amer dans lequel elle pouvait se laisser glisser. Même les désastreuses formules d'Alexane ne l'atteignaient plus. L'hôtesse parlait de « temps suspendu » alors que le brouhaha de ses propres paroles l'assourdissait au point de ne rien entendre du chant exotique qui s'élevait dans son jardin. Juliette soupira. Il était rare qu'elle prenne ainsi le temps d'accueillir ce qui l'entourait, l'action prenait le plus souvent tout l'espace, toute l'énergie dont elle disposait.

— J'ai reçu une goutte ! s'écria Olivia, les yeux levés vers le ciel, les deux mains ouvertes dans la posture du Christ de Rio de Janeiro.

— Impossible, il n'y a aucun nuage, protesta Vincent avec une pointe d'impatience.

— Olivia a raison, il y a des ronds mouillés sur la table, constata Clara qui poussa sur le côté le plateau de charcuterie.

— Vous devriez vous installer dans le petit salon, c'est à gauche en sortant de la cuisine, indiqua Alexane. Prenez donc vos verres et de quoi grignoter, je vous rejoins.

Vincent, une phrase en suspens, suivi des yeux Alexane qui quittait la terrasse en sautillant. Il en fut froissé et décida de suivre Pierre qui voulait contourner le château pour avoir une vue d'ensemble du ciel et comprendre d'où pouvait provenir la pluie.

Au pied des colonnes du hall, ils reculèrent ensemble jusqu'au mur de soutènement qui bordait la basse-cour carrée, ce qui leur permit d'envisager le ciel sans que le château ne bouche totalement la vision de ce que l'ouest apportait.

Au-dessus des toitures, il semblait qu'une colonne de fumée noire était poussée d'ouest en est. La frange des nuages était dorée et les vitres du premier et du deuxième étage semblaient en fusion sous les rayons du soleil rasant. À l'est, le ciel pur se violaçait au-delà des collines, les oiseaux rentraient au nid sans affolement et l'humidité commençait à monter du sol sec. À l'ouest, un épais couvercle sombre semblait plaquer le soleil contre la terre et vouloir étouffer la cime des arbres. Un fétu de paille fut soulevé des gravillons et tournoya à un mètre du sol. La lumière baissa brutalement et la cime des chênes commença à remuer, d'abord mollement, puis ils s'inclinèrent tous pour ne plus se redresser. Un mugissement continu monta du fond de l'allée de platanes et les volets mal attachés claquèrent violemment contre la façade assombrie. Pierre porta la main à son front en plissant les yeux. La poussière montait du sol et fouettait ses mollets.

Sous les platanes, les branches mortes dansaient et s'entrechoquaient avant de toucher le sol, puis étaient de nouveau projetées contre les troncs impavides jusqu'à ce que certaines finissent par se disloquer. Pierre songea à la prise au vent des grilles de l'entrée dont les ferrures ne demandaient qu'à lâcher. Vincent levait le visage à la rencontre du vent, apparemment insensible aux particules minuscules qui faisaient pleurer son ami. Il se tenait contre le vent, le torse bombé comme un adolescent.

Lorsqu'une pierre de belle taille s'écrasa au pied des colonnes de l'entrée, Pierre attrapa Vincent par le coude et se pencha pour lui crier à l'oreille qu'il était plus prudent de rentrer, de préférence sans passer sous une fioriture branlante qui risquait de leur fendre le crâne. Dans la cour, les bâtiments agricoles en U brisaient le vent qui s'engouffrait sous le porche en hurlant. D'une façade à l'autre, d'une porte close à l'autre, un formidable courant circulaire s'était créé et entraînait dans un tourbillon désordonné les petits débris de bois, les grains de maïs jetés le matin aux poules et de légers emballages de plastique.

Au moment où ils s'engouffrèrent par la porte d'une petite tour d'angle, la pluie s'abattit sur le sol avec la brutalité d'un piano qu'on aurait jeté de l'étage. Ce n'était pas un crépitement continu, ni un martèlement cadencé, c'était le craquement tonitruant d'un million de noyaux de cerises qui auraient été précipités sur un parquet à bonne hauteur. La pluie n'avait duré qu'un instant, déjà des grêlons gros comme des prunes rebondissaient avec violence sur le terrain douché jusqu'à l'os.

— Ma voiture, putain, murmura Vincent qui avait perdu sa superbe.

— Tu imagines si le toit ne tient pas ?

Vincent haussa les épaules, indifférent.

— Ils ont dû en voir d'autres les gens d'ici. C'est comme au Japon avec les tremblements de terre, tout ça, les constructions sont étudiées pour tenir le choc. Heureusement que j'avais remonté le toit, imagine la tronche de mes fauteuils...

— Les Mazet vivent de la vigne, je ne sais pas s'il leur restera grand-chose.

Vincent, perdu dans le calcul ardu du billet qu'il allait devoir lâcher à son carrossier, ne répondit pas.

Ils se trouvaient dans une petite entrée secondaire où s'entassaient des bottes de toutes tailles, du brun au kaki en passant par le vert bouteille. Quelques manteaux en toile enduite empuantissaient le réduit de leur odeur d'huile de lin, les cols en velours côtelé étaient gris de poussière. Un grêlon vint heurter violemment le carreau et le fendit en étoile. Un flash aveuglant jaillit de l'obscurité et fixa en une seconde la silhouette noire et penchée des arbres gémissants. Le claquement sec d'une arme à feu prit Pierre par surprise et il s'attendit à suffoquer dans un nuage de soufre. Les années passées à remplir le chargeur de ses vieux oncles arthritiques l'avaient écœuré à vie de ces odeurs de poudre et de pierre à fusil. Il n'avait jamais voulu passer son permis de chasse et constituait une cible choisie dans les dîners de famille où chaque mâle de la tribu s'enorgueillissait de coups de maître et de tableaux glorieux. Il fallait toujours un poltron pour donner à un récit brillant toute sa saveur.

L'entrée exiguë était plongée dans un crépuscule poisseux. Vincent tendit la main vers un interrupteur à bascule d'où jaillit une gerbe d'étincelles bleues. Il poussa un cri aigu. Pierre dissimula un sourire mais ne fit aucun commentaire piquant. Il connaissait la vulnérabilité de Vincent qui, lorsqu'il n'était pas au volant de sa voiture ou drapé dans un costume scintillant de séducteur, redevenait le bon gars simple à qui il réservait toute son amitié.

— Les plombs ont dû sauter. Tu as ton portable ?

— J'ai perdu mon portable, on m'en a prêté un vieux, répondit Vincent qui maîtrisa de justesse les inflexions de sa voix. Je ne suis pas certain qu'il ait une option lampe de poche, il a dû sortir de l'usine avant l'invention des LED.

— Pas de 4G, pas de Tinder, rien ?

Pierre écarquillait les yeux. Il espérait que Vincent en verrait le blanc briller dans l'ombre et reprendrait pied grâce à la perche comique qu'il lui tendait.

— Rien, à poil.

— À tâtons plutôt, rebondit Pierre.

— Tétons.

— Tais-toi.

— C'est bon, tu gagnes, dit Vincent, goguenard.

Un bourdonnement de voix les guida jusqu'au petit salon, à l'opposé du château. Ils durent traverser le couloir de service, contourner les toilettes du rez-de-chaussée qui formaient une verrue sous l'escalier monumental, puis ouvrir la porte à doubles battants derrière laquelle ils entendaient le rire profond d'Olivia. Les fenêtres étaient grandes ouvertes sur le spectacle mouillé du jardin, l'air y entrait par brassées fraîches, chargé d'odeurs vivantes.

Pierre se rendit compte, lorsque l'humidité caressa sa peau, à quel point la sécheresse des dernières heures l'avait affecté. Il imagina la nature lyophilisée reprendre peu à peu ses formes, se regonfler. Les feuilles retrouvaient leur bombé, les herbes leurs courbes franches, la terre sa souplesse, les oiseaux leur vivacité. C'était une suite de renaissances infimes. Mises bout à bout, elles formaient un grand mouvement collectif de relevailles.

Olivia se tenait à demi allongée sur une duchesse tapissée de vert. Un de ses grands pieds traînait à terre, à demi déchaussé. Elle avait l'allure languide qui convenait parfaitement à son teint blanc crémeux et à ses cheveux roux. Elle avait charbonné ses yeux et il sembla à Vincent qu'ils étaient anormalement enfoncés dans leurs orbites. Son haut chamarré laissait adroitement voir la naissance de ses seins, même dans l'ombre.

Pour l'avoir connue engoncée dans un tailleur étroit acheté place Royale, Vincent la trouvait aujourd'hui négligée et peu appétissante. Il lui prêtait, sans y regarder de près, une certaine paresse quant à l'entretien de soi et n'aurait pas été surpris de lui voir des ongles crasseux et de longs poils sous les aisselles. À son avis, le petit air hippie qu'elle affectait n'avait rien de ragoûtant et ne faisait que souligner l'absolue incohérence entre son idéal affiché et son comportement, guidé par une absence pathologique d'empathie et d'intérêt pour autrui. Il reconnaissait avoir été sensible des années auparavant à une certaine forme d'exotisme. Lorsqu'elle passait dans les couloirs avec sa cape vert bouteille, ses taches de rousseur et son regard clair, il était difficile de ne pas la remarquer. Elle avait atteint un statut de trophée étrange aux yeux d'étudiants qui, comme lui, étaient friands d'aventures inclassables à épingler sur le revers de leur veste. Vincent s'amusa du blocage qu'il éprouvait lorsqu'il tenta de se repasser les images de leurs journées ensemble à boire du yaourt à la bouteille et à faire l'amour jusqu'à la nausée.

— Et tu vois, moi, si je m'étais conformée à mes conditionnements, j'en serais certainement toujours au même point, disait-elle d'un air pénétré à Clara qui se tenait debout entre la table basse et le fauteuil crapaud vers lequel elle se dirigeait avant d'être happée par la voix chaude d'Olivia.

— Tu as eu beaucoup de courage, répondit-elle avec gentillesse.

— Du courage, non, de l'énergie, sans doute. Il en fallait pour se défaire de toutes les attentes qu'on avait placées sur ma tête. J'ai dû partir sans me retourner pour ne pas sauter de nouveau dans le bouillon. On finit par aimer sa prison, avec le temps.

Le sourire de plus en plus lointain de Clara finit par être trop lisible pour ne pas être pris en compte par Olivia qui s'interrompit au milieu d'une phrase.

— Vous avez trouvé des bougies ? demanda Alexane en faisant irruption dans le petit salon par une porte rendue presque invisible grâce à l'habile continuité des moulures.

— Nous n'avons pas ouvert les tiroirs, répondit Léonie avec indignation tandis que Pierre se mit à faire jouer un briquet dans les ténèbres.

— Nous n'allons pas rester dans le noir. Vincent, pourriez-vous, s'il vous plaît, tirer la boîte qui se trouve au-dessus du buffet ? Je n'y arriverais pas seule.

Pendant que Vincent s'exécutait, Alexane manifesta une agitation désordonnée que Clara, toujours attentive à l'équilibre délicat qui s'établissait entre les êtres, attribua à l'orage. Elle se pinçait la lèvre inférieure entre le pouce et l'index et tournait dans le petit salon comme une chignole, prenant et reposant les objets sans cohérence. Elle attrapa une petite bergère en céramique sur le rebord de la cheminée et la posa sur un guéridon, puis sur la console près de la fenêtre, puis la remit à sa place. Les mèches blondes qui s'échappaient sans ordre de sa coiffure et ses joues roses la faisaient paraître essoufflée. Clara ne bougeait pas de son poste d'observation derrière le canapé fleuri et suivait des yeux les allers-retours d'Alexane qui lui rappelaient ces chats enfermés dans des pièces trop petites.

La lueur des bougies fit progressivement reculer l'ombre qui se réfugia dans les coins. Les chandeliers furent posés sur le bois miroitant d'une console en demi-lune. Le vent s'était calmé et les flammes se couchaient parfois sans jamais s'éteindre. La pièce semblait plus grande qu'elle ne l'était. Clara se fit la réflexion qu'elle n'avait sans doute pas évolué depuis plus de cinquante ans. Des visages sévères, enchâssés dans des cadres de plâtre dont la dorure était piquée de crottes de mouches, observaient la société dépenaillée qui peuplait leur salon ce soir-là.

Pierre s'installa aux pieds de Juliette qui lui prit la main par-dessus l'accoudoir. C'était leur premier contact depuis que l'un et l'autre avaient compris l'illusion dans laquelle ils s'étaient entretenus. Juliette interprétait la pression légère de la main de Pierre comme une manifestation de son soutien mais également de sa tristesse personnelle. Elle n'osait pas le regarder, de peur d'entrevoir l'ombre d'un reproche sur son visage. Olivia, toujours affalée sur sa duchesse dont les clous de tapissier luisaient doucement, observait Alexane réduire le rayon de ses voltes autour de Vincent qui la laissait venir en caressant du bout des doigts les tranches de livres exposés dans la bibliothèque.

L'urgence de faire sentir à Alexane qu'elle n'avait rien à faire avec eux s'empara d'Olivia. Elle semblait alanguie, la tête en arrière sur le dossier et la gorge offerte, mais elle réfléchissait à toute allure. Elle ne connaissait rien de plus excluant que l'évocation de souvenirs de guerre auxquels seuls les participants pouvaient entendre quelque chose. Il suffisait d'amorcer la pompe et chacun se pousserait du coude en se rappelant telle cuite, tel partiel raté, tel maître de stage imbuvable. Alexane déguerpirait en dix minutes, si elle avait un peu de jugeote.

— Qui se souvient du nom de cette horrible professeure de statistiques ? Elle parlait avec un accent de l'Est, vous vous souvenez ? C'est à cause d'elle que tu es passé aux rattrapages en deuxième année, Vincent, non ?

— Mme Dourky ! s'exclama Vincent, trop heureux de se plonger dans l'évocation de son glorieux passé d'étudiant désinvolte. Un enfer, cette pauvre femme.

— Enfer que tu lui as fait vivre ? relança Olivia

— Enfer que j'ai vécu. Je ne comprenais rien. Heureusement que je sortais avec Léonie qui me laissait copier de temps en temps, soupira-t-il.

— Comme si j'avais le choix, répondit Léonie avec amertume. Tu m'as coûté ma mention bien, je te rappelle. Bachaar a trouvé mon brouillon dans ta copie. Tu étais vraiment un guignol. Même la queue de peloton s'en tirait mieux que toi. Gaspard Biel, Amélie Loupard et Esteban Machin, eux au moins trouvaient des combines qui avaient du panache.

Olivia surveillait Alexane du coin de l'œil et se réjouit de la voir suivre avec effort les échanges de noms qui lui étaient forcément inconnus.

— C'est en soirée que j'avais du panache, se rengorgea Vincent.

Léonie éclata de rire en se frottant le ventre. Il était toujours difficile de savoir si elle riait de bon cœur ou si elle manifestait son mépris.

— Pas en fin de soirée en tout cas. Le nombre de fois où Clara a dû te raccompagner…

— Sainte Clara, je ne t'ai pas assez remerciée, taquina Vincent.

À la mention de son prénom, Clara leva les yeux. Elle contemplait les dessins du tapis avec application, perdue en elle-même. Par réflexe, elle sourit.

— Tu étais notre Sam à nous. On a tous bien profité de tes services pour mettre la clé dans la porte. Je n'ai jamais compris comment tu réussissais à t'amuser sans boire, continua Vincent qui leva son verre à l'adresse de Clara.

— Pour rien au monde je ne revivrais cette période de beuverie, reprit Olivia avec une moue dégoûtée. Le mal qu'on a fait à nos organismes ! Heureusement que j'ai découvert le quinoa et les jus verts.

Vincent grimaça, les smoothies au céleri ne lui évoquaient rien de buvable.

— Ça nous a permis de vivre de belles aventures, soupira-t-il, nostalgique. D'ailleurs, ma dernière cuite recèle un mystère que je n'ai toujours pas élucidé. Je vous raconte.

Il s'adossa à la cheminée et posa son verre sur le plateau de marbre d'une commode d'antiquaire. Il aimait ménager ses effets et ne boudait pas le plaisir de voir cinq paires d'yeux braquées sur lui. Juliette et Clara regardaient ailleurs, tant pis pour elles.

— Vous vous rappelez la dernière soirée qu'on a passée tous ensemble ? Après les partiels de Noël. On allait partir en stages de fin d'étude, il nous fallait une soirée grandiose. C'était chez Mathieu, Jamil et l'autre coloc qui faisait médecine.

— Pharma, corrigea Léonie, il s'appelait Simon, je crois. Leurs soirées finissaient toujours mal, on y croisait n'importe qui, même des ingénieurs.

Elle fit une bouche dédaigneuse et se contorsionna dans son fauteuil pour mieux positionner son ventre. Clara avait abandonné la contemplation de ses genoux et fixait sur Vincent des yeux immenses. Vincent se réjouit d'avoir gagné une auditrice supplémentaire. Même Juliette, qui semblait ailleurs, avait levé le nez. Elle le regarda avec attention, puis fixa

Clara. Elle semblait presque inquiète. Vincent passa outre, trop avide de dérouler son histoire.

— C'étaient donc des soirées mythiques puisque c'était du grand n'importe quoi. Ils avaient une malle à déguisements à l'entrée, tu te souviens, Pierre ? On devait se changer en arrivant, même quand on venait prendre un café à 3 heures de l'après-midi. Quelle bande de fous ! Bref, dernière soirée, on arrive tard avec Léonie, on avait fait un barathon jusqu'à minuit juste avant, je n'étais déjà plus très frais.

— Dans tes rêves, intervint Léonie. J'étais là depuis le début de la soirée. C'était Olivia, la conquête du moment.

— C'est possible.

Vincent n'accorda aucune importance à ce détail tandis qu'Olivia verdit dans son ensemble turquoise. Il continua :

— On s'est tous appliqués à boire les fonds de bouteilles jusqu'à se coller une cuite mémorable. On ne connaissait pas la moitié des gens, cet appart, c'était la grande ménagerie.

— Normal, commenta Léonie, il y avait un tiers de pharma, un tiers d'agro et un tiers de chez nous.

Vincent leva la main pour couper court à la digression.

— Je crois qu'on était tous là. Sauf Corentin bien sûr, qui n'existait pas encore. Donc soirée d'adieu, en somme. On s'embrasse tous, on se promet de s'écrire des mails, tout ça.

Juliette se leva et s'approcha de Clara. Elle se tint tout près d'elle, à lui toucher le bras.

Clara, hypnotisée par le récit de Vincent, ne la remarqua pas.

— Bon, Vincent, on peut embrayer sur autre chose ? Ça n'est pas la soirée la plus amusante à raconter, dit-elle en passant un bras autour de Clara, qui resta raide comme un morceau de bois.

Vincent suspendit la phrase qu'il allait commencer. Il ne comprenait pas.

— Ça va, soupira Olivia, se faire larguer, ça nous est tous arrivé, on ne va pas en faire un plat.

— Ah, pardon, j'avais oublié, s'excusa Vincent.

Il était partagé entre le désir de continuer son récit, qui lui semblait d'un intérêt capital, et le souci de préserver Clara.

— Mais oui, renchérit Léonie, raconte la fin, Clara ne va pas se répandre en sanglots, ça fait dix ans quand même. Arrête de la materner comme ça, Juliette. Clara n'est pas en sucre, elle est assez grande pour stopper Vincent si ça lui est insupportable d'entendre parler de cette soirée.

Clara, livide, ne répondit rien. Juliette, les bras ballants, ne savait plus si elle devait insister ou laisser l'histoire suivre son cours. Après tout, elle avait joué son rôle, Clara pouvait en effet décider de quitter la pièce. Elle retourna s'asseoir en lui lançant des regards anxieux.

Profitant de l'interruption, Corentin s'approcha d'Alexane qui avait repris ses allers-retours dans le salon et lui demanda si le courrier avait été relevé.

Elle répondit assez sèchement que son mari avait certainement déposé ce qui devait l'être dans le plateau prévu à cet effet, puis elle décrocha les embrases des rideaux, tendit l'étoffe et en lissa les plis avant de les rattacher.

Indécis, Vincent regarda Pierre qui haussa les sourcils. Il décida d'y lire la permission de reprendre la parole.

— Personne ne m'interrompt plus jusqu'à la fin maintenant car le mystère va s'enclencher. La soirée avance, il gelait dehors donc personne ne se pressait vraiment pour rentrer chez soi. L'appartement se vide petit à petit et il ne reste finalement que les colocs, un type à lunettes pas très drôle et sa greluche, et un autre bonhomme du genre grand blond avec qui le courant passait bien. Vous me l'aviez présenté quand j'étais arrivé, je crois, mais j'avais déjà oublié son prénom. J'annonce que je vais rentrer dans ma banlieue sinistre et le type me dit : pas de ça, c'est beaucoup trop loin, viens chez moi, j'ai un clic-clac, ma copine est rentrée avec sa coloc. Je l'embrasse chaleureusement et nous voilà partis bras dessus bras dessous. La nuit était glacée, j'ai cru que j'allais perdre des orteils et que le bout de mes oreilles allait se casser si j'y touchais.

— Quel suspense ! ironisa Léonie qui empilait les verres vides à la lueur dansante des bougies.

Plus personne ne prêtait attention à Clara, qui avait trouvé refuge derrière un lampadaire à pampilles.

Vincent faisait de grands moulinets pour illustrer son récit.

— Impossible de me rappeler notre conversation mais on a bien ri, le bonhomme tenait à peine debout et finalement j'avais plus l'impression de lui rendre service que de profiter du sien. Il était tellement rond qu'en bas de chez lui, il n'arrivait pas à mettre la clé dans la porte. C'était un de ces immeubles construits entre deux autres pour boucher le trou, il faisait un mètre de large à tout casser. On avait du mal à imaginer qu'il abritait autre chose que des boîtes à chaussures empilées les unes sur les autres. C'était où déjà ? Rue...

— Rue des Vieux-Chagniats, murmura Clara d'une voix rauque.

— C'est ça, donc je lui prends la clé, j'étais un tout petit peu plus frais, et il me dit en grimpant derrière moi que son appartement est je ne sais plus où, du genre deuxième droite. J'y monte, je trouve le clic-clac, je m'affale et je m'endors avec la clé dans la main. Le lendemain, je me réveille à cause du raffut dans la rue, la bouche pâteuse et les cheveux qui poussent à l'intérieur du crâne. À cette époque, il me suffisait d'un bon jet d'eau froide et d'un hamburger pour me remettre, mais cela reste un souvenir douloureux. Je l'appelle et rien. La porte d'entrée était toujours grande ouverte. Personne dans le lit, ni dans la salle de bains qui était aussi minuscule que la tienne, Pierre : une baignoire sabot dont tu ne pouvais pas te relever sans te taper la tête dans le cumulus et en sortant il fallait contourner le lavabo sans marcher dans le bidet. L'appartement était complètement vide. Il était midi et j'ai eu faim, j'ai mis les clés sous le paillasson et je suis parti. Je ne l'ai jamais revu ! Alors, qu'en dites-vous ?

— C'est ça ton histoire ? Tout ça pour ça ? dit Léonie en éclatant de rire.

— C'est incroyable quand même, non ? s'offusqua Vincent face à la réaction mitigée de son auditoire. Je dors chez un type que je ne connais ni d'Ève ni d'Adam et quand je me réveille, il n'est même pas là !

— Mais moi, ça m'est arrivé des dizaines de fois, mon pauvre, soupira Olivia qui rejeta ses longs cheveux roux sur le dossier de la duchesse.

— Et toi Pierre, tu trouves qu'elle est comment cette histoire ? quémanda Vincent en désespoir de cause.

— Passionnante, j'étais suspendu à tes lèvres, répondit Pierre de sa voix profonde.

Clara, livide, déglutit plusieurs fois. En longeant la grande bibliothèque, elle se dirigea vers la porte sans saluer ni les uns ni les autres et buta dans l'obscurité sur la barre de seuil. Ses cheveux se dégagèrent de la barrette en plastique qu'elle portait bas dans le cou et qui tomba par terre sans qu'elle semblât s'en rendre compte. Personne ne prit la peine de lui souhaiter bonne nuit et elle s'effaça dans l'obscurité.

Juliette se leva à demi de son fauteuil, puis se rassit avec un soupir. Elle avait assez avec ses propres souffrances ce soir.

Après quelques souvenirs moins glorieux, le petit salon se vida doucement. Olivia semblait ne pas vouloir quitter son demi-canapé avant qu'Alexane ne fût partie. De guerre lasse, elle finit par se lever et laissa Vincent avec la femme de Bernard Mazet qui trouvait toujours quelque chose à ranger.

La lumière insuffisante des bougies flattait le visage d'Alexane. Les quelques années qu'elle se donnait tant de mal à camoufler avaient disparu et si elle n'avait pas contracté nerveusement les mâchoires, elle aurait eu des traits lisses et presque jeunes. Au moment où Olivia refermait la porte du petit salon en annonçant d'une voix trop forte qu'elle montait se coucher, Alexane poussa un léger soupir de soulagement. Elle quitta la pile de livres qu'elle s'appliquait à classer par ordre de taille afin d'en faire une pyramide harmonieuse.

Vincent sentit son haleine mentholée. Les mains d'Alexane se posèrent sur sa poitrine tandis qu'elle levait vers lui des yeux tragiques.

— Mon cher Vincent, j'ai un service immense à vous demander. Je ne peux en parler qu'à vous, chuchota-t-elle, je sais que vous ne me jugerez pas.

L'air contrit et suppliant qu'elle prit déconcerta Vincent qui se rendait bien compte de la manœuvre mais ne parvenait pas tout à fait à lutter contre l'envie de la prendre virilement dans ses bras.

— J'ai égaré une chose à laquelle je tiens terriblement. J'ai... j'ai appris tout à l'heure que cet objet, qui n'a pas de valeur à proprement parler, venait d'en prendre tout à coup. Il s'agit d'une enveloppe bristol blanche d'une dimension tout à fait classique.

— Je ne comprends pas bien ce que vous me demandez, ma chère Alexane.

— J'avais cette enveloppe à la main lorsque je suis rentrée de Péchadey. J'ai du mal à aller au bout d'une action sans me laisser distraire : je voulais la ranger dans le secrétaire de ma chambre, mais en passant dans le couloir, je me suis rendu compte qu'il était bientôt 19 heures et que je n'avais pas fait vos lits. Je ne suis pas encore tout à fait rodée à mes nouvelles responsabilités.

— Vous avez donc fait les lits avant d'être allée déposer cette enveloppe dans votre chambre ?

— Je l'ai posée sur la première table de nuit, chez Pierre et Juliette. Puis j'ai changé de chambre et je ne me souviens pas du tout si j'ai récupéré cette enveloppe ou si je l'ai posée dans une autre chambre.

— Il est 21 heures passées, vous pouvez attendre demain matin, j'imagine ?

Vincent sentait déjà l'impatience le gagner face à ce problème trivial et somme toute assez éloigné du genre de requête à laquelle il s'était attendu. Les circonvolutions dans lesquelles l'entraînait Alexane le passionnaient autant que la lecture des cours de la Bourse sur BFM.

— Je ne suis pas sûre que vous compreniez bien. Si jamais quelqu'un ouvre cette enveloppe, je suis presque sûre que jamais son contenu ne me sera restitué.

— Qu'y a-t-il dans cette enveloppe, Alexane ? Le testament de votre vieille tante Ursule qui vient de passer l'arme à gauche ?

— Pouvez-vous me faire confiance, Vincent ? Je n'ai pas d'autre solution que de vous demander de toquer chez vos amis sous un prétexte ou un autre et de récupérer cette enveloppe !

L'idée d'agir comme un de ces agents secrets qui peuplaient son catalogue Netflix sembla finalement assez séduisante à Vincent.

— Vous aurez votre enveloppe dans dix minutes, ma chère.

Il sortit du salon avec bravoure et laissa Alexane, pâle comme une morte dans la lueur sépulcrale des bougies. Son petit effet théâtral ne lui déplaisait pas. La suite se déroula dans l'intimité obscure du couloir de l'étage et il se prit à souhaiter que la lumière revienne pour faciliter sa mystérieuse tâche. Il fut entendu par une puissance supérieure puisqu'à l'instant où il allait frapper à la porte de Pierre et Juliette, dont il entendait les murmures étouffés, le couloir fut inondé d'une lumière crue qui lui brûla la cornée.

— Oui ?

— C'est Vincent, tu m'ouvres une seconde ?

Après un léger remue-ménage, dont Vincent interpréta le sens avec un sourire entendu, la porte fut ouverte par Pierre. Son visage altéré doucha le sourire égrillard de Vincent. Il devait tomber au beau milieu d'une discussion éprouvante. Il glissa néanmoins un œil de manière à balayer les tables de nuit de part et d'autre du lit dont la courtepointe rubis lançait des reflets sanglants sur les murs blancs. Il ne vit pas d'enveloppe et débita à Pierre la phrase qu'il avait préparée.

— Demain il fait plus frais, pourquoi ne pas aller pagayer sur le fleuve ?

— Pourquoi pas, mais Corentin m'a parlé d'une invitation de la dame chez qui tu loges. Pour cueillir des framboises, si j'ai bien compris.

— Tant pis, rendez-vous demain matin chez vous pour faire le point. Et bonne nuit !

Pierre referma la porte sur un signe de tête. L'esprit occupé par la mission dont il était investi, Vincent passa à la porte suivante.

— Clara ? Tu m'ouvres ?

Comme il ne recevait pas de réponse, Vincent entrouvrit la porte. Clara n'était ni sur son lit, ni assise devant le secrétaire de bois de rose qui occupait l'angle de la pièce. Il perçut derrière la porte close de la salle de bains un bruit de chute d'eau. Toujours poussé par le sentiment d'être au service d'une noble cause, il entra dans la chambre sur la pointe des pieds et repoussa la porte. Il calcula que le temps nécessaire à Clara pour se sécher lui laissait une dizaine de secondes pour se glisser hors de la chambre.

Tout était rangé et tranquille. Clara avait sorti de sa valise une pile de vêtements légers qu'elle avait posée sur le précieux secrétaire. Son affreuse sacoche de cuir gisait sur la chaise, le rabat à boucle de laiton était ouvert. La moquette blanc cassé et les murs café au lait créaient une atmosphère douillette qui n'était troublée que par une tache de couleur incongrue sur le dessus-de-lit clair. Une chemise en carton rouge était ouverte et quelques papiers en désordre s'en échappaient. Vincent n'aurait pas attaché d'importance à cette chemise, ni à son contenu, si un détail ne lui avait pas sauté au visage. Un portrait aux couleurs sépia dépassait sous une feuille d'aspect administratif. Vincent ne pouvait voir que la moitié supérieure d'un visage qui ne lui aurait probablement rien rappelé s'il n'avait pas justement parlé de lui une heure auparavant.

La douche continuait à couler et Vincent prit entre ses mains la chemise rouge, en sortit le portrait et le contempla sans comprendre le lien mystérieux qui s'était créé entre son esprit, d'où était sortie une histoire vieille de plus de dix ans, et la chemise dans laquelle Clara avait apporté la photo du visage qu'il venait justement d'évoquer. C'était le portrait d'un jeune garçon, une vingtaine d'années, dont les yeux clairs semblaient percer le papier terni. Il affichait un demi-sourire entendu. Vincent retourna la photo d'un mouvement de poignet et lut :

Pour que ces quelques mois passent plus vite, je t'aime, Thomas.

La chemise contenait deux autres photos. Vincent mit plusieurs secondes pénibles à interpréter ce qu'il voyait sur la deuxième. Le papier rigide avait marqué la pliure et l'on voyait sur les vignettes en noir et blanc d'étranges éventails clairs. Une autre photo, prise dans une cabine photomaton, y était attachée par un trombone. Vincent y reconnut le premier visage, plus jeune cependant. Les yeux si clairs de la première photo semblaient presque bruns sur celle-ci.

Un bruit sourd retentit dans la douche, sans doute un coude qui heurtait la paroi de verre. Vincent parcourut à toute vitesse les documents supplémentaires. Une lettre de Thomas, dont l'écriture angulaire se déchiffrait difficilement. La chemise contenait encore une coupure de journal, un entrefilet de *La Montagne*.

CLERMONT-FERRAND – Dans la nuit du 19 au 20 décembre, un jeune homme alcoolisé meurt d'hypothermie au pied de chez lui.

Chaque élément de la chemise rouge se mit lentement en mouvement et trouva sa place sur la carte compliquée des événements. Des connexions, semblables à l'enchevêtrement d'obscurs circuits imprimés, lièrent des détails anodins à leurs conséquences absurdes. L'intuition d'un fil conducteur dramatique finit par aboutir à une image nette dont Vincent découvrait avec horreur les contours. De très loin, de l'intimité extrême de son être, monta l'étouffante conscience de sa responsabilité. Vincent sentit un grouillement ignoble tordre ses intestins, comme s'ils refusaient de digérer quelque chose d'avarié. Il tenta de renvoyer l'absurde à son absurdité, et la conclusion revenait, toujours identique, aveuglante de crudité et de bêtise : il avait laissé crever ce type dans la rue. Il l'avait simplement oublié en bas des marches, concentré sur sa ligne d'arrivée. Il s'était vautré dans un canapé dont le propriétaire, deux étages plus bas, n'avait pas senti le froid à travers l'épaisse illusion de l'alcool. La vie s'était échappée de lui sans bruit. Et ce type était l'amoureux de Clara, celui dont elle avait si peu parlé mais qui l'avait littéralement transformée en quelques semaines avant de la laisser brisée quand il avait disparu. Quand Clara disait « il est parti », il avait cru qu'elle avait été quittée, tout bêtement. Lui-même était « parti » des dizaines de fois. Est-ce que ce Thomas avait eu peur ? Est-ce qu'il avait eu le temps de maudire celui qui ne s'était pas retourné en butant sur les marches ? Comment Clara avait-elle surmonté ce drame ? Avait-elle compris, avant qu'il ne se démasque sans le savoir, le rôle sordide qu'il y avait joué ?

Lorsque Clara ouvrit la porte de la salle de bains, les cheveux tordus dans une serviette en équilibre sur la tête et le peignoir bâillant, elle poussa un cri. Vincent leva vers elle un visage hébété, ne chercha même pas à justifier sa présence. Il se leva tout simplement, posa avec soin sur le lit le protège-documents rouge, puis ouvrit la porte et sortit dans le couloir.

Il rata la dernière marche du large escalier et se rattrapa en trois enjambées incertaines sous les yeux troublés d'Alexane, embusquée derrière la porte de son atelier et prête à bondir sur l'enveloppe qu'elle s'attendait à trouver entre les mains diligentes de Vincent.

— Et l'enveloppe ? demanda-t-elle, toutes mains tendues.

— Quoi ?

— Mon enveloppe, celle que vous êtes allé chercher dans les chambres ?

— Je n'ai rien vu.

La poignée de la porte d'entrée faillit rester dans la main de Vincent qui tira avant que le pêne ne fût totalement sorti de la gâche. Un long tremblement saisit la porte de bas en haut et Alexane crut que les épaules de Vincent étaient secouées de sanglots. Puis il sortit dans la nuit.

Dimanche 4 juin 2017

— Élise, Élise, avez-vous un chapeau ou quelque chose d'approchant à vous mettre sur la tête ?

— Je n'ai pas une tête à chapeau.

— Pas d'enfantillages, je vous prie, ma chère, vous allez tanner ce joli teint de lait si vous cueillez toute la journée sans vous protéger.

Daphné Dambérailh virevoltait entre la cuisine et le cellier afin de sortir de l'étouffant cagibi des dizaines d'objets devenus subitement indispensables au bon déroulement de la journée.

— Je vous accorde qu'il fait moins chaud qu'hier, mais croyez-en mon expérience. L'an dernier, Colette Mazet a failli tourner de l'œil dans les cassissiers. Et je ne vous parle pas des cloques qui ont poussé sur le front et la nuque de Géraldine Amblevert, l'adjudante de mon neveu. Toute la brigade a dû lui passer de la pommade pendant deux semaines. C'est tout de même rare de griller côté pile et côté face. Quelle chance pour nous que le couloir de grêle nous ait épargnés, ma récolte aurait été fichue. Vous êtes descendue à Lafontac ce matin ?

— J'ai pris un café à la *Boulange du Fleuve*.

— Vous auriez dû me dire que vous alliez voir Fabien, j'ai une ardoise longue comme le bras chez lui et je n'ai jamais de monnaie. Ils n'ont qu'à installer un distributeur à cet endroit, près d'une boulangerie cela se justifie.

Daphné sortit du cagibi en poussant devant elle trois paniers plats de la circonférence d'une roue de tracteur.

— Ce sont les paniers à poires. Je n'en ai besoin que dans trois mois mais ils sont rangés devant les corbeilles à framboises. Tous les ans, j'ai le même problème !

— Pourquoi ne pas les ranger au fond ?

— Mais parce que ce sont les derniers que j'utilise dans l'année, ma chère ! Je n'ai aucune envie en septembre de tout sortir pour les ranger derrière les autres.

Daphné essuya la fine pellicule nacrée qui lui recouvrait le front et s'assura que ses boucles dorées pinçaient toujours ses deux oreilles. Elle regarda Élise qui terminait son café, bras nus dans la lumière du matin.

— Vous êtes charmante ce matin, Élise, une vraie pastourelle. Pourriez-vous m'aider à planter les écriteaux devant chaque enclos, je vous prie ?

— Je peux, mais je suis attendue à 11 heures chez Colette, répondit Élise en émiettant un morceau de sucre au-dessus de son bol.

— Comment, vous n'allez pas m'aider à tout mettre en place ? Mais comment vais-je faire ?

— Comment faisiez-vous les autres années ?

— Mais cela n'a rien à voir, cette année, vous êtes là ! s'indigna Daphné. Qu'allez-vous faire chez Mme Mazet un matin de cueillette ?

— Elle m'a demandé de l'aider à récolter les graines de ses fleurs de printemps, répondit Élise.

Les grains de cassonade qui n'avait pas fondu crissaient agréablement sous ses molaires. Elle se leva et posa son bol au fond du large évier de pierre que Daphné s'évertuait à conserver malgré les nombreuses fuites dont il inondait la cuisine. Les bondes du commerce avaient du mal à rester en place malgré les épaisses couches de joint que Daphné retirait, raclait et renouvelait inlassablement chaque année. Le basilic en pot posé sur le rebord intérieur de la fenêtre suffisait à pomper l'eau qui s'échappait sur le plan de travail mais rien n'avait encore été trouvé pour pallier l'absence de trop-plein. Il suffisait que Daphné aperçoive de sa fenêtre un rosier dont une tige entière avait fané pour que l'eau, qu'elle ne pensait pas à arrêter, coule jusqu'à passer par-dessus le rebord de l'antique évier. Une petite mare mousseuse naissait alors au centre de la cuisine, qui était un peu creux, et Daphné y mettait les pieds lorsqu'elle traversait en catastrophe la pièce, sécateur à la main et boutons défleuris au fond de la poche, pour tourner le robinet qui était resté ouvert.

— Prenez donc les petites ardoises qui sont au dernier étage, sous les bocaux, je vous prie et rejoignez-moi devant les bacs à agrumes ! Si je ne précise pas quoi est quoi, je vais trouver des citrons dans mes paniers à groseilles. Je vous libère ensuite pour aller égrainer les fleurs fanées de Mme Mazet.

— Je m'en occupe. Votre nouveau locataire pourrait aussi donner un coup de main.

— M. Brun-Mareuil ? Vous n'y pensez pas. Je l'ai croisé hier soir en montant ma tisane, j'ai cru voir un fantôme. Il était vraiment mal en point.

— Il était saoul ? demanda Élise avec un sourire penché.

— Oh non, il avait simplement l'air complètement perdu. Je l'ai trouvé assis en haut de l'escalier. Vous imaginez le bond que j'ai fait, j'ai renversé la moitié de ma camomille sur ma robe d'intérieur. Heureusement, cela ne tache pas. Allons, pressons-nous, on croit toujours qu'on a tout son temps et les gens arrivent alors que rien n'est prêt.

— Vous êtes toujours aussi tendue lorsque vous organisez quelque chose ? soupira Élise, les bras chargés d'écriteaux.

Les os et les tendons saillaient de toutes parts sur sa silhouette sèche, l'effort dessinait sur son visage des lignes abruptes mais une flamme amusée dansait dans son regard. Elle s'était nettement humanisée depuis l'avant-veille et Daphné en fut touchée. Une tendresse nouvelle et perturbante se faufila entre ses mots lorsqu'elle répondit.

— Je ne saurais vous dire, ma chérie. Il est vrai que lorsque j'ai dû préparer la messe annuelle du souvenir de ma mère, pauvre maman, j'ai saupoudré de sucre ma tartine de rillettes. L'effort d'organiser quelque chose me trouble l'esprit, c'est évident.

Élise suivit Daphné dans les allées étroites qui contournaient les bosquets et les massifs du jardin d'agrément. Au pied des seringas et des lilas, les pivoines arbustives venaient de terminer leur floraison et tendaient au bout de leurs tiges ligneuses des gousses dodues remplies de graines. Les bordures d'herbe aux goutteux dessinaient une courbe verte et blanche, qui partait de la vasque posée à la sortie du cloître et se perdait derrière le buisson bleu des céanothes. Élise oubliait le poids des écriteaux qui lui meurtrissaient la poitrine et captait des effluves sur lesquels elle tentait de poser un nom. Lys de la Madone, rosier ancien dont le nom s'était perdu, pois de senteur... Le chèvrefeuille qui dégringolait du toit de la cabane à outils étouffa momentanément tous les autres parfums jusqu'à ce qu'apparaisse un arbre à soie rose vif au détour de l'ombre d'un marronnier. L'odeur des fleurs plumeuses évoquait à Élise la tarte tiède à l'abricot. Elle fut tentée de laisser tomber sa brassée de piquets et de s'allonger sous les branches.

— À gauche, vous trouverez l'enclos des cassissiers, coupa Daphné sans se rendre compte qu'elle tirait Élise d'un état de grâce. Je vous laisse planter l'écriteau devant, ajouta-t-elle en posant une corbeille sur le sol.

Les arbustes à petits fruits partaient en étoile d'un point central. Chaque unité n'était séparée des autres que par une clôture de principe et par une pergola couverte de passiflore qui servait de porte d'entrée. Ces installations légères permettaient à Daphné de désigner chaque espace du nom pompeux d'enclos. Les grandes corbeilles furent déposées par Daphné de part et d'autre des pergolas devant lesquelles Élise planta ses piquets. Groseilliers, cassissiers, framboisiers, et mûriers allaient voir leurs allées bourdonner de cueilleurs enthousiastes. Les fraises des bois avaient déjà été ramassées, les poires en espaliers le seraient à l'automne. Un dernier couloir partait du centre et se prolongeait jusqu'au verger.

Une fois qu'elle eut les bras libres, Élise s'engouffra sous une pergola et disparut entre les pieds de framboisiers qui ployaient sous leurs fruits. L'odeur gourmande des framboises chauffées par le soleil la poussa à tendre la main vers une tige particulièrement chargée mais Daphné, à qui rien n'échappait, protesta. Il fallait patienter jusqu'au coup d'envoi, prévu à midi et que chacun eût sa part.

Élise obéit et reprit le chemin de l'abbaye. L'herbe courte et rêche lui picotait le côté des pieds. Elle finit par retirer ses sandales. L'appréhension de sentir une tige plus coriace que les autres résister contre la plante nue de ses pieds se calma au bout de quelques enjambées, et elle marcha bientôt d'un pas assuré, le talon conquérant, jusqu'au sentier de graviers qui faisait le tour du cloître potager.

Un léger sourire jouait sur son visage à la perspective de retrouver Colette Mazet. Se mettre au vert était une nécessité à laquelle elle s'était soumise sans enthousiasme après la débâcle professionnelle et personnelle qu'elle avait traversée. La première semaine chez Daphné Dambérailh avait été un enfer. Ses téléphones qui sonnaient en tous sens, la tension qui retombait et lui causait des migraines atroces, tout contribuait à rendre sa retraite forcée insupportable. Elle fuyait dans des siestes interminables qui s'apparentaient davantage au coma qu'au repos. Puis elle avait connu le silence : chacun s'était passé le mot et les téléphones ne sonnaient plus. Avec le silence, le vide et la tentation de l'introspection l'avaient rendue plus malheureuse encore. Sa rencontre avec les Mazet lui était apparue enfin comme la lumière au bout du tunnel. Il lui semblait redécouvrir l'appétit de vivre au contact de Colette Mazet. Le seul bémol qu'elle avait à déplorer était l'irruption d'un rappel douloureux de son enfer intérieur en la personne de Pierre des Ombries, mais elle avait à présent les ressources pour surmonter cette confrontation.

Avec la distance nécessaire, ce drame absolu qu'elle avait cru vivre avait repris peu à peu de justes proportions. Personne n'avait perdu la vie dans le ratage complet de la campagne de lancement dont elle avait indûment porté l'entière charge, elle se le répétait comme un mantra. La pression qu'exerçait sur elle Berlemont, calfeutré dans son bureau de verre et protégé derrière l'efficace barrage téléphonique de son assistante, avait fini par lui faire perdre la notion des choses, par flouter les nuances qui existaient entre « ennuyeux » et « dramatique ».

À la simple évocation du nom de son supérieur, Élise se mit à respirer avec effort, ses poumons lui semblaient comprimés, sa cage thoracique se rétractait à l'expiration comme un pruneau sous le soleil d'Agen sans qu'elle puisse la remplir totalement à l'inspiration suivante. Elle sentit son cœur remonter dans sa gorge, des points lumineux dansèrent devant ses yeux. Elle dut mobiliser la totalité de ses ressources pour contenir la panique qui montait. Chaque jour, l'angoisse l'avait écrasée un peu plus, jusqu'à ce qu'elle l'intègre comme sa nouvelle norme et s'engourdisse davantage, car ne plus sentir était devenu la condition de sa survie. Elle ne permettrait pas que sa vie soit de nouveau envahie.

La vasque qui marquait l'entrée du cloître lui offrit un appui contre lequel elle se laissa glisser. Une fois assise, elle força sa respiration à reprendre un rythme serein, son cœur retrouva le calme et elle repoussa le vertige qui menaçait de s'emparer d'elle. Avec lenteur, elle enfila de nouveau ses sandales, s'appuya sur un pilastre en pierre et se remit d'aplomb. Elle épousseta l'arrière de son short en jean et se passa les mains sur le visage avant de reprendre sa route. En avançant sous les arcades du cloître, elle se mit à fredonner une marche aux accents militaires et redressa le menton. Lorsqu'elle arriva sur la route qui montait à Haut Méac, elle marchait d'un pas de randonneur, les coudes au corps et les poings serrés.

Colette Mazet avait installé devant son pavillon une table de jardin à l'ombre d'un figuier dont les larges feuilles s'étalaient jusqu'à toucher les platanes de l'allée du château. Elle avait posé en son centre une montagne de tiges sèches arrachées à ses massifs défleuris.

Élise poussa le petit portail de bois et prit quelques secondes pour regarder Colette qui ne l'avait pas entendue. Ses cheveux coupés court et ses joues pleines lui donnaient un air juvénile et gai. Il était difficile de voir en elle la mère de Bernard Mazet, lui qui semblait constamment accablé par le poids de malheurs réels ou imaginaires.

— Voilà mon aide-jardinière ! s'exclama Colette tandis qu'Élise s'avançait sur l'herbe tendre. Avez-vous pris un café ce matin ?

Sans attendre de réponse, Colette repoussa sa chaise et entra dans la pénombre de son salon qu'elle traversa en traînant des pieds. La cafetière attendait sur son socle, à demi pleine.

Un plateau en métal cabossé était posé sur la table et Colette y avait préparé un sucrier, deux soucoupes et deux tasses fleuries. Sur le seuil, elle eut une grimace de douleur et serra les poings sur le plateau qui vacilla. Élise fit un pas vers elle mais fut arrêtée net par un regard de refus.

— J'ai de vieilles douleurs, cela passe tout seul. Prenez-vous du sucre ?

— Oui, merci. Je peux faire quelque chose ?

— Asseyez-vous ici, vous vous occuperez des nigelles et moi des centaurées, mais buvez d'abord votre café. Ça n'est pas très bon par ces chaleurs, il paraît que cela déshydrate, mais je ne saurais m'en passer. Nous boirons de l'eau plus tard !

Les deux femmes se regardèrent par-dessus le rebord de leur tasse, Colette cligna de l'œil avec malice et le léger malaise se dissipa. La lumière jouait à travers les feuilles de figuier sur le mur du pavillon, l'humidité de la nuit se fondait dans la tiédeur de la fin de matinée. Élise soupira, son petit front plissé se décrispa et elle posa les yeux sur les larges feuilles blanches qui recouvraient la table. Avec un claquement de langue satisfait, Colette posa sa tasse et repoussa le plateau au bout de la table ovale. Elle prit une poignée de tiges au bout desquelles se balançaient de jolies sphères séchées qui produisirent un bruit de bâton de pluie lorsqu'elle les agita.

— Vous entendez ? Ce sont les graines. Elles sont mûres ! Il vous suffit de pencher les gousses la tête en bas et elles vont sortir toutes seules. Vous les déposez sur la feuille et nous allons remplir les petits sachets que j'ai préparés ici.

— Que faites-vous de ces sachets ?

— Je les envoie par la poste en janvier. Cela tient lieu de cartes de vœux. Si je n'oublie pas d'ici là l'endroit où je les aurai rangés.

Élise commença à secouer les gousses rondes et translucides au-dessus du papier. Les graines tombaient en petite pluie noire sur la feuille blanche, parfois d'un seul jet, parfois avec difficulté. En mûrissant, les gousses ouvraient le haut de leurs alvéoles, ce qui permettait aux graines de se libérer, cependant certaines s'ouvraient mieux que d'autres. En y regardant de plus près, Élise s'aperçut que quelques graines restaient coincées dans les replis profonds de la gousse et s'en agaça. Elle mit rapidement au point une technique en trois temps. Elle commençait par agiter vigoureusement la gousse dans le creux de sa main pour décoller les graines, puis elle la retournait tête en bas afin qu'en sortent celles dont les alvéoles étaient bien ouverts, enfin, elle perçait de l'ongle du pouce le ventre craquant de la gousse afin de libérer les dernières graines.

Colette observait attentivement les gestes d'Élise. Elle contracta la lèvre inférieure dans une moue appréciatrice, n'osant parler de peur de gripper la belle mécanique qui était à l'œuvre devant elle.

Tendue et concentrée, Élise abattait la mission qui lui avait été confiée avec une efficacité glaçante. Ce qui devait être une activité de détente était traité comme une commande urgente sur une ligne de production soviétique. La jeune femme perçut l'immobilité de Colette et leva brièvement les yeux pour évaluer la situation.

— Qu'est-ce que j'ai fait ? demanda-t-elle, le pouce enfoncé dans la gousse sèche.

Elle lâcha immédiatement la gousse éventrée, comme si elle avait été prise à égorger une mésange du tranchant de l'ongle. Elle chercha désespérément dans le visage de Colette des indices qui lui auraient permis de comprendre si elle allait recevoir une carotte ou un coup de bâton.

— Votre technique me sidère, c'est tout, répondit enfin Colette avec un sourire qui se voulait rassurant. Je m'étais imaginé que nous allions deviser de frivolités en nous occupant vaguement les mains !

— Je suis désolée. J'ai tout gâché.

Élise se frotta le nez du dos de la main avec frénésie et garda les yeux fixés sur la montagne de graines qui avait poussé en quelques secondes au milieu de sa feuille. Elles étaient noires comme du caviar.

— Ne vous excusez pas. Si j'étais aussi efficace que vous, mes roses trémières ne piqueraient pas du nez, le carrelage de ma crédence ne se descellerait pas et la comptabilité de mon fils serait à jour ! se récria Colette en posant la main sur celle de la jeune fille.

— Efficace et pas chère, c'est ce que disait de moi mon boss, répondit Élise en se grattant l'oreille avec l'épaule.

Elle n'osait pas reprendre le travail, sentant confusément que Colette attendait d'elle une certaine légèreté qui lui semblait incompatible avec la nature de sa tâche.

Colette posa devant elle une tige de bleuets secs et fit rouler entre ses doigts le bouton fané qui se désagrégea en une multitude de brins allongés semblables à du tabac blond.

— Que disait d'autre votre boss ? demanda-t-elle en ramenant les graines éparpillées au centre de la feuille.

— Que si j'avais un peu de fierté, je devrais me faire hara-kiri.

— Charmant, apprécia Colette.

— J'ai réussi à perdre son plus gros client, à lui coller au derrière une quinzaine d'associations féministes, à lui faire débourser trois cent soixante-dix mille euros d'amende pour non-respect de la loi Évin et à faire sauter son assurance qui a refusé de couvrir le dommage. Tout ceci en deux jours.

— Vous me semblez là aussi terriblement efficace, dit Colette en éclatant de rire. Racontez-moi cet exploit !

Élise se tortilla sur sa chaise et reprit une gousse de nigelle qu'elle tourna quelques secondes entre ses doigts. Elle fit craquer doucement la coquille légère qui abritait les graines.

— J'étais embauchée depuis onze mois, mon boss ne cessait de m'encenser, de me confier des tâches de plus en plus valorisantes, j'étais aux anges. J'ai fini par être impliquée sur une douzaine de dossiers et lorsque notre plus gros client a signé pour sa campagne saisonnière, mon patron m'a tout bonnement transféré le contrat et le brief. J'étais terriblement fière. J'ai tout mené de front pendant des semaines. Le client, un gros bonnet des spiritueux, avait imaginé une collaboration avec une espèce d'artiste libidineux. Notre directeur artistique et l'artiste en question s'entendaient comme larrons en foire et j'avais du mal à les canaliser. Le résultat de leur collaboration fut une belle image de bouteille sur laquelle était perché un escarpin, la pointe du talon posée sur le goulot. On aurait pu remplacer la chaussure par une culotte en dentelle, l'effet était très lisible.

— Je vois.

— Le client était très content. Dans l'agence, une version humoristique a circulé, en jouant sur les mots. J'étais de mon côté sur les rotules, mon boss me harcelait littéralement pour que j'avance sur tout à la fois. Je terminais mes journées après 23 heures.

— Et que s'est-il passé ensuite, vous avez agrafé quelque chose sur le crâne de votre patron ? demanda Colette.

Élise se mit à tripoter nerveusement le coin de la feuille blanche.

— J'aurais sans doute mieux fait. J'ai envoyé le fichier à l'imprimeur, validé le bon à tirer et les affiches ont été imprimées puis transmises en direct à l'entreprise chargée de les placarder dans le métro, dans les espaces publicitaires urbains, dans les abribus. Tout le monde a pu lire, en guise de mention légale : « L'abus d'alcool est dangereux pour la sauter. »

Colette écarquilla les yeux, le fou rire au bord des lèvres. Elle vit qu'Élise de son côté avait les larmes aux yeux.

— Toutes les affiches ont été mises en place dans la nuit qui précédait le lancement en magasin. À 8 heures, le client avait déjà trois procès pour atteinte à la dignité de la femme, cela n'a fait qu'empirer. Il a même fait la une de *Métro* le lendemain.

— Une belle couverture médiatique en somme.

— Les ventes ont été fulgurantes. Tout le monde voulait sa bouteille collector. Le grand artiste a réalisé une performance en direct dans la station Pigalle sous son affiche, il a vendu son concept des fortunes et il compte réitérer à Venise pour la Biennale.

Colette réussit à capter le regard d'Élise qui continuait à tripoter tout ce qui lui tombait sous les mains.

— Vous avez fait quelques fortunes, celle de votre client notamment.

— Berlemont n'a pas vu les choses sous cet angle. Le client s'est retourné contre l'agence qui a dû prendre en charge l'intégralité des dommages et intérêts, car on ne badine pas avec les mentions légales sur les publicités d'alcools. Je ne vous parle pas des associations outrées, à juste titre d'ailleurs, à qui il a fallu répondre. Le directeur artistique s'en est bien sorti finalement, car j'ai joué le rôle de fusible jusqu'au bout. Il s'est même vanté de sa « bonne blague », car il ne pouvait pas laisser le buzz exploser sans s'en attribuer la paternité. Le matin de cette catastrophe, je suis arrivée au bureau avec enfin le sentiment du travail bien fait, j'avais bouclé seule un dossier majeur pour l'agence. Je vous laisse imaginer la douche froide.

— Ma pauvre chérie. Avec un an d'expérience seulement, vous étiez seule sur cette campagne ? Personne pour relire avec vous, pour vérifier ?

— Personne. Le secrétaire de rédaction avait fondu les plombs quelques mois auparavant et n'avait pas été remplacé, ce dont j'étais naïvement flattée, je prenais cela pour une marque de confiance. On m'a récupérée dans les toilettes de l'agence, je vous passe les détails sanglants.

Un silence épais s'installa sous le figuier. Élise déchira avec soin l'angle de la feuille qu'elle avait réduit en charpie, empoigna une touffe de nigelles sèches qu'elle abattit sur la table, puis écrasa de son petit poing serré les sphères fragiles qui explosèrent en crépitant comme du papier à bulles.

— Je m'en veux, si vous saviez, d'être allée droit dans le précipice avec le sourire. Avec un peu plus d'humilité, je n'aurais jamais accepté de m'investir à ce point. Je n'aurais pas été sourde à tous ceux qui m'alertaient, me voyaient couler alors que je pensais *surperformer*.

— Là encore, Élise, un peu d'humilité. Laissez-en pour les autres ! Vous devez partager le mérite de votre chute. Votre patron, le directeur artistique, l'artiste, l'imprimeur… ils ont droit à leur petite part de gloire.

Un sourire passa sur les lèvres d'Élise qui retira délicatement les débris secs qui se mélangeaient aux graines. Elle attrapa un sachet en tissu léger dans la boîte en carton que Colette avait posée sur la table, prit une pincée de graines et tira les rubans qui fermaient l'aumônière. Colette et Élise, tête penchée au-dessus de la table, continuèrent leur travail de fourmi pendant de longues minutes. La brise faisait rouler autour d'elles les odeurs lactées de figues mûrissantes. Le vacarme printanier des oiseaux amoureux s'était adouci et laissait de larges espaces au silence. Élise sentait avec précision les graines rondes et denses rouler entre son pouce et son index, crisser les unes contre les autres au moment où elle les faisait tomber dans la bouche ouverte du sachet. Le bout de ses doigts lui semblait poreux, elle touchait avec acuité le coton rêche des sachets, le doux satin des rubans, la feuille lisse aux arêtes dangereuses. Elle jouait à donner la priorité à un sens en particulier sur tous les autres. D'abord l'odorat, qui captait le parfum de pétrole des sachets neufs, l'arôme des figues, de l'herbe chauffée, du café qui refroidissait au bout de la table. Ensuite l'ouïe, dont elle déplaçait les capteurs, comme si ses oreilles étaient devenues orientables. Elle écoutait les graines de bleuet qui bruissaient sur la table, le sifflement ténu que produisait la poitrine de Colette lorsqu'elle expirait, un oiseau solitaire dont le chant étrange semblait tout proche, le bourdonnement des machines agricoles qui avaient repris le travail dans le vignoble. Une bouffée d'émotion lui sauta au visage, lui fit cligner des yeux et ses narines frémirent, tandis que Colette continuait à remplir ses sachets minuscules. Élise la regardait entre ses cils, suivait la courbe amollie de son menton, ses joues duveteuses, les plis volontaires qui marquaient son front.

— L'artisanat monastique a du souci à se faire, dit Jacques Mazet en poussant le portillon du jardin. Avez-vous extorqué le vœu de silence à ma femme, mademoiselle ? Je vous en serais éternellement reconnaissant.

Colette éclata de rire et jeta un petit sachet sur son mari qui se penchait pour l'embrasser au sommet du crâne.

— Daphné va vous attendre, elle a sonné la cloche il y a vingt minutes au moins ! avertit Jacques Mazet dont les sourcils broussailleux semblaient animés d'une vie indépendante.

— As-tu vu qui était là ? demanda Colette en repliant la feuille sur laquelle elle avait travaillé.

— Les gendarmes, bien sûr, Alexane et sa tribu de locataires, Fabien Etcheverry et son apprenti, la blonde qui a ouvert une brûlerie de café sur la place, Isabelle et ses deux cousines. Ça papote dans les rangs !

— Tu ne nous accompagnes pas, j'imagine ? dit Colette qui se leva et empoigna la cafetière froide.

Elle grimaça de douleur en se redressant.

— Pas plus que les autres années, ma chérie. Je corrige la thèse de mon étudiant bourguignon sur les hormones végétales et les forces éthériques de la silice. Quel dommage que Bernard soit si obtus, j'aurais adoré mener des tests dans ce sens. La parcelle des Morandelles était parfaitement orientée pour ça.

Du fond de sa maison, Colette Mazet émit un bruit vague qui pouvait passer pour un assentiment. Lorsqu'elle ressortit dans la lumière, elle portait un plat à tarte et trois assiettes à dessert sur lesquelles valsaient trois petites fourchettes.

— Myrtille ! J'espère que vous aimez, Élise. Il faut prendre des forces avant les travaux de jardin qui nous attendent.

La surface miroitante de la tarte était d'un noir d'encre. Une large part y manquait et permettait au regard de plonger à l'intérieur de la garniture. Les baies décoloraient l'épais fond de tarte qui passait du blanc crémeux au rose vif, la pâte sablée faisait quelques miettes sur le bord de l'assiette. Élise se retint de les ramasser du bout de l'index comme elle le faisait le matin avec les grains de cassonade sur la table de Daphné Dambérailh.

Colette Mazet posa devant elle une part généreuse et se retourna vers la maison avec un soupir lorsque la sonnerie du téléphone fixe retentit. C'était un bruit qu'Élise avait pris en affection. Il lui semblait qu'une bonne vieille sonnerie, celle qui vrillait les tympans comme il se devait, portait en elle la joie d'imaginer un interlocuteur assis dans son salon, tenu au bout du fil et forcé à l'immobilité pendant toute la durée de la conversation. C'était la signature d'un échange concentré, pour lequel les deux parties devaient se rendre pleinement disponibles et n'étaient pas en mesure d'arpenter les rues en discutant, un sandwich à la main et l'écouteur soudé dans l'oreille. L'autre exemple qu'Élise avait en tête en termes de sonneries de téléphone fixe était celui de l'abbaye. Daphné Dambérailh en avait deux : l'un dans sa chambre, posé sur sa table de nuit, et l'autre sur la console de l'entrée qui produisaient avec un décalage comique un hululement feutré très années quatre-vingts. Élise s'attendait à voir Harrison Ford jeune traverser le couloir et saisir le combiné, le front barré d'une ride préoccupée.

— Ne m'attendez pas, je dois régler quelque chose et je vous rejoins, cria Colette Mazet du fond du salon d'où elle tirait le fil du téléphone pour entrer dans le champ de vision d'Élise, une main sur l'émetteur.

Daphné Dambérailh avait beau honnir les travaux de cueillette, elle affectionnait particulièrement la direction des opérations. La cueillette était ouverte à tous et certaines années, le petit espace gravillonné devant la porte d'entrée de l'abbaye ne suffisait pas à accueillir toutes les voitures qui se rangeaient alors le long du fossé, à cheval sur la route et le bas-côté. Un panneau planté à l'entrée de sa propriété indiquait : *Cueillette familiale / petits fruits*. Daphné possédait un panneau différent pour chaque période. L'un d'entre eux précisait *Fruits du verger* et le dernier *Fraises*. Elle avait définitivement abandonné les cueillettes de légumes, car elle avait remarqué que la population qui se déplaçait alors avait tendance à arriver des HLM de Lafontac. Bien qu'elle se défende d'être sectaire, cela lui gâchait le plaisir car, outre le fait qu'elle retrouvait son potager dans un état déplorable, elle avait de la peine à trouver des sujets d'intérêt commun, ce qui rendait les conversations laborieuses. À la fois frustrée dans son désir de déléguer ces tâches rebutantes et agacée de se voir socialement déconcertée, Daphné avait pris le parti d'arracher elle-même ses poireaux et de bêcher en surface à la recherche de pommes de terre dès que la saison l'exigeait.

Fort heureusement, les cueillettes de fruits étaient toujours un succès auprès d'une population qui lui convenait beaucoup mieux. Chacun sortait de sa voiture en portant un, deux, trois récipients voire plus. Certains étaient partisans de la bassine en plastique, les puristes arrivaient avec un panier d'osier dont le fond était garni de feuilles d'arbres fraîchement cueillies, d'autres encore arrivaient les mains vides et comptaient sur l'organisation sans faille de Daphné qui prévoyait toujours quelques seaux à fond bosselé pour les dilettantes.

Géraldine Amblevert se glissa avec difficulté hors de son véhicule marine et blanc. Malgré son embonpoint, elle était impeccablement sanglée dans son uniforme et rien dans son maintien ne pouvait laisser supposer qu'elle souffrait terriblement des genoux et des chevilles. Son large visage, piqué de taches de rousseur, s'éclaira en apercevant Daphné sous son chapeau à bords mous.

— Ma chère Géraldine ! Vous avez trouvé le temps de venir me voir ! Géraud me disait que vous étiez au four et au moulin ces temps-ci.

— Bonjour Daphné, répondit Géraldine en secouant la main de Daphné avec chaleur. J'ai à peine une demi-heure pour moi. Ma chance, c'est que vous êtes sur le chemin du festival de Saint-Maur et j'y cours dès que j'ai rempli mes calebasses !

La poigne vigoureuse de Géraldine fit rentrer les bagues de Daphné dans sa chair, son sourire se mua en une grimace de douleur vite maîtrisée et elle regretta une fois de plus de ne pas être de ces femmes qu'on embrasse sans façon.

Les cueilleurs s'étaient égaillés dans les enclos, discutant à travers les branches des arbustes qu'ils inspectaient face à face. Daphné tenait à ce que les framboisiers, les groseilliers et les cassissiers soient méthodiquement passés au crible recto et verso, en s'éloignant du point central. De cette manière, les nouveaux cueilleurs n'avaient qu'à trouver une place en bout de chaîne et étaient sûrs de ne pas s'épuiser sur des arbustes auxquels il ne restait que quelques fruits.

Olivia avait traîné Vincent dans les cassissiers, dont les rangs étaient moins fréquentés que ceux des framboisiers. La nuit avait été réparatrice pour Corentin et Léonie qui se frôlaient dans les groseilliers. Chacun avait pris la décision secrète de ne pas gratter les vieilles croûtes qui finiraient par cicatriser si Léonie évitait d'y replonger les griffes et si Corentin n'y laissait pas suppurer un pardon à demi accordé.

Juliette était grise et abattue, minée par la déception de Pierre qu'elle n'avait pas imaginée si aiguë. Elle s'était sentie tellement concernée par la maternité que l'implication de Pierre n'avait été qu'un accessoire amusant. Avec elle, il s'était réjoui de les sentir prêts à accueillir un enfant. Avec elle, il avait compté les jours, tremblé d'excitation au moindre retard, tempéré sa déception lorsqu'il l'avait fallu, seize fois déjà. Pas une seconde elle ne s'était imaginé Pierre autrement que comme un figurant. Un allié, bien sûr, mais un figurant. Le voir défait, assis sur le lit dans cette chambre cramoisie, les mains posées comme des coques vides sur les genoux, ne cherchant pas à la préserver de sa propre tristesse, lui avait fait réaliser d'un bloc qu'il serait autant père qu'elle serait mère, que cet enfant qui se faisait trop attendre, c'était son fils à lui, sa fille à lui, qui n'arrivait pas. Il avait alors prononcé les mots qu'elle s'interdisait de formuler, même en pensée, parce qu'ils portaient le doute, la possibilité d'un avenir sans échographie, sans nombril qui ressort, sans tétons douloureux, sans petits cheveux collés par la transpiration de la sieste.

— Et si on n'y arrivait pas ?

Elle avait compris qu'il avait longtemps retenu sa phrase, lui aussi.

Appuyée sur le chambranle de la porte de la salle de bains, elle n'avait pas pu faire autrement que de détourner les yeux, puis le visage, puis le corps tout entier pour se réfugier hors de son regard. Il n'y avait rien à répondre. Elle avait voulu panser seule son désespoir et ne pas s'encombrer de celui de Pierre. Puisqu'il avait ouvert la boîte de Pandore, c'était chacun pour soi. Comme leur silence prenait une place immense, elle s'était déshabillée, était entrée sous la douche et avait caressé pendant un long moment son ventre vide.

Dans le brouhaha joyeux qui se répandait d'un bout à l'autre des allées fructifères de Daphné Dambérailh, Pierre et Juliette dérivaient, chacun accroché à sa planche. Le lien si fort qui les avait toujours maintenus ensemble, parfois serré, parfois suffisamment lâche pour qu'ils puissent l'un et l'autre s'éloigner sans se perdre, s'était rompu. Juliette avait toujours vécu en couple, avec Pierre la grande majorité du temps, et l'expérience de la solitude, qui plus est dans un moment de détresse, ébranlait la confiance qu'elle avait toujours accordée à la vie. En attrapant machinalement une framboise trop mûre qui s'écrasa entre ses doigts, elle arriva à la conclusion que, peut-être, la détresse était une expérience solitaire qui faisait barrage à l'empathie.

C'était ce qui rendait Clara si peu accessible : elle portait partout avec elle le message « inutile de chercher à me comprendre », et son sourire à fossettes décourageait les tentatives de percer sa réserve. Juliette avait essayé mille fois de ramollir, d'attendrir la carapace qui recouvrait les émotions de Clara, sans se souvenir si une seule fois elle avait réussi à tirer d'elle une confidence ni même un soupir. Aimer Clara, c'était souffrir de se sentir lié à elle par un cordon qui vous enserrait le cœur alors que jamais elle n'accepterait de se livrer à vous. Elle était la première à écouter, à tendre les bras, à se taire pendant que vous déversiez en elle vos émotions, sans jamais vous demander de l'écouter en retour.

Juliette s'était sentie frustrée pendant des années de ne pas savoir se situer sur l'échiquier des amitiés de Clara. Elle lui en avait voulu d'absorber sans jamais restituer, de n'être au courant des drames que vivait Clara que bien après qu'elle les eut réglés, seule. Puis elle s'était résignée à vivre cette amitié à l'aveuglette, à s'appuyer sur Clara sans attendre la réciproque, à ne pas connaître les autres dimensions de sa vie, ses autres amis, sa famille. Clara Levasseur menait sa barque, disponible et insaisissable à la fois, témoin de tout et actrice de rien.

Un souffle d'air tiède souleva les bords des chapeaux sous lesquels les cueilleurs s'abritaient et certains poussèrent des cris en les voyant s'envoler par-dessus les rangs. Il régna dans les enclos un bruissement désordonné pendant que chacun récupérait son couvre-chef en souriant à celui ou celle qui le lui tendait. En quelques secondes, de nouvelles complicités s'étaient créées par-dessus les framboisiers et Juliette cligna des yeux pour chasser une vague d'émotion brutale. Elle tendit la main à travers les tiges piquantes pour toucher le bras de Pierre qui cueillait face à elle, les yeux plantés dans le fouillis des graminées qui poussaient au pied des arbustes. *Tu es loin et je suis loin, laisse-moi tendre un fil entre nous, un fil fin comme un cheveu, pour que tu saches où je suis.*

La porte de l'abbaye s'ouvrit avant qu'Élise n'ait touché la poignée.

— Vous voilà, Élise ! Je commençais à me demander si vous n'alliez pas passer toute la journée à récolter des graines, s'écria Daphné, une main en visière et un sécateur dans l'autre. Je ne suis pas certaine qu'il reste grand-chose à ramasser, malheureusement.

— Il n'est que 13 heures, objecta Élise. Colette avait quelque chose à régler, elle vous prie de l'excuser.

— Pauvre Mme Mazet… elle porte tout à bout de bras ! Et encore, je l'épargne, mon Dieu, je l'épargne…

— De quoi l'épargnez-vous ? s'étonna Élise qui réglait son pas sur celui de Daphné entre les bordures qui serpentaient de buisson en buisson.

— Son fils ne me verse plus son fermage depuis des mois, soupira Daphné Dambérailh. Je n'ose pas le relancer, Mme Mazet en serait mortifiée, elle qui n'a jamais failli à une seule mensualité.

— Le fermage... Vous voulez dire que vous avez un droit de fermage ? Cela me semble si... moyenâgeux, dit Élise.

— Ma chère, croyez-vous que les agriculteurs soient propriétaires de toutes les terres qu'ils exploitent ? Allons, allons, dans quel monde vivez-vous ! Il ne s'agit ni plus ni moins que d'un loyer. Sans lequel d'ailleurs je serais bien incapable de maintenir cette maison à flot !

Lorsqu'elles dépassèrent la touffe de seringas dont les branches touchaient terre, le lointain bruissement des conversations des cueilleurs se précisa. Élise s'aperçut qu'elle n'avait ni chapeau, ni récipient où déposer les framboises qu'elle allait ramasser. Elle avait encore la tête brumeuse de sa conversation avec Colette Mazet. La conscience d'avoir craché un gros morceau l'avait sonnée et elle réalisait graduellement qu'elle avait vécu en apnée jusqu'à ce que le bouchon saute, sous le figuier des Mazet.

— Colette m'a demandé de vous rappeler qu'elle vous attendait ce soir.

— Comme tous les ans ma chère, je ne saurais dire si cela m'enchante ou me désole..., déclara Daphné en écartant du bout du sécateur une ronce qui pendait mollement entre ciel et terre, sous la ramure des noisetiers qui bordaient le chemin.

— Pourquoi cela vous désolerait-il d'aller chez les Mazet ? s'étonna Élise.

— Cela fait vingt-cinq ans que nous organisons ces cueillettes, et cela fait vingt-cinq ans que les Mazet nous reçoivent à dîner quand les cueilleurs sont repartis. Parfois, cela m'effraie. Les choses immuables qui se répètent inlassablement…

Daphné poussa un profond soupir puis reprit sa respiration brutalement, comme un noyé qu'on tire sur la berge.

— Cette année ce sera différent puisque je serai là ! dit Élise en souriant.

La perspective de revoir Colette Mazet lui fit allonger le pas.

— Mais bien sûr ma chère, c'est charmant, répondit Daphné en s'efforçant de prendre un ton enjoué. Changer ses habitudes, c'est tellement rafraîchissant.

La grande grille flageolante de l'entrée s'ouvrait sur la sombre enfilade de platanes et Daphné s'étonna qu'à cette heure, le pavillon des Mazet soit encore éteint. Elle portait au bout du bras un panier dans lequel trois pots de confiture de framboises encore chauds pesaient de plus en plus lourd. Elle venait de passer de longues heures penchée sur ses chaudrons en ébullition et le souvenir du parfum des framboises cuites lui donnait presque des haut-le-cœur. Elle ne réussissait à ouvrir les premiers pots qu'après Noël. Entre-temps, elle les offrait contre un dîner ou un service rendu.

Une silhouette entre les deux platanes qui marquaient l'entrée du pavillon la fit sursauter.

— Ma chère Daphné, je vous ai effrayée ? s'enquit la voix basse de Colette Mazet qui fit un pas dans le jour relatif qui baignait encore l'allée.

— J'ai cru mourir de peur, répondit Daphné, ce doit être l'épuisement. Vous m'attendiez dehors ?

— Les plombs ont sauté pour Dieu sait quelle raison, répondit Colette Mazet en prenant le panier des mains de Daphné qui se délia les doigts avec bonheur.

— Avez-vous regardé le tableau électrique ?

— Je ne retrouve pas ma lampe torche. Je perds tout, vous le savez bien. Jacques n'est pas là ce soir, encore une conférence de barbus vaniteux. Je suis incapable de comprendre quoi que ce soit à ce fichu tableau. J'ai appelé Alexane pour lui demander asile, dit Colette dans un petit rire.

— Je peux jeter un coup d'œil si vous voulez, proposa Daphné qui posa la main sur le loquet du petit portail.

— Pas question, ma chère, vous avez déjà beaucoup trop travaillé. Venez mettre les pieds sous la table chez ma belle-fille. J'ai pris de quoi nous assurer un bon dîner, elle est certainement occupée avec ses hôtes.

— Je n'ai rien pour la remercier de son accueil, protesta Daphné. Et il faudrait que nous prévenions Élise, elle doit arriver d'un instant à l'autre.

— Je lui ai laissé un message, elle arrivera directement à Haut Méac.

Colette Mazet prit Daphné par le bras et l'entraîna sous les platanes en racontant de menues anecdotes et les traditionnels souvenirs de cueillette embellis année après année.

Les fenêtres de Haut Méac formaient une guirlande joyeuse à travers les branches des derniers arbres de l'allée. Quelqu'un ouvrit une fenêtre dans le grand salon et une volée d'accords plaqués sur un piano s'en échappa.

Alexane leur ouvrit la porte, les joues chaudes et les yeux brillants, leur indiqua la direction du petit salon où elles seraient tranquilles puis vola jusqu'à la porte du grand salon derrière laquelle on entendait un brouhaha.

Lundi 5 juin 2017

— Major ? Désolé de vous réveiller, c'est Frégé... Je suis à Haut Méac avec Péon, il s'est passé un truc bizarre. Une fille congelée. Oui, dans la chambre froide... Elle est sous une bâche, pas possible de voir qui c'est. J'ai pu toucher un bout qui sort, elle est dure comme du bois...

Le jeune homme s'appuya contre le mur extérieur de la cuisine et s'aperçut avec un froncement de sourcils que le calcaire avait recouvert sa manche d'une fine poussière blanche, qu'il frotta avec impatience. Son portable, qu'il avait coincé entre son oreille et son épaule, s'échappa et rebondit contre le mur. Frégé le rattrapa au vol avant qu'il ne s'écrase au sol.

— J'appelle qui maintenant ? OK, j'attends que vous ayez eu le commandant de compagnie. Il faudrait prévenir les techniciens assez vite. Remarquez, elle ne va pas refroidir, la pauvre... Oui, ça, c'est presque sûr qu'il va débarquer. Notre chance, c'est qu'il est encore tôt ! Un accident ? je ne pense pas, c'était fermé de l'extérieur... Oui, ça pue. OK, on gèle tout et on vous attend.

Louis Frégé resta quelques minutes dehors après avoir raccroché. De la hauteur à laquelle se situait le château, il pouvait voir au-delà de Lafontac, jusqu'à Péchadey. Derrière les modestes collines qui s'étalaient à l'est, il vit le ciel qui rosissait. Quelques écharpes de nuages tendaient leur ventre dodu aux rayons du soleil qui allait apparaître. Entre les hortensias qui bordaient la façade, les pierres renvoyaient encore de la chaleur, malgré une nuit relativement fraîche.

Le jeune gendarme s'étira en faisant craquer ses vertèbres. Apparemment c'était mauvais pour la colonne vertébrale, mais ça faisait tellement de bien...

L'orage de l'avant-veille avait été bu, la légère rosée matinale venait réactiver les odeurs humides que Frégé avait retrouvées avec bonheur après des semaines de cagnard.

Assis dans son lit, Géraud Dambérailh passa une main apaisante dans le dos de sa femme qui avait enfoui sa tête sous un oreiller, puis il fit défiler les noms dans son répertoire jusqu'à trouver celui de Thierry Delval. Il fit une courte invocation aux puissances supérieures afin de tomber sur le répondeur dès la première sonnerie. Il aurait dû appeler Delval une fois sur place, mais connaissant le chef de compagnie, il valait mieux griller les étapes plutôt que de se voir reprocher un retard dans le traitement de l'affaire.

Première sonnerie. *Pitié, faites qu'il ne décroche pas.* Deuxième sonnerie. *Pitié pas de conseils interminables sur ce qu'il convient de faire ou pas.* Troisième sonnerie. *Je ne supporterai pas ses épouvantables petits rots retenus en bouche.* Quatrième sonnerie.

— Allô ?

— Bonjour, mon commandant, ici Dambérailh, brigade de Lafontac.

— Lafontac... C'est où ça, déjà, Lafontac ?

Le major leva les yeux au ciel.

— En face de Péchadey, de l'autre côté du fleuve.

— Oui, bon. Donc, quoi, major, venez-en au fait !

— Mes gars ont été appelés à Haut Méac, le château. On vient d'y trouver une jeune fille morte, apparemment enfermée volontairement dans la chambre réfrigérée.

— Les techniciens sont arrivés ?

— Pas encore, mon commandant, je voulais vous informer avant de les appeler.

— Mon petit Dambérailh, cessez d'appliquer la procédure à la lettre, je ne vais pas vous apprendre votre métier. Appelez les TIC [1] immédiatement. Vous avez bouffé le Code pénal ou quoi ? On est des hommes de terrain, pas des bureaucrates, n'oubliez jamais ça.

---

1. Technicien en identification criminelle.

De mon temps, on ne s'embarrassait pas avec ces conneries de procédure. Quand j'ai résolu le cas de l'enlèvement de la petite Mélanie, si j'avais dû prévenir tous les échelons, on l'aurait retrouvée au fond du fleuve. C'était en... en...

— Bien, mon commandant. Je vous rendrai compte en fin de matinée.

Thierry Delval avait déjà raccroché. Géraud Dambérailh inspira profondément avant de composer le numéro des TIC.

À Haut Méac, Frégé estima rapidement à vingt minutes le délai d'intervention de l'équipe qui devait sortir des locaux, place de la Préfecture, prendre la rocade qui commençait à se charger, traverser le pont et monter jusqu'au château. Il rentra dans la cuisine où il retrouva Péon, encore mal réveillé, Fabien Etcheverry et Bernard Mazet qui regardait dans le vide, assommé. Le temps passa en silence, immobile. Enfin, une camionnette s'arrêta sur le gravier au moment où le soleil commençait à poindre au-dessus de la cime des arbres. Trois hommes identiques en sortirent, mallette à la main et combinaison de plastique ouverte jusqu'à la taille, qu'ils refermèrent d'un même mouvement. Il ne leur manquait que les lunettes noires. Frégé ne pouvait s'empêcher d'être impressionné et se força à la décontraction lorsqu'il leur ouvrit la porte. Fabien Etcheverry buvait du petit-lait, se complaisant dans la télégénie de ce moment particulier pour mieux oublier le corps qui attendait sur le sol.

— Monsieur Mazet ? Monsieur Mazet, pouvez-vous identifier le cadavre ?

Un technicien soulevait du bout des doigts la bâche bleue et attendait patiemment que Bernard mette un nom sur la silhouette désarticulée qui embrassait le sol. Louis Frégé finit par poser une main incertaine sur l'épaule du vigneron qui s'électrisa tout entier.

— C'est une petite jeune du groupe de touristes que nous hébergeons. Je ne saurais pas vous dire son nom.

— Qui pourrait l'identifier ? demanda le jeune gendarme en continuant de parler à mi-voix, comme si la forme prostrée sous sa bâche chiffonnée était sur le point de se réveiller.

— Ma femme, je suppose, répondit Bernard, l'œil flou toujours fixé sur le coude nu qui dépassait du fouillis de plastique.

— Peut-on la faire descendre ?

— Elle dort encore, il est trop tôt.

Bernard Mazet porta avec lenteur son regard sur Louis Frégé qui lui sembla aussi frais et dispos que si la conversation avait eu lieu au milieu de l'après-midi. Il avait même eu le temps de se raser, nota Bernard en se passant la main sur le menton.

— Monsieur Mazet, il semble que la situation mérite qu'on réveille votre épouse, articula Frégé avec patience.

Bernard Mazet ne réagit pas. Les mots qui lui étaient adressés finissaient leur course dans un vide ouaté qui les privait de leur sens. Son visage restait inerte, il portait les épaules basses, ses bras pendaient le long de son jean élimé. Deux larmes de la taille d'un petit pois sautèrent de ses yeux sans qu'un muscle de son visage ne bouge.

— Monsieur Mazet ? répéta le jeune gendarme, pouvez-vous, s'il vous plaît, demander à votre femme de venir ?

Louis Frégé poussa doucement Bernard Mazet vers la porte qui donnait sur le sombre couloir de service. L'odeur de poireau qui l'avait saisi à son entrée dans la cuisine lui était devenue indifférente, il respirait de nouveau par le nez et se fit la réflexion que l'homme s'adapte décidément à tout. Le jeune Etcheverry, de retour du coin de la tour où il avait pris un grand bol d'air froid et vomi son petit déjeuner, restait adossé au lave-vaisselle et ne perdait pas une miette des gestes du gendarme.

Derrière le large dos de son mari, Alexane Mazet offrait un triste spectacle. De ses yeux bouffis partait une ombre sale de mascara écaillé. Ses cheveux trop blonds se regroupaient par paquets et tombaient mollement sur ses épaules. C'était là la femme qui aurait dû devenir sa belle-sœur. Louis Frégé plissa les lèvres et contourna Bernard Mazet en cherchant à capter les vapeurs d'alcool qui devaient logiquement flotter autour d'Alexane avant qu'elle ait pris une douche.

— Bonjour, madame Mazet. Monsieur Mazet vous a-t-il informée de la situation ?

— Oui, souffla Alexane.

Elle avait les lèvres sèches et l'haleine aigre.

— Bien. Je vous laisse entrer, ne touchez à rien d'autre que la bâche bleue et remettez-la en place dès que vous aurez identifié le corps.

Alexane serra autour de son cou les pans d'un peignoir fleuri qui lui cachait à peine la moitié des cuisses. Elle avait enfilé une paire de ballerines molles, ce dont Frégé la félicita intérieurement en se faisant la réflexion que nus, ses pieds seraient probablement restés collés au sol gelé.

— C'est Clara Levasseur, dit Alexane d'une voix morne en se redressant, dos à la porte grande ouverte de la chambre froide d'où s'échappait une vapeur glacée.

— Savez-vous où elle habite ? demanda immédiatement Frégé.

— Moulins, je crois.

— Merci, madame Mazet. Vous devriez vous asseoir maintenant. Je rappelle le major.

Une fois sortie de la chambre froide, Alexane tendit le bras vers un bouton qu'elle fit tourner jusqu'à une butée.

— Faut toucher à rien ! intervint Péon, ses deux larges mains levées à hauteur des épaules.

— Je remets juste le thermostat, murmura Alexane, l'œil brumeux.

Louis Frégé raccrocha brutalement, au moment où Géraud Dambérailh, bien réveillé cette fois, répondait au téléphone. Il plissa les yeux avec attention.

— Que voulez-vous dire, madame Mazet ?

— Nous ne mettons jamais la chambre froide en mode congélation, ça pompe trop d'électricité, expliqua Bernard Mazet qui avait passé un bras autour de sa femme.

Frégé s'approcha du bouton rond, qui ressemblait à un vieux minuteur de micro-ondes dont les intervalles marquaient les degrés.

— Vous rappelez-vous à quelle température était réglée la chambre avant que vous ne touchiez le bouton ? demanda-t-il, dos aux Mazet.

— C'était tourné jusqu'au bout, répondit-elle.

Frégé attrapa un torchon coincé dans la porte du placard sous l'évier et tourna délicatement le bouton jusqu'à la température minimum, –10 °C.

— On ne touche à rien s'il vous plaît, avertit Frégé.

Il laissa peser son regard sur chacun avec une gravité théâtrale. Son portable vibrait furieusement sur le comptoir. Il l'attrapa puis sortit dans l'air moite du petit matin. Péon profita de l'absence de son coéquipier pour sourire aux Mazet pétrifiés. Sacré truc de découvrir un macchabée dans son frigo.

— Major, le nom de la victime, c'est Clara Levasseur, elle habite à Moulins. Habitait… Vous êtes sur la route ? Bon. Je fais quoi maintenant ?

Frégé revint dans la cuisine dont il referma bruyamment la porte. Bernard et Alexane chuchotaient l'un face à l'autre tandis que Fabien Etcheverry, tenu à l'écart, tapotait furieusement sur son Smartphone.

— Monsieur Etcheverry, vous pouvez partir, on passera prendre vos empreintes à la *Boulange* et on vous demandera de raconter en détail ce que vous avez vu ce matin. N'hésitez pas à prendre des notes dès maintenant pour ne rien oublier. On viendra au plus vite. En attendant, pas de communication sur ce qui s'est passé, je vous prie. On va avoir les correspondants locaux dans les pattes sinon.

Fabien Etcheverry suspendit ses pouces au-dessus de l'écran et rempocha son téléphone.

— Quant à vous, monsieur et madame Mazet, reprit le jeune gendarme qui ne pouvait s'empêcher d'articuler plus que nécessaire, pouvez-vous me donner toutes les informations sur les personnes que vous logez ? Noms, prénoms, adresses…

Bernard accompagna sa femme dans le couloir de service et lui murmura d'aller s'habiller. Il s'arrêta au pied de l'escalier monumental et se pencha par-dessus le petit comptoir de réception, d'où il tira un registre neuf.

— Pierre des Ombries et Juliette Hoareau, Cognac, dit-il. Corentin Le Doussot et Léonie Chastaignié, Clermont-Ferrand. Olivia Delage, Nice.

— Pourriez-vous également me dire quand vous avez vu la victime pour la dernière fois ?

— Hier soir. Il y avait une petite fête. D'ailleurs, il y avait également les pensionnaires de Daphné Dambérailh, dont l'un devait loger initialement ici : Vincent Brun-Mareuil, domicilié à Paris. La jeune fille, je ne sais pas comment elle s'appelle, il faut demander à Mme Dambérailh.

Bernard regardait avec inquiétude le jeune gendarme noter quelques fragments de phrases dans un calepin *La gendarmerie recrute*.

— Vous allez interroger tout le monde ? demanda-t-il avant de se frotter le menton du revers de la main, ce qui produisit un crissement assez désagréable.

— Je pense que oui. Ce n'est pas moi qui mènerai l'enquête. Je prépare juste les quelques éléments qui vont permettre de démarrer.

— Enquête de flagrance..., dit Bernard en caressant la couverture du registre qu'il venait de reposer sur le comptoir.

Frégé suspendit son crayon.

— C'est rare que les civils connaissent ce mot. J'avais oublié que vous aviez longtemps été dans la gendarmerie...

Bernard baissa les yeux.

— Qui d'autre était présent hier soir ? reprit Frégé.

— Je suis rentré de la vigne assez tard, vers 21 h 30, 22 heures. Il y avait ma femme, le couple avec la jeune qui fait du jogging, Mlle Hoareau, je crois. Il y avait Corentin Le Doussot, celui qui a mauvaise mine. Quand je suis arrivé, sa femme était déjà montée se coucher, elle est enceinte et s'est cassé la figure en arrivant, donc elle avait besoin de dormir. Il y avait cette femme étrange, rousse...

— Olivia Delage, intervint Frégé.

— Oui, vous la connaissez ?

— Je l'ai croisée, répondit le jeune gendarme sans lever les yeux de son carnet. Qui d'autre ?

— Je n'ai pas vu Daphné Dambérailh, mais je sais qu'elle était là en début de soirée, avec Vincent Truc-Mareuil et son autre pensionnaire qui ressemble à une punk anorexique.

— Oui, je vois, répondit Louis Frégé en réprimant un sourire. C'est tout ?

— Oui, je crois. Il y avait ma mère aussi.

— Pas votre père ?

— Non, il était à Péchadey pour une conférence.

— La victime était présente lorsque vous êtes arrivé ?

— Oui.

Bernard hésita.

— En réalité je n'ai pas de souvenir précis. Mais elle était forcément là, n'est-ce pas ?

Frégé haussa les épaules et referma son carnet d'un claquement sec qui se répercuta dans la cage d'escalier.

— On va recouper, de toute façon. J'ai ce qu'il me faut pour renseigner l'OPJ [1], merci beaucoup.

— L'enquête ne sera pas menée par Géraud ? s'enquit Bernard.

— Ça sent plutôt la brigade des recherches. On verra ce qui se dessine avec le procureur.

— Bon. J'aime autant que l'enquête ne soit pas menée par quelqu'un de trop…

— … proche ? termina Frégé avec un demi-sourire.

— Je ne sais pas si c'est le mot juste. Enfin, on s'appelle par nos prénoms, c'est un indicateur comme un autre.

1. Officier de police judiciaire.

Bernard Mazet se tapota la bouche du plat des doigts. Il semblait habituer son esprit à imaginer les escaliers de Haut Méac envahis par des types en gabardine, crayon sur l'oreille et clope au coin des lèvres. *Quoique*, se raisonna Frégé, *il doit bien savoir que les types de la BR* [1] *sont plutôt des trentenaires un peu avachis au profil de joueurs en réseau, qui parlent peu et captent vite*.

Une exclamation furieuse explosa dans le hall où se tenaient encore le viticulteur et le gendarme.

— Frégé, vous êtes où, nom de Dieu ?

— Ici, major, au bout ! répondit Louis Frégé qui se posta à la sortie du couloir de service sombre comme un four dans lequel Géraud Dambérailh jetait des regards circonspects.

Dans ce genre de chausse-trape, on ne savait jamais vraiment ce qui vous attendait, tapi dans l'ombre. Géraud s'avança prudemment dans le sombre boyau, bouchant la lumière qui venait de la cuisine.

— Bonjour, Bernard, dit-il en serrant la main épatée du viticulteur.

Les deux hommes avaient sensiblement le même âge et la même taille. Bernard Mazet était simplement deux fois plus épais que son ancien camarade d'école primaire. Il lui fut reconnaissant de poser d'entrée de jeu les règles qui allaient régir leurs rapports dans les jours à venir ; il n'aurait pas osé l'appeler par son

1. Brigade de recherches.

prénom le premier dans ces circonstances déroutantes.

— Frégé, vous me passez le calepin, s'il vous plaît ?

— Je n'ai pas écrit pour être lu, je ne sais pas si vous allez déchiffrer ! répondit le gendarme en tendant le carnet avec hésitation.

Le major Dambérailh hocha la tête et s'attaqua laborieusement aux premières lignes avant de renoncer avec un soupir désabusé.

— Les techniciens ont commencé à bosser quand ?

— Ça fait... (Frégé sortit son portable pour y lire l'heure.) Vingt minutes.

— Bien. Dans une demi-heure, on réveille tout ce petit monde et on commence les interrogatoires, déclara Géraud Dambérailh d'une voix fatiguée. J'appelle ma tante pour qu'elle nous rejoigne avec ses deux locataires, je veux tout le monde en même temps.

Dans le grand salon, il était possible d'entendre une araignée tisser sa toile. Alexane, coiffée et maquillée, avait toqué à chaque porte pour inviter les uns et les autres à descendre au salon, car « des circonstances exceptionnelles » l'exigeaient.

Colette Mazet et Daphné Dambérailh échangeaient de menus propos à voix basse, le couple Mazet servait nerveusement des tasses de café à ses hôtes renfrognés tandis qu'Élise Ascaride regardait autour d'elle, les yeux écarquillés, comme si elle découvrait seulement la pièce. On s'étonnait de ne pas lui voir une épingle à nourrice passée dans l'oreille, avec ses cheveux d'une propreté douteuse et son jean effiloché. Elle tenait plus de l'oisillon tombé du nid que de la punk à chiens, mais cette bretelle de débardeur qui ne couvrait pas celle du soutien-gorge, c'était terriblement agaçant. Alexane Mazet se retenait de poser la cafetière sur la tablette pour aller la lui remettre en place.

La porte du hall s'ouvrit en grand sur Géraud Dambérailh, accompagné de Géraldine Amblevert qui arrivait de Saint-Maur où des festivaliers couverts de boue s'étaient empoignés au petit matin. Louis Frégé et Jean Péon étaient rentrés organiser le planning de la journée à la brigade. Le major avait souhaité mener le premier entretien avec sa coéquipière fraîchement formée en tant qu'officier de police judiciaire.

Déjà moite, Amblevert balaya le groupe du regard en quelques dixièmes de seconde, tandis que le major s'arrêtait sur chacun. Sous le plafond à moulures régnait un silence inquiet qu'Alexane tentait de meubler avec de petits bruits de porcelaine entrechoquée et des raclements de gorge.

Vincent Brun-Mareuil s'agitait sur son fauteuil et tripotait les clous de tapissier qui bordaient l'accoudoir. Léonie Chastaignié, dont le visage osseux était balayé par une frange un peu trop longue, s'était raidie à la vue des deux gendarmes et avait glissé un regard éclair à son compagnon. Pâle, à la limite du verdâtre, Corentin Le Doussot fixait une fissure sur le mur. Olivia Delage, qui affichait un sourire légèrement dédaigneux, faisait tourner une bague à gros cabochon autour de son majeur. Les autres étaient dans une attitude d'attente polie.

Le mari d'Alexane, à la fois touchant et grotesque, avança un siège à Géraldine Amblevert qui le fusilla du regard et écarta un peu plus les jambes dans une attitude peu féminine.

Géraud Dambérailh, les mains jointes dans le dos, s'apprêta à prendre la parole. Ses yeux cernés soulignaient un réveil matinal, fatigue qu'Alexane était parvenue, de son côté, à effacer sous une généreuse couche d'enlumineur.

— Bonjour à tous, merci de vous être levés un peu plus tôt que d'habitude, commença-t-il.

— Aux aurores, intervint Vincent en riant un peu trop fort.

— Où est Clara ? remarqua Juliette Hoareau, fraîche quoique sans apprêts dans sa robe de tennis.

Géraud Dambérailh leva une main et continua.

— Nous devons vous informer d'un événement grave.

Alexane, la main sur la cafetière brûlante, goûta quelques instants le privilège d'être de ceux qui savaient déjà. Elle nota de nouveau un regard de biais lancé par Léonie à son compagnon.

Voyant que le major peinait à trouver une phrase de transition qui atténuerait suffisamment la brutalité de l'annonce qu'il allait faire,

Géraldine Amblevert prit les devants et s'avança d'un pas. Les auréoles qui marquaient son polo bleu ciel n'avaient vraiment rien de ragoûtant, mais Alexane lui reconnut une certaine prestance.

— Ce matin, nous avons retrouvé le corps de votre amie, Clara Levasseur, annonça-t-elle sur un ton neutre.

— Le corps, c'est-à-dire ? dit Juliette Hoareau qui prit appui sur les accoudoirs de son fauteuil et se leva à demi.

— Mme Levasseur a été retrouvée sans vie ce matin, reprit Géraud Dambérailh.

Il lança un regard mécontent en direction de sa coéquipière, qui ne lui avait pas laissé le temps de trouver une formule plus douce que « sans vie ». « Sans vie », c'était mieux que « morte », mais plus direct que « nous a quittés », qui avait pour défaut d'être cruellement ambivalent.

La jeune femme se rassit, sonnée. Une partie de l'assistance porta la main à sa bouche. Olivia Delage, enveloppée dans sa mystérieuse distance, semblait déconnectée et gardait un étrange sourire fixe.

— Mais vous déconnez, elle allait parfaitement bien hier soir ! s'écria Léonie Chastaignié dont la voix alla désagréablement chatouiller les aigus.

Un brin névrosée, apparemment, observa Alexane Mazet qui, forte de sa maîtrise de l'information, passait au scanner chaque personne assise dans son salon.

Pierre des Ombries se rapprocha sans bruit de sa compagne dont il prit la main pour l'aider à se lever avant de l'enlacer. Juliette restait raide entre ses bras. Elle le repoussa calmement.

— Où est-elle ? Je veux la voir.

Sa voix basse ne trahissait aucune émotion.

— Ce n'est pas encore possible, madame Hoareau, répondit Géraud Dambérailh.

— Comment ça, pas possible ? Mais vous nous cachez quoi, putain ! hurla brusquement la jeune femme en marchant vers les deux gendarmes.

Géraldine Amblevert fut face à elle en deux pas et lui posa avec douceur et autorité les deux mains sur les épaules. Elle ne semblait pas impressionnée le moins du monde par l'explosion de violence dont elle venait d'être témoin.

— Rasseyez-vous s'il vous plaît, madame. Nous allons vous dire tout ce que nous savons pour le moment, dit-elle avant de la reconduire comme une enfant jusqu'à son fauteuil.

Juliette Hoareau se laissa faire, ses larmes débordaient sans bruit et elle ne semblait pas s'en rendre compte.

Colette et Daphné Dambérailh s'étaient prises par la main. Celle de Colette était agitée de spasmes que Daphné tentait de contenir en la serrant de plus en plus fort. Alexane aurait aimé être celle qui rassurait sa belle-mère, pour, ne serait-ce qu'une fois, tenir un rôle un peu valorisant et profiter d'un ascendant qu'elle n'avait jamais eu l'occasion d'exercer.

— Qu'est-ce qui s'est passé ? demanda Corentin Le Doussot qui avait l'habitude d'aborder les choses par leur versant pratique.

Étonnamment, il semblait moins tendu qu'avant l'annonce. Son pantalon informe qui pochait aux genoux lui donnait une allure pitoyable. Un homme qui n'avait pas l'habitude qu'on le regarde. Le major l'ignora superbement.

— Est-ce que quelqu'un ici fait partie de la famille de Mme Levasseur ?

— Non, nous sommes des amis seulement, répondit Corentin qui renonça à répéter sa question.

Les deux gendarmes échangèrent un regard et par un imperceptible signe, le major donna à l'adjudante l'autorisation de démarrer son exposé.

— Nous avons été appelés tôt ce matin, dit-elle, car un témoin a ouvert la porte de la chambre froide. Il y a trouvé Clara Levasseur, morte.

Alexane nota que Géraud Dambérailh avait froncé le nez sur ce dernier mot. Trop direct. Elle percevait chaque modulation de voix, chaque frisson sur les visages qui l'entouraient. Cet état d'hyperconscience lui rappelait presque le début de l'ivresse.

— Mais que faisait-elle dans la cuisine ? demanda Juliette qui s'essuyait le nez d'un revers de la main. Je l'ai entendue dans sa chambre quand je suis montée me coucher !

— Et de quoi est-elle morte ? tenta Corentin.

— Le thermostat était réglé sur –10 °C. Elle n'a pas souffert, le froid provoque un engourdissement puis la personne s'endort jusqu'à ce que les fonctions vitales s'arrêtent, précisa Géraldine Amblevert avant que le major ne puisse arrondir les angles.

Un long moment d'assimilation suivit ses paroles. La lumière qui pénétrait dans le salon à travers les légers rideaux de lin jouait sur le liseré doré des tasses. Il semblait qu'il n'y avait rien à ajouter et que chacun allait reprendre le cours de son existence, arrangeant sa nouvelle conception du monde autour de ce fait, neutre jusqu'à en être bête : Clara Levasseur était morte congelée. L'or de la tasse qu'Alexane tenait dans sa main était très légèrement taché. Il fallait qu'il retrouve son brillant. Mouillant son pouce, Alexane se mit à frotter la tranche de la tasse.

— Je ne comprends pas. Comment ce machin s'est-il déréglé ? Je suis allé chercher un pack de bières dans la soirée et la température était normale !

Vincent secoua la tête, la main posée sur le dossier du fauteuil qu'il avait quitté.

— Pourquoi n'est-elle pas sortie, elle a fait un malaise ? demanda Corentin qui serrait ses deux mains entre ses genoux.

Alexane était certaine qu'il transpirait des paumes. C'était tout à fait le genre à vous tendre une main moite lorsqu'il se présentait à vous. L'ambiance devenait particulièrement épaisse. Se concentrer sur les jeux de lumière ou les expressions des uns ou des autres devenait laborieux, Alexane se mit à respirer plus vite. Le lourd parfum d'Olivia lui montait à la tête et elle aurait aimé que quelqu'un ouvre la fenêtre. Elle ne pouvait pas y aller car elle n'avait pas fini de faire disparaître cette ombre sur le rebord de la tasse. Pourquoi Bernard n'y allait-il pas ?

De nouveau, les deux gendarmes se regardèrent, et de nouveau, Géraud Dambérailh accepta silencieusement que Géraldine Amblevert poursuive jusqu'à la conclusion. Au point où les choses étaient allées, les formes n'avaient plus qu'une importance minime.

— Elle n'a pas pu sortir, parce qu'elle était enfermée de l'extérieur, conclut Géraldine Amblevert, les pieds plus que jamais écartés et les mains croisées devant son ceinturon.

Avec un hoquet, Alexane s'écroula sur le tapis, emportant avec elle le guéridon qui se fracassa au sol avec son chargement de tasses à bord doré, soucoupes assorties et cafetière encore brûlante. Bernard Mazet posa brutalement les couverts qu'il tenait encore à la main et s'agenouilla pour lui relever le buste et la caler sur ses genoux. Alexane revint immédiatement à elle mais demeura silencieuse. Le parfum d'Olivia l'étouffait comme un oreiller plaqué sur sa bouche. La tasse dorée était cassée, de toute façon.

Daphné lâcha la main de Colette qui avait cessé de trembler.

— Que va-t-il se passer pour cette pauvre jeune femme, Géraldine ? interrogea Daphné.

— Les techniciens sont arrivés et font toutes les constatations possibles. Ils viendront dans quelques minutes relever vos empreintes.

Géraldine détacha son regard de Daphné et s'adressa au groupe de jeunes hôtes qui s'était progressivement resserré autour de Juliette et Pierre.

— Ensuite, votre amie... le corps de votre amie va être transporté jusqu'au cabinet du médecin légiste où il sera examiné. On attend que le procureur donne le signal, ça peut prendre un peu de temps. Nous allons faire prévenir sa famille.

— Elle n'a qu'une sœur, elle habite avec elle, murmura Juliette.

La succession d'émotions intenses avait saturé l'air du grand salon et Géraldine Amblevert contourna le demi-cercle de fauteuils pour ouvrir en grand une longue fenêtre.

— Nous vous demandons de rester à la disposition de l'officier qui mènera l'enquête, reprit le major. Cela vous demandera sans doute de prendre quelques mesures. L'idéal est que chacun reste là où il est logé le temps de l'enquête.

— Mais combien de temps ? demanda Pierre des Ombries d'une voix assourdie. Nous avons tous des obligations, professionnelles, familiales, que sais-je...

Son élégante barbe de trois jours jurait avec ses yeux cernés. Il portait une chemise blanche déjà froissée, aux poignets ouverts. Il avait peu parlé pendant tout le temps de l'attente, puis de l'annonce, pourtant il semblait aussi vidé que s'il avait exposé à tous l'écheveau embrouillé de ses propres émotions. *Un sensible rentré mais bien calé dans sa tête*, apprécia Géraud Dambérailh avant de s'interdire de se faire trop vite des idées sur les témoins.

— Je comprends bien, monsieur, dit Amblevert en secouant sa courte queue de cheval, mais l'enquête est prioritaire.

— Alors on fait quoi, on attend ? piailla la brune maigrelette. Je suis enceinte, j'ai droit à quelques égards, et d'ailleurs, j'ai besoin d'aller aux toilettes.

— Géraldine va vous accompagner madame, fit le major avec un bref hochement de tête.

Avec une moue agacée, Léonie se cramponna à l'accoudoir afin de se sortir, ventre dehors, du profond canapé qui l'avait engloutie.

Une fois les empreintes relevées et consignées par des hommes mutiques qui portaient une combinaison de plastique ouverte sur un tee-shirt noir, chacun sortit en silence du salon. L'idée que l'homme qui leur avait appliqué le doigt sur le tampon encreur avait probablement touché le corps raide et froid de Clara Levasseur les glaçait.

Daphné Dambérailh resta en arrière afin de glisser à son neveu qu'il était le bienvenu pour déjeuner une fois qu'il aurait réalisé les premiers interrogatoires. Le major la remercia avec discrétion et lui répondit qu'il attendait encore les instructions du procureur quant à son rattachement ou non à l'enquête.

— Mais pourquoi ne serais-tu pas affecté à l'enquête ? interrogea Daphné qui fronça le nez avec désapprobation.

— A priori, ce genre d'affaires est géré par une brigade spéciale, tante Daphné. Mais ils sont tous sur les dents avec une histoire de démantèlement de réseau, sans compter l'alerte enlèvement de la petite Éléa. Ça peut les arranger de me détacher sur cette affaire, et j'aimerais autant.

— Et pourquoi ? dit Daphné qui haussa le sourcil droit avec un snobisme aussi bluffant que comique.

— Parce que les gars de la BR sont moins bien élevés que moi, ma tante, répondit Géraud avant de lui ouvrir la porte avec un large sourire.

Le soleil projetait d'est en ouest de courtes ombres lorsque les jeunes hôtes de Haut Méac sortirent sur le perron gravillonné. Personne ne semblait savoir où aller, les couples se cherchaient et tournaient comme des électrons libres sans parvenir à se trouver. Olivia se dressa, visage offert au soleil, et prit un ton délibérément provocant pour déclarer :

— Vous pouvez bien faire vos pâles figures, j'avoue que je ne la regretterai pas plus que ça.

Juliette et Pierre sursautèrent comme si elle les avait giflés.

— Si c'est pour dire des imbécillités pareilles, tu ferais mieux de te taire ! renvoya Léonie qui s'éloigna d'un pas aussi rapide que le lui permettait son ventre tendu.

Corentin la suivit sous le couvert des arbres qui descendaient jusqu'au tennis.

Vincent, la tête basse, poussait du bout du pied un caillou plus gros que les autres.

— J'ai besoin d'un truc fort. Qui descend à Lafontac avec moi ?

— Tu ne penses pas qu'on s'éloignerait au-delà des limites fixées par monsieur le major ? Moi, je dirais que si..., susurra Olivia en glissant un bras sous le sien.

Il haussa les épaules, se dégagea puis se dirigea vers l'interminable allée de platanes. Il laissa derrière lui sa voiture, garée au pied d'un mur dans la basse-cour, ainsi qu'Olivia, qui le suivit des yeux avec l'espoir qu'il l'inviterait à l'accompagner.

Derrière le rideau à plis creux du grand salon, Géraud Dambérailh et Géraldine Amblevert observaient la dislocation du petit groupe.

— Vous pensez que c'est l'un d'entre eux ? demanda Géraldine, les yeux fixés sur Olivia qui se balançait d'un pied sur l'autre tandis que Vincent s'éloignait.

— On ne vous a pas appris en formation à ne pas tirer de conclusions hâtives, Amblevert ? répondit Géraud Dambérailh avant de tourner les talons.

— Ce qu'il y a de sûr, c'est qu'il n'a pas fallu une force herculéenne pour coincer la victime dans la chambre froide, répondit-elle en emboîtant le pas du major.

— Qui vous dit qu'on ne l'y a pas traînée après l'avoir assommée ? Attendez les conclusions du légiste au moins ! lança-t-il par-dessus son épaule.

— Pas idiot.

— Je vous remercie, Amblevert.

— Pas de quoi, major. Alors, vous avez eu le procureur pour savoir s'il y a intervention de la brigade de recherche ? Il ne faudrait pas trop tarder pour commencer les interrogatoires, tant que c'est chaud.

Géraud Dambérailh cligna des yeux dans la lumière blanche du perron. Son portable affichait un appel en absence. Le message du procureur disait en substance que la BR étant déjà débordée, il le détachait sur l'enquête. Il lui demandait cependant de faire preuve d'une éthique irréprochable et de ne pas se croire au-dessus de la mêlée car des conflits d'intérêts pouvaient surgir en cours d'investigation lorsque l'enquêteur connaissait trop bien les personnes concernées.

Le major raccrocha avec un sifflement agacé qui fit lever les yeux à Géraldine Amblevert, accroupie en pleine observation d'un lézard sans queue qui se dorait sur une pierre.

— On me donne l'enquête. C'est Frégé qui va m'assister, je vous confie les gars.

— Vous me laissez en tête à tête avec Péon et tous les jeunots ? soupira Géraldine en se relevant avec peine. Bouclez-nous vite l'enquête avant que j'en emplafonne un, avertit-elle avant de se frotter les mains.

La clochette de la *Boulange du Fleuve* tinta quelques secondes avant que la porte vitrée ne se referme lourdement derrière Géraud Dambérailh et Louis Frégé. Une odeur de mie chaude s'échappait du fournil qui n'était séparé de la boutique que par une vitre embuée. Fabien Etcheverry y était affairé à tirer une étagère métallique sur laquelle il glissa une à une les baguettes brûlantes qui sortaient du four. Tout l'espace de travail était d'une propreté industrielle, les plans de travail en inox sur roulettes n'étaient pas encore rayés et reflétaient la lumière crue qui tombait droit des néons. Dambérailh rangea dans un tiroir de son esprit la certitude qu'il avait de se trouver face à une installation flambant neuve qui sentait bon l'endettement. Fabien, à moins d'avoir gagné récemment au loto, devait être sur le fil du rasoir.

Devant la baie vitrée qui donnait sur le fleuve et le pont métallique, étaient installés deux petits guéridons ronds, accompagnés de leurs tabourets rembourrés. Géraud Dambérailh reconnut Élise Ascaride, attablée dos au mur, qui regardait passer les voitures sur le pont, les coudes plantés de part et d'autre de sa tasse vide. Elle se tordait le cou pour observer le défilé incessant de véhicules et Géraud se demanda pourquoi elle ne s'était pas installée de l'autre côté de la table, d'où elle aurait pu voir le pont sans se contorsionner. Peut-être n'aimait-elle pas tourner le dos aux clients. Géraud Dambérailh, lui, ne se serait jamais installé dos à une porte.

— Monsieur Etcheverry, appela Frégé qui contourna le comptoir afin d'atteindre l'entrebâillement de la porte qui s'ouvrait sur le fournil.

— Ça vient ! répondit le jeune maître boulanger.

Fabien poussa la porte d'une main en essuyant l'autre sur son tablier qu'il avait roulé sur les hanches.

— Bonjour, messieurs. On peut s'installer dans mon bureau pour être tranquilles.

Les deux gendarmes se faufilèrent derrière le comptoir et le suivirent jusqu'à une pièce aveugle dont l'unique ouverture donnait sur le fournil.

Frégé sortit d'une mallette noire une tablette et un boîtier oblong qu'il posa sur le bureau immaculé du boulanger. Il inclina la lampe de bureau vers Fabien Etcheverry puis il installa la tablette à plat et se mit à remplir le formulaire de déposition.

Pendant ce déploiement de technologie, Géraud Dambérailh détaillait les diplômes et prix encadrés sur le mur : *Meilleur Jeune Boulanger de France 2011 pour la baguette tradition, Meilleur Ouvrier de France 2015 en viennoiserie, CAP avec félicitations*.

— Monsieur Etcheverry, commença Frégé, les doigts suspendus au-dessus de l'écran, pouvez-vous nous rappeler vos noms, prénoms, lieu de résidence, date et lieu de naissance ?

Les premières questions-réponses de routine furent menées par le jeune agent, puis Géraud Dambérailh s'arracha à la contemplation du mur des honneurs pour prendre le relais sur les questions liées directement à l'enquête.

— Quelle heure était-il lorsque vous êtes arrivé à Haut Méac ?

— Un peu après 5 h 30.

— Sur quoi vous basez-vous ?

— Je suis parti à 5 h 15 de la boulangerie, après la première cuisson. J'ai entendu un coq chanter en arrivant, il faisait encore nuit. Voilà.

— Ça fait longtemps que vous livrez Haut Méac ?

— Non, c'était la troisième fois depuis qu'ils ont commencé leurs chambres d'hôtes. Je devais le faire pendant une semaine.

Une fine farine s'accrochait aux poils noirs qui lui barraient l'avant-bras. Fabien se frotta machinalement du plat de la main.

— Avez-vous remarqué quelque chose d'anormal dans la cuisine ?

— Franchement, non.

— Aucun détail qui vous ait marqué ?

— J'ai remarqué que M. Mazet m'avait payé pour les deux premiers jours. Et que la cuisine faisait vraiment… vieille. Mais ça, je me l'étais dit dès le premier jour.

— Pourquoi citez-vous le paiement de M. Mazet ? Vous aviez des inquiétudes ?

— Je ne fais pas crédit, c'est tout, répondit Fabien qui baissa le regard pour se soustraire à celui du major.

— Où avez-vous posé votre livraison ?

— Sur le comptoir, au milieu de la cuisine.

— Alors pourquoi avez-vous eu besoin d'ouvrir la chambre froide ?

Fabien secoua la tête, les yeux mi-clos, pris dans un débat interne. Il rabattit la lampe de bureau dans sa position initiale et se leva pour remettre droit un cadre que le major avait légèrement déplacé.

— Ça a l'air idiot, mais j'ai pensé que c'était un abri antiatomique. J'ai eu envie de voir comment c'était à l'intérieur.

Les deux gendarmes haussèrent en même temps les sourcils. Frégé tapota rapidement sur sa tablette et laissa son supérieur continuer.

— Comment était la porte ?

— Elle était fermée, répondit Fabien, soulagé de ne pas avoir à s'expliquer davantage sur son étonnant aveu qui sentait un peu trop l'adolescent biberonné aux séries. J'ai relevé la poignée et j'ai poussé. Enfin, au début, je n'ai pas compris s'il fallait pousser ou tirer.

— La poignée était donc poussée vers le bas ?

— Oui, c'était verrouillé.

— Aucun doute là-dessus ?

— Non, aucun doute.

— Quand vous avez ouvert, qu'avez-vous vu ?

— J'ai d'abord remarqué qu'il faisait hyper-froid. Je me suis senti bête de ne pas avoir reconnu une chambre froide, j'ai l'habitude quand même. Mais ce revêtement en faux bois sur la porte, ça ne se fait plus, alors j'avais pas imaginé… J'ai vu qu'il y avait un bordel épouvantable. J'allais refermer quand j'ai remarqué le coude de cette fille sous la bâche. Au début, j'ai cru que c'était un moignon.

— Ensuite ?

— Ensuite, je me suis avancé pour soulever la bâche, mais quand j'ai touché sa peau, j'ai vu qu'elle était toute dure et froide. Du coup je suis sorti et j'ai appelé.

— Qui avez-vous appelé ?

— Les pompiers. Bernard Mazet dormait, j'ai pensé que c'était la seule chose à faire. J'imagine que c'est eux qui vous ont appelés quand ils ont constaté la mort.

— Et qu'avez-vous fait en attendant l'arrivée de mon collègue ? demanda Dambérailh en indiquant Frégé, toujours penché sur sa tablette.

— Rien. J'ai refermé la porte de la chambre froide et attendu dans la cuisine. Puis Bernard Mazet est arrivé. Je savais qu'il se levait tôt.

Frégé échangea un regard avec son supérieur et lança l'impression de la déposition. L'imprimante portable crachota deux feuilles que le jeune gendarme tendit à Fabien Etcheverry.

— Vous relisez et vous signez si ça correspond bien à votre déposition, expliqua-t-il.

Géraud Dambérailh fouilla dans ses poches et en sortit un stylo au capuchon mâchonné.

Fabien Etcheverry fit un mouvement pour s'en saisir mais il se ravisa et sortit de son tiroir un crayon neuf.

Une fois dehors, les deux hommes en uniforme suivirent le trottoir qui descendait vers le fleuve, puis remontèrent vers le centre de Lafontac jusqu'à la grille bleue de la gendarmerie. Le bâtiment affichait une belle mine avec ses pierres de taille lumineuses et son gravier sans herbes folles. L'intérieur était beaucoup moins reluisant. Géraud Dambérailh envisageait parfois de débarquer en pleine nuit avec pinceaux, rouleaux et peinture blanche pour donner une seconde vie aux locaux décrépits dans lesquels il passait tant d'heures à traiter de la paperasse.

Alors qu'il poussait la porte vitrée qui ouvrait sur l'accueil, où un gendarme abattu traitait avec patience le défilé incessant de particuliers remontés comme des coucous, Géraud Dambérailh fut arrêté net par la voix tonitruante d'Amblevert qui s'époumonait derrière la porte marquée *Privé*.

— Quel est le connard qui a laissé pisser la cafetière ?

Devant l'absence de réponse de la part de la demi-douzaine de jeunes gendarmes qui rentraient la tête dans les épaules, Géraldine Amblevert laissa libre cours à son courroux.

— Je pars sur le terrain trois jours et tout fout le camp ! Une cafetière, ça se détartre les gars, sinon le bitoniau se bloque et la flotte passe par-dessus le filtre ! Vous me nettoyez ça, vous me détartrez la bécane et vous me faites un putain de café. Et s'il a le goût de Calgon, je vous fais boire la cafetière, à l'entonnoir s'il le faut !

Pour marquer la fin de son intervention, elle claqua vigoureusement la porte de son bureau. Un morceau de plâtre se détacha du plafond et s'écrasa sur le bureau d'une jeune recrue tétanisée. Frégé posa sa sacoche dans le couloir et fit signe à ses collègues qu'il allait gérer la situation. Géraud Dambérailh était prestement rentré dans son bureau après avoir salué d'un signe de tête les uns et les autres qui lui répondirent d'un sourire hésitant.

Géraldine tapait avec fureur sur son clavier antique et ne se retourna pas en entendant la porte s'ouvrir puis se refermer. Frégé se posta contre le bureau et attrapa une agrafeuse qu'il fit jouer à vide jusqu'à ce que Géraldine lève les yeux vers lui.

— Quoi Frégé ? Vous allez me faire la morale, c'est ça ?

— Vous y allez fort avec les gars.

— Vous n'allez pas vous y mettre vous aussi, grommela l'adjudante avant de souffler sur une mèche qui lui barrait le visage.

— Ils sont crevés comme vous, chef, ils ont de la boue jusqu'aux genoux toute la journée à Saint-Maur, ils galèrent à se coordonner avec le service de sécurité qui ne maîtrise rien et passent leurs nuits à séparer des festivaliers enragés qui s'étripent pour une paire de bottes. Sans compter le reste, mais ça, vous le savez.

Pendant quelques secondes, Géraldine continua farouchement à taper sur son clavier d'ordinateur. Puis elle quitta brusquement sa chaise, ouvrit la porte et lança à la cantonade :

— Café pour tout le monde, j'appelle Gino. Vous allez me chercher ça avec le plateau de la cantine dans dix minutes. Et prenez-vous un supplément lait s'il le faut, c'est pour moi !

Elle se tourna vers Frégé, le sourcil exagérément froncé et le menton en avant.

— Ça va comme ça ?

— C'est parfait, chef, répondit le jeune gendarme, le sourire frémissant.

— Ça avance, votre enquête ? reprit Géraldine, tapant de plus belle sur son clavier.

— On repart. Le major avait de la paperasse à expédier. On retourne à Haut Méac, dit Frégé en fouillant dans un tiroir de son bureau qui semblait déborder de papiers de bonbons froissés. Il en sortit un peigne qu'il empocha discrètement.

— On veut se faire beau avant de voir les jolies filles ? railla Géraldine qui avait suivi du coin de l'œil le petit manège de son acolyte.

Le jeune gendarme rougit sans répondre et sortit dans le couloir où il récupéra sa sacoche avant de marcher jusqu'à la seule voiture disponible, une vieille Kangoo cabossée que dédaignaient systématiquement les gendarmes qui préféraient partir en intervention dans les Citroën Jumpy qui sentaient encore le neuf.

Géraud Dambérailh le rejoignit d'un pas rapide et prit place sur le fauteuil passager avant que Frégé ne puisse lui demander s'il souhaitait conduire. En arrivant à Haut Méac, il se rendit compte que son supérieur avait fermé les yeux et que sa tête dodelinait contre la vitre.

Le château était calme, les pas résonnèrent dans le hall sans qu'Alexane ni l'un des hôtes ne passe la tête par une des portes. Le major tenta un « Ohé » assourdi qui fit sourire son assistant.

— J'arrive ! lança Alexane Mazet par-dessus la rambarde, sortant les deux gendarmes de l'embarras.

Elle descendit les marches avec une lenteur étudiée, puis reconnut Louis Frégé et oublia d'avoir l'air gracieux.

— Vous allez m'interroger à deux ? demanda-t-elle en s'adressant ostensiblement à Géraud Dambérailh.

— Si vous voulez bien nous indiquer un endroit où nous serons tranquilles.

— Géraldine ne vous accompagne pas ?

— C'est le gendarme Frégé qui m'accompagne, répondit le major.

Le petit salon avait perdu l'atmosphère étouffante qui l'envahissait à la tombée de la nuit. La lumière de la fin de matinée dessinait sur les tapis des formes lumineuses, les portraits accrochés dans leur cadre doré semblaient presque joviaux. Alexane Mazet avait manifestement récupéré de son malaise du matin. Quant à savoir à quel point elle avait réellement été secouée, c'était autre chose. Elle s'installa sur une banquette assez inconfortable et replia les jambes. Elle attendit que les deux gendarmes se trouvent un fauteuil et que s'engage une conversation sympathique.

Frégé empoigna un guéridon vénérable sur lequel il disposa son attirail habituel : tablette, imprimante, pile de papier A4. Le major Dambérailh faisait le tour de la pièce, mains dans le dos, pendant que son assistant mettait en place le barda. Avec les premières questions de routine, l'ambiance qu'avait imaginée Alexane s'évapora et fut remplacée par une tension qu'elle n'avait pas prévue.

— Vous connaissiez la victime ? commença Géraud Dambérailh, de dos.

— Pas particulièrement. Elle m'avait donné son nom pour la réservation.

— Quel genre de personne vous semblaitelle ?

— Je ne sais pas trop. Assez discrète, je dirais.

— Avez-vous remarqué des tensions entre la victime et d'autres personnes ?

Alexane se mordit l'intérieur de la joue.

— Non, pas particulièrement. Elle était plutôt terne, pas du genre à déchaîner les passions, dit-elle avec un reniflement dédaigneux.

— Pas comme son amie rousse ? rebondit Dambérailh en se tournant vers Alexane qui s'engouffra dans la brèche.

— Difficile de la rater, en effet. J'aurai été moins étonnée de la retrouver congelée, plutôt que l'autre.

Les deux gendarmes attendirent la suite, le major s'occupa à tracer du bout du doigt une longue ligne dans la poussière qui recouvrait le marbre de la cheminée.

— On a un peu de mal à comprendre que des gens aussi différents forment une bande d'amis, persifla Alexane. Mlle Levasseur était proche de Juliette Hoareau, je crois, mais elle semblait déconnectée de tous les autres. Leur amie rousse brasse de l'air, surtout autour de M. Brun-Mareuil, et le couple avec la jeune femme enceinte a l'air complètement… bizarre. Ils semblent en mauvaise santé, lui tout blanc, elle toute maigre malgré sa grossesse.

— Vous attendiez-vous à ce que quelque chose arrive ? demanda Géraud qui se plaça face à Alexane dont il détailla la pose étudiée, le menton haut et le regard froid.

— Oui et non, c'est trop facile après coup de dire qu'on sentait quelque chose arriver. Mais ce n'était pas un groupe d'amis sans problème comme on pouvait le penser au début. On sentait des… des tiraillements.

Le major regarda Frégé qui tapait à la vitesse de l'éclair sur sa tablette. Il reprit après une inspiration profonde. Mettre des formes et faire des détours ne lui semblait plus aussi nécessaire qu'à l'annonce collective du matin. Naturellement il aurait eu tendance à choisir ses mots, mais l'espèce d'arrogance d'Alexane Mazet le poussait à trancher dans le vif et à observer l'effet produit.

— Revenons sur le soir où la victime a probablement été enfermée. Quand l'avez-vous vue pour la dernière fois ?

— Assez tard dans la soirée. Ma belle-mère et sa petite protégée nous ont rejoints vers 23 heures, je crois. Elle était déjà partie. Ou un peu plus tard, je ne sais pas exactement, je ne porte pas de montre.

Alexane déplia ses jambes et se massa les mollets pour y faire circuler le sang, puis se leva pour faire partir la sensation de fourmillement qui l'avait saisie.

— Savez-vous pourquoi elle a quitté la soirée ?

— Non. Elle avait l'air ailleurs.

— Fatiguée ou ailleurs ? insista Géraud Dambérailh.

Avec hésitation, Alexane finit par se prononcer.

— Ailleurs. Elle regardait dans le vide, elle tournait dans le salon sans s'arrêter pour parler aux uns ou aux autres. Elle était plutôt du genre immobile, un peu potiche, alors j'ai remarqué qu'elle était plus agitée que d'habitude. Elle a fini par empiler sur un plateau les restes de l'apéritif et elle est partie en disant qu'elle allait se coucher. C'est tout.

Les doigts de Frégé continuèrent quelques secondes à marteler l'écran tactile puis il s'arrêta et lança l'impression.

Une fois qu'Alexane eut quitté la pièce dans laquelle l'air s'était corrompu, les deux hommes se penchèrent au-dessus des feuilles signées de la déposition.

— Vous pensez qu'elle n'en sait pas plus ? demanda Frégé, les mains posées à plat sur le guéridon.

— Trop tôt pour le dire, on va recouper une fois qu'on aura vu tout le monde.

Le major allait ouvrir la porte du petit salon et se mettre en quête du témoin suivant, mais le va-et-vient rageur de la fermeture Éclair de la sacoche en skaï malmenée par Frégé lui fit dresser l'oreille.

— Tout va bien, Frégé ?

— Parfaitement, major.

La voix du jeune gendarme était bizarrement étranglée. Le major tourna légèrement la tête, avec assez de discrétion pour que Frégé ne puisse pas plaquer sur son visage l'expression neutre de celui qui se sait regardé.

Un pli amer s'était formé sous ses lèvres contractées alors qu'il tentait pour la troisième fois de dégripper la fermeture Éclair de la sacoche. D'une secousse brutale, il arracha la tirette dorée du curseur. Du coin de l'œil, le major vit son coéquipier serrer de toutes ses forces le petit morceau de métal au creux de sa main, jusqu'à en trembler. La petite pièce aux contours aigus était en train d'imprimer sa marque dans sa paume crispée.

— Toujours pas digérée, cette histoire avec votre frère ? demanda Géraud Dambérailh avec douceur.

Frégé releva la tête comme s'il avait reçu un coup. Il attrapa la sacoche béante et la serra sous son bras sans répondre. Après quelques secondes de silence, il accrocha son regard quelque part entre les deux sourcils de son supérieur et répondit d'une voix tendue :

— Il sera sans doute suivi toute sa vie. Il ne peut toujours pas bosser, rien. Ça fait dix-neuf ans et je n'arrive pas à me dire que ça peut durer encore. Cette femme l'a bousillé.

Le major se détourna de la porte et s'avança jusqu'à ce qu'un pas seulement le sépare de son jeune interlocuteur.

— Réfléchissez bien avant de me répondre, Frégé. Est-ce que vous êtes certain que cette histoire ne va pas troubler votre appréciation ? Je ne suis pas en train de vous demander si vous risquez de coller à Mme Mazet un PV un peu trop chargé. On parle d'une enquête pour meurtre, Frégé. Réfléchissez. Il y aura d'autres enquêtes sur lesquelles je m'engage à vous faire bosser, je sais ce que vous valez.

Du bout de l'ongle, Frégé gratouilla la glissière crantée sans répondre.

— Laissez-moi la journée, major. J'y réfléchis sérieusement et je vous donne ma réponse ce soir.

— Bien. Allez m'en chercher un autre. La rousse, si vous réussissez à l'attraper.

— J'y vais. Pourquoi avez-vous parlé d'elle à Mme Mazet tout à l'heure ?

— Alexane Mazet n'aime pas partager son territoire et cette jeune personne a l'air un peu... offensive. Cela n'a peut-être rien à voir avec notre problème, mais j'aime reconstituer les liens entre les uns et les autres.

Daphné Dambérailh se trouvait, une fois de plus, lavette à la main, devant son superbe évier en pierre. Superbe et si peu pratique, trônant au centre d'une mare d'eau mousseuse qu'il allait falloir éponger jusqu'à la prochaine submersion. Élise Ascaride avait de nombreuses qualités, mais la rigueur ménagère n'en faisait pas partie. Depuis peu, elle avait pris l'heureuse habitude de rincer ce dont elle se servait dans la cuisine, ce qui marquait une attention nouvelle à ce qui l'environnait. Mais devant l'évier submergé, Daphné se prit à regretter la période où, pâle et squelettique, elle ne pensait même pas à ouvrir la huche et à se servir un morceau de pain. Daphné, éponge en main, fondit sur les rigoles d'eau sale comme un épervier sur une taupe, le nez pincé et la lèvre rageuse.

Tout à son affaire, elle ne vit pas la silhouette de Vincent Brun-Mareuil passer devant la fenêtre qui donnait sur le cloître.

L'épaisseur toute relative des petits carreaux laissa filtrer les voix d'Élise, assise sur la marche extérieure de la cuisine, cigarette à la main, et de Vincent.

Sans aucune intention de manquer de discrétion, Daphné fit son geste plus doux pour ne pas perdre le fil de l'échange qui se déroulait à l'extérieur.

— Ça me donne envie d'en prendre une, tu me dépannes ? réclama le jeune homme avec désinvolture.

Élise tendit le paquet à Vincent sans quitter des yeux les grappes blanches de la glycine qui se balançaient avec mollesse au ras des fenêtres du premier étage.

— Tu la connaissais bien ? demanda-t-elle d'une voix sourde.

— Autant qu'on pouvait connaître quelqu'un comme Clara. Drôle de fille.

— C'est la première fois que je vois quelqu'un mourir. Que je sais que quelqu'un que je connaissais vient de…

Élise expira la fumée sans arrondir la bouche. Vincent poussait du bout du pied un petit caillou. Le raclement agaçait Daphné qui reposa l'éponge sur le rebord de l'évier et se tourna de manière à appuyer les fesses sur le rebord de l'évier. Elle ne voyait ni Vincent ni Élise, et pourtant leur ton, contraint et haché, lui donnait une idée assez précise de ce qu'ils faisaient, de l'expression figée de leur visage dont ils voulaient maîtriser les émotions.

— Elle était comment hier soir ? C'est glauque de te demander ce genre de trucs, mais tu étais avec elle et moi non... Ça me travaille, je n'arrête pas de me demander si elle savait qu'elle allait mourir.

Élise termina sa phrase si bas que Daphné fut obligée de déduire les derniers mots, qu'elle n'entendit pas.

— Elle ne montrait pas grand-chose. En fin de soirée j'étais éméché. Plus qu'éméché. Je ne saurais pas te dire si elle était différente. Tu vas me trouver horrible, mais le plus souvent, on ne remarquait même pas qu'elle était dans la pièce. Léonie te dirait qu'elle était « proprement insignifiante ».

— Elle ne l'aimait pas ?

Avec un rire amer, Vincent jeta d'une pichenette son mégot au centre d'une vasque en pierre débordante de pétunias.

— Léonie n'aime personne.

— Elle attend un bébé, non ? Ils sont en couple avec...

Élise chercha le prénom qui lui échappait à chaque fois qu'elle pensait l'avoir retrouvé.

— Corentin.

Vincent haussa les épaules avant de s'appuyer contre le mur encore chaud de la lumière du matin. Le soleil venait de passer la crête du toit et la façade de la cuisine était déjà plongée dans l'ombre tandis que le cloître restait inondé de lumière.

— Parfois les hommes gentils s'attachent à des femmes méchantes, c'est comme ça. Reste à prouver que l'enfant est bien de lui.

De dégoût ou de mépris, Vincent serra les lèvres avant de saisir le paquet qu'Élise avait posé sur la marche.

— Elle est si maigre. C'est difficile de croire qu'elle puisse porter un bébé, dit Élise, songeuse.

— Et lui, il est si mou, difficile de croire qu'il ait pu se la faire.

Dans sa cuisine, Daphné sourit, amusée par l'évidence de la jalousie qui inspirait à Vincent ce coup en dessous de la ceinture.

Élise s'était levée, elle ramassa un petit caillou sous lequel elle enfouit son mégot. Daphné se décala légèrement pour rester hors de son champ de vision. Le rebord de l'évier était encore mouillé et elle sentait la trace humide qui barrait l'arrière de sa jupe.

— C'est bizarre, votre groupe de copains. Pourquoi prendre une semaine de vacances ensemble si vous vous détestez tous ?

Le rire bref de Vincent résonna étrangement entre les colonnes.

— C'est la magie Pierre et Juliette, ça. Ne me demande pas comment ils font, mais notre petite bande ne tient que par eux. Parfois je me dis que ce sont des oiseaux, genre des alouettes ou un truc comme ça, et que nous, pauvres cons seuls et mauvais, nous nous révélons meilleurs que nous sommes, à l'abri sous leurs ailes.

Élise sourit et son petit visage se défroissa comme par magie.

— Quand je regarde ma vie de merde, reprit Vincent, je me console en me disant que je fais partie des amis de Pierre des Ombries.

Vincent s'assit lourdement à la place qu'occupait Élise quelques minutes auparavant.

— Et toi, qu'est-ce qui te console quand tu trouves ta vie à chier ?

Élise regarda vers le ciel, concentrée.

— Le souvenir de la belle voiture de mon boss, les pneus crevés, rayée sur toute la longueur par des féministes enragées.

— Ta vie est encore plus pourrie que la mienne, constata Vincent qui aspira longuement une bouffée de cigarette.

Pendant un moment, Daphné n'entendit que le raclement du caillou que Vincent avait coincé sous sa semelle.

— Et Clara, elle était seule et mauvaise, avec une vie pourrie ? demanda Élise qui arrachait de petits morceaux de mousse sur le mur de la cuisine.

— Seule, je crois. Et quand tu es seul, il y a forcément quelque chose de pourri dans ta vie. Mauvaise, je ne sais pas. Elle avait simplement le don exaspérant de toujours entendre ce qu'il ne fallait pas. Quand on est allés au marché hier par exemple, je l'ai vue, plantée devant Léonie et Corentin. Léonie avait sa tête de fielleuse. Dieu sait ce qu'elle est capable de dire quand elle a cette expression. Je pense que Corentin se serait bien passé de la présence de Clara à ce moment-là.

— Au point de vouloir la tuer ?

— Quand on est si mou du gland, est-ce qu'on est capable de tuer quelqu'un ? S'il n'y a pas de coups, pas de couteau, pas de sang, pas de risque… peut-être.

— Quand il suffit de repousser une porte et laisser quelqu'un s'endormir dans le froid par exemple ?

— Par exemple…

Perturbé par ce qu'il venait de dire, Vincent se déplia et se secoua comme pour se débarrasser de quelque chose. Élise continuait son travail de nettoyage, brin par brin. Elle finit par regarder Vincent, qui tenait à la main son deuxième mégot dont il ne savait que faire. Daphné, agacée, le vit le lancer dans la même potée de fleurs. Avoir des hôtes chez soi peut devenir exaspérant, surtout si l'on remarque tous les petits outrages infligés à son univers.

— Tu as déjà parlé aux flics ? demanda Élise d'une voix raffermie.

Vincent eut de nouveau ce haussement d'épaules bancal qui lui donnait l'allure de l'adolescent qu'il n'avait probablement jamais tout à fait cessé d'être.

— Pas encore. Ils vont débarquer ici, j'imagine. J'attends de voir les égards que prendront les gendarmes du coin pour interroger Mme Dambérailh. Ils ont le même nom, avec le major. C'est sa mère, tu penses ?

— Tu rigoles ! s'exclama Élise.

Le ton moqueur d'Élise atteignit Daphné de plein fouet. Elle sentit bêtement les larmes lui monter aux yeux, cligna des paupières et lissa son tablier deux fois avant de quitter son poste d'écoute. L'entrée qu'elle traversa lui sembla sombre et froide. Elle fila à travers le salon et ouvrit le petit coffre à liqueurs duquel elle ne sortait qu'occasionnellement la bouteille de prune qu'elle servait à Géraldine Amblevert en fin de repas ou à Colette Mazet pour accompagner son merveilleux clafoutis. La corolle du petit verre à apéritif était si fine qu'elle évoquait un tentacule de méduse. Daphné le remplit et le vida deux fois avant de murmurer, dans le silence ouaté du salon :

— Grande sotte.

Les grosses boules bleues des agapanthes se balançaient paisiblement au soleil au fond du cloître, et c'était véritablement une chose réconfortante à regarder à travers les carreaux. Elle se concentra sur ce qui pourrait faire plaisir à son neveu pour le déjeuner.

Deux longues heures après le départ d'Alexane, l'imprimante posée sur le guéridon dégageait une odeur d'encre surchauffée. Géraud Dambérailh sentait son estomac gronder et tentait de tenir à distance la perspective alléchante d'un déjeuner à l'abbaye. Frégé se massait le bout des doigts et priait intérieurement pour que l'idée d'une pause fasse son chemin dans l'esprit de son supérieur.

— Il faudrait maintenant qu'on attrape Mlle Hoareau, soupira le major en se grattant machinalement le sternum.

— Elle devrait arriver bientôt, selon son compagnon elle ne court pas plus d'une heure…

Les deux gendarmes délaissèrent le guéridon où s'empilaient les dépositions signées et agrafées au fil des entretiens pour se placer face à la fenêtre du petit salon. Le soleil était déjà passé de l'autre côté des toits et l'ombre du château commençait à grignoter le gravier vers l'est.

— C'est elle qui arrive ? s'interrogea Géraud Dambérailh en plissant les yeux.

Juliette Hoareau marchait d'un bon pas en faisant de grands moulinets avec les bras. Elle portait un short clair et un tee-shirt à inscriptions. Frégé quitta la fenêtre et entrouvrit la porte qui faisait communiquer le petit salon et le vestiaire où Juliette, en nage, n'allait pas tarder à entrer.

— Mademoiselle Hoareau, nous venons d'entendre la plupart de vos camarades sur la soirée d'hier. Il nous manque encore votre déposition.

— Bien sûr, murmura Juliette qui déglutit avant de s'avancer dans le petit salon surchauffé.

Frégé reprit sa place devant sa tablette. Géraud Dambérailh se leva à l'entrée de Juliette et la salua d'un signe de tête. La jeune femme avait perdu l'expression détendue qu'il lui avait vue à travers la fenêtre. Elle serrait les lèvres et s'assit avec raideur sur le canapé bombé où Alexane avait pris la pose quelques heures auparavant. Ses cheveux collés sur les tempes lui donnaient un air juvénile, mais sa voix, lorsqu'elle répondit aux premières questions, était profonde et lasse.

— Vous connaissiez particulièrement bien la victime, je crois ? demanda Géraud Dambérailh, les bras croisés sur son polo.

— Oui, nous nous sommes rencontrées lors de la semaine d'intégration de notre école. C'est un moment où des liens se nouent durablement. Ça fait un bon bout de temps, quand j'y pense.

— Comment la décririez-vous ?

Juliette Hoareau inspira en fermant les yeux, ses lèvres sèches frémissaient imperceptiblement, entre le sourire et la légère crispation qui précède les larmes.

— Elle était insaisissable. Elle ne parlait pas beaucoup mais suscitait chez la plupart d'entre nous une envie irrépressible de se confier complètement. C'était quelqu'un de secret. Je crois avoir été proche d'elle, mais elle ne m'a jamais raconté ses difficultés, jamais présentée à sa famille. Je ne suis jamais allée chez elle. Elle habitait chez sa sœur à Moulins. Je sais juste qu'elle était préoccupée parce que sa sœur venait de rencontrer quelqu'un et que leur arrangement ne pouvait pas durer. Elle ne savait pas où aller.

Juliette regardait ses mains jointes sur ses genoux et s'arrêta de parler.

— Elle n'avait pas de situation stable ? relança Géraud Dambérailh.

— Je ne sais pas exactement. Elle semblait inquiète. Mais elle ne m'a jamais donné de détails.

— Savez-vous si quelqu'un aurait pu lui en vouloir au point de provoquer sa mort ?

Un long silence emplit le petit salon. Les boiseries poussiéreuses absorbaient les discrets tapotements que Frégé infligeait à sa tablette, Géraud Dambérailh se surprit à retenir sa respiration et fut tenté de s'ébrouer pour forcer le temps à reprendre son cours. Au fil des auditions, le petit salon avait retrouvé son climat étouffant. La poussière des fauteuils avait chauffé lorsque le soleil entrait encore dans la pièce et l'odeur de vieilleries prenait à la gorge.

— Je ne sais même pas quoi vous dire, avoua Juliette dont les yeux se noyèrent de larmes. J'ignore une large part de sa vie. Nous sommes liées par des liens profonds qui ne s'enracinent pas dans la vie quotidienne. J'imagine que vous cherchez le meurtrier parmi nous ?

Géraud Dambérailh lui répondit, de la manière la plus convenue qui soit, qu'il était évidemment trop tôt pour tirer des conclusions sur ce point.

— Cela devait tenir à quelque chose qu'elle savait. Clara savait beaucoup trop de choses, sur tout le monde. Par je ne sais quel miracle, elle était toujours derrière la porte au bon moment. Elle ne fouinait pas mais elle « tombait » sur les gros dossiers de manière systématique.

— Des gros dossiers sur l'un de vos amis ? tenta Géraud Dambérailh.

— Je ne saurais pas vous dire. Je n'ai pas d'exemple précis, botta en touche la jeune femme qui laissa son regard se perdre par la fenêtre entrouverte.

L'écho lointain d'une partie de tennis ricochait sur les tours de Haut Méac.

Géraud Dambérailh crut bon d'ajouter :

— Vous pouvez au moins être rassurée quant à l'avenir de Léo, sa tante s'est engagée à le garder avec elle.

Juliette releva la tête en fronçant les sourcils.

— L'avenir de qui ?

— De... Léo, Léo Levasseur, son fils, reprit avec hésitation Géraud Dambérailh.

La conscience aiguë d'avoir posé le pied sur un nid de serpents lui fit monter le rouge au front.

— Son fils. Clara a un fils...

Juliette répéta plusieurs fois cette phrase à voix basse, pour forcer son esprit à traiter cette information incongrue qui refusait de trouver une place dans le puzzle qu'elle avait patiemment constitué en assemblant les informations qu'elle avait soutirées à Clara, année après année.

— Vous l'ignoriez ? demanda doucement l'officier.

Juliette posa sur Géraud un regard inexpressif.

— Quel âge a-t-il ?

L'officier, qui cherchait à déchiffrer les émotions qui passaient à toute vitesse sur le visage de Juliette sans s'y fixer, répondit lentement :

— Neuf ans, d'après ce que m'a dit mon homologue de Moulins. C'est son anniversaire ces jours-ci.

Juliette accusa le coup. Tout son sang semblait s'être réfugié dans sa gorge qui se couvrit de plaques rouges. Une pâleur inquiétante envahit son visage.

Frégé se leva après avoir posé sa tablette en lieu sûr et lui attrapa le bras afin de la conduire jusqu'au canapé devant lequel elle resta debout, abasourdie. Elle porta lentement sa main à sa gorge, puis à son bras, elle détacha avec douceur les doigts de Frégé qui lui enserraient le coude, puis elle sortit sans un regard pour Géraud Dambérailh ni pour le jeune gendarme qui resta les bras ballants et la suivit des yeux jusqu'à la porte qu'elle ne referma pas.

— Vous avez compris quelque chose à ce qui vient de se passer, major ? demanda le gendarme qui peinait à s'arracher à la contemplation de l'endroit par lequel Juliette venait de quitter la scène.

— Pas du tout, répondit Géraud Dambérailh, qui se gratta le sternum avec perplexité.

Dans la cuisine de l'abbaye, un jambon sec largement entamé voisinait avec un pot de rillettes presque vide que Daphné Dambérailh surveillait avec inquiétude. Elle finit par quitter son quant-à-soi et posa devant son neveu une large tranche de pâté de campagne qui lui permit d'escamoter le pot de rillettes sans paraître retirer le pain de la bouche du major affamé.

— Qu'aurais-je fait sans vous, tante Daphné, soupira Géraud Dambérailh en s'étirant sur la chaise aux pieds torsadés qui émit un grincement inquiétant.

— Ton jeune assistant aurait pu tout aussi bien se restaurer ici, dit Daphné en renouant son incontournable tablier.

— Il ne mange que des racines bio, persifla le major qui s'autorisa à ouvrir le dernier bouton qui fermait encore son polo.

— Je lui ai mis de côté un panier de navets. Je m'essaie à la permaculture. Ça donne un peu de piquant au travail dans le potager. Quel ennui sinon, mon Dieu !

Géraud Dambérailh se balança quelques secondes sur la chaise puis se leva et s'appuya contre le plateau couvert d'encoches de la large table de cuisine.

— À quelle heure avez-vous quitté Haut Méac, ma tante ?

— Oh, mon chéri, j'étais épuisée… Les journées de cueillette, tu sais ce que c'est… Donc je suis partie tôt, j'ai bien peur de ne pas t'être très utile dans ton enquête. Vers 22 h 30, je pense.

Géraud Dambérailh poussa un soupir à peine retenu, son front se lissa et il se rendit compte avec surprise qu'il avait été terriblement tendu tout le temps qu'il avait retenu sa question.

— Vous êtes partie alors que Clara Levasseur était encore en vie, donc.

Daphné reposa la théière en argent à poignée de céramique qu'elle avait saisie sur le vaisselier.

— Tu as cru que je pouvais avoir tué cette jeune personne, articula-t-elle, les yeux ronds.

Son nez aristocratique s'était pincé.

— Tante Daphné, rien ne dit que l'enquête ne me sera pas retirée pour être confiée à un roquet de la brigade de recherche. Je suis soulagé, bien sûr que je suis soulagé, ce qui ne veut pas dire que j'ai douté !

Géraud Dambérailh sentit qu'il s'empourprait et tourna le dos à sa tante pour attraper deux tasses et deux soucoupes qu'il posa sur la table avec précaution. L'embarras ne fit qu'ajouter à la désagréable sensation de poids qui l'oppressait, due sans aucun doute à la dose massive de protéines et de lipides qu'il venait d'ingurgiter. Il aurait volontiers terminé son repas par un fruit, mais il lui semblait qu'en réclamer un manquait de virilité. L'idée de ressembler à Louis Frégé, perpétuellement empêtré dans ses considérations diététiques, lui hérissait le poil.

— Est-ce que tu as déjà découvert quelque chose d'intéressant ? À moins que tu ne préfères garder le silence face à un suspect, ce que je comprendrais bien sûr, dit Daphné d'un ton dangereusement conciliant.

Géraud Dambérailh ne savait pas exactement comment envisager le problème. Sa tante ne pouvait en aucun cas être considérée comme suspecte, et ce de manière objective puisque Clara était encore bien vivante après son départ : Juliette Hoareau l'avait entendue dans sa chambre lorsqu'elle était montée se coucher. Ce qui emporta sa décision, qui allait à l'encontre de la déontologie de tout enquêteur professionnel, fut l'aspect radicalement inoffensif que lui donnaient son tablier à poches brodées et ses boucles d'oreilles dorées tout droit sorties d'une vente privée pour dames chics.

— Pas vraiment, c'est trop tôt, se lança Géraud. Pour le moment, nous en sommes à reconstituer la soirée. Tant que nous n'avons pas les conclusions des techniciens, nous n'avons pas grand-chose à nous mettre sous la dent, donc nous reconstituons.

— J'aurai peu de choses à te raconter pour ma part. Dès notre arrivée avec Colette Mazet, nous nous sommes installées dans le petit salon, à l'opposé du grand salon où tous les jeunes avaient l'air de s'amuser follement, dit Daphné en versant avec précaution un thé noir comme la nuit dans les deux tasses aux anses délicates.

— Vous pensez que l'ambiance était détendue ? Il n'y a pas eu d'éclats de voix, de tensions ?

— Quelqu'un jouait du piano. Difficile de te répondre, car je n'y étais pas, mais tu dois bien avoir les échos des uns et des autres ?

Géraud Dambérailh se frotta les yeux et répondit avec lassitude que l'omission faisait partie de la nature humaine. Chacun pouvait avoir une bonne raison de ne dire qu'une partie de la vérité, sans avoir pour autant l'intention de mentir ni de dissimuler.

— Donc, reprit Daphné qui poussa vers son neveu un sucrier rempli d'une poussière granuleuse recueillie au fond des paquets de sucre en morceaux, quand Colette est revenue dans le petit salon avec le dessert, vers 22 h 30, j'en ai profité pour partir. J'ai passé une tête par la porte du hall pour saluer Alexane et Bernard, mais ils me tournaient le dos l'un et l'autre. Le jeune homme un peu rond était au piano, je n'ai pas vu sa femme.

— Nous n'avons pas encore sa déposition.

— Il y avait également le joli couple qui ressemble à une publicité pour des chaussures de sport. Juliette Hoareau et Pierre des Ombries, si ma mémoire est bonne.

— Elle ne vous trahit jamais, tante Daphné, ce doit être dû à quelques années de mondanités effrénées.

Daphné évacua la plaisanterie d'un revers de la main. Sa tasse, qui fumait abondamment, fit un rond de buée sur la table lorsque Daphné la souleva. Elle frotta machinalement l'anneau foncé qui marquait le bois avant de poursuivre :

— M. Brun-Mareuil avait l'air un peu… éméché. Il s'enroulait autour de la petite Levasseur comme une liane au moment où j'ai ouvert la porte. Elle semblait si frêle entre ses gros bras. Il lui parlait à l'oreille, ça m'a rappelé la cour de récréation.

— On ne m'a pas parlé de cet épisode, nota Géraud Dambérailh qui venait de se brûler la langue et cherchait des yeux un verre d'eau.

Daphné, concentrée sur ses souvenirs, semblait faire défiler une série de photographies derrière ses paupières.

— Donc Alexane et Bernard me tournaient le dos. Bernard avait l'air épuisé, comme d'habitude, me diras-tu. Il a les épaules tombantes, ne trouves-tu pas ? Il y avait aussi cette étrange créature orange qui ne semblait pas des plus fraîches. Elle était à demi allongée sur un coussin au pied du piano.

— Vous avez vu tout cela uniquement en passant la tête par la porte ? s'étonna Géraud

Dambérailh qui avait fini par se lever pour aller à l'évier apaiser sa bouche en feu.

— J'ai une bonne mémoire visuelle, s'autocongratula Daphné. Je ne m'en étais jamais aperçue ! C'est passionnant d'enquêter.

Géraud, la tête sous le robinet, répondit par un gargouillis inintelligible.

— À propos d'enquête, tes petits camarades ne se précipitent pas pour retrouver ma pendule, constata Daphné en regardant le plafond d'un air dégagé.

— Tante Daphné, soupira Géraud, ils sont dessus. Mais aujourd'hui, la brigade a dû gérer...

Géraud Dambérailh s'interrompit et consulta la longue liste de textos que Géraldine lui envoyait toutes les vingt minutes avec une régularité de métronome.

— Trois bagarres musclées au festival de Saint-Maur, la dernière impliquant le service d'ordre, plus un rapt de petit garçon qui s'est avéré être un cas de divorce particulièrement complexe, ensuite, vers 11 heures, deux chiens dangereux sans muselière s'en sont pris à des enfants dans le square François-Mauriac, puis nous avons eu un vol de moto à Lafontac, trois jeunes qui dealaient à la pause de midi devant le collège, tout ceci avant 14 heures.

— N'en jette plus, j'ai bien conscience que ma pauvre pendule se situe tout en bas de l'échelle de vos priorités. Mais George Sand, mon chéri, George Sand, dit Daphné dont la voix se chargea d'une émotion funèbre.

Élise entra alors dans la cuisine. Daphné se fit la réflexion que les progrès qu'elle avait remarqués les jours précédents semblaient s'être volatilisés. De nouveau, les yeux fixés sur un obscur détail du plancher, le cou maigre rentré dans les épaules, le teint plombé. Elle sembla se faire violence pour passer le seuil, posant la pointe du pied avant le talon. Elle jetait à Géraud Dambérailh des coups d'œil inquiets.

— Un monsieur veut vous parler, M. Faucaube, je crois.

— Foncaude. Un vieux ou un jeune ? demanda Daphné en réprimant un sourire devant la mine effarouchée d'Élise qui semblait terrorisée par l'uniforme de son neveu.

— Plutôt âgé, je dirais, répondit la jeune fille avec prudence avant de se retirer aussi rapidement qu'une musaraigne qui aperçoit l'ombre d'un faucon.

Daphné leva les yeux au ciel et repoussa sa chaise, prit le temps de poser sa tasse et sa soucoupe au fond de l'évier et sortit de sa cuisine en faisant bouffer ses boucles.

— Ce vieil emmerdeur… Qu'est-ce qu'il veut encore ?

Resté seul, Géraud Dambérailh sortit de sa poche de treillis un carnet, le même que celui de Frégé, vestige de la grande campagne de recrutement de la gendarmerie. Il y nota quelques bribes tirées des souvenirs encore précis qu'il gardait des premières dépositions. Il n'avait pas encore vu tout le monde, mais quelques questions à Olivia et Corentin avaient permis de connaître l'essentiel sur le petit groupe d'amis.

La victime : Clara Levasseur, 31 ans, Moulins, travaille en intérim. Mère célibataire, vit avec sa sœur. Situation compliquée car la sœur souhaite se mettre en ménage. N'a pas parlé de son fils à ses amis. Pourquoi ? Personnalité effacée. Sait faire parler les gens.

20 heures-21 heures : les uns et les autres se rejoignent à Haut Méac.

Grand salon ouest :

- *Olivia Delage, 32 ans, Nice, artiste (?)*
- *Vincent Brun-Mareuil, 33 ans, Paris, concessionnaire auto*
- *Léonie Chastaignié, la trentaine, Clermont-Ferrand, profession à préciser, en couple avec :*
- *Corentin Le Doussot, 34 ans, Clermont-Ferrand, chercheur en physique des plasmas*
- *Juliette Hoareau, 32 ans, Cognac, gérante de centre de loisir, en couple avec :*
- *Pierre des Ombries, 31 ans, Cognac, directeur marketing d'une marque de spiritueux*
- *Alexane Mazet, 41 ans, Lafontac, femme au foyer*

Petit salon est :

- *Élise Ascaride, entre 20 et 30 ans, adresse et profession inconnues*
- *Daphné Dambérailh, autour de 60 ans, Lafontac*
- *Colette Mazet, autour de 70 ans, Lafontac*

21 h 30-22 heures : arrivée de Bernard Mazet, 42 ou 43 ans, Lafontac, viticulteur

Léonie Chastaignié monte dans sa chambre, fatigue liée à sa chute et à sa grossesse

22 h 30 : départ de tante Daphné

Vers 23 heures : Colette Mazet et Élise Ascaride rejoignent le grand salon.

Clara Levasseur part se coucher. Avant ou après l'arrivée des deux femmes ?

Vers 23 h 45-minuit : Colette et Élise quittent Haut Méac, les Mazet et les derniers hôtes présents montent se coucher

À déterminer :

- *À quelle heure Clara a-t-elle quitté le grand salon ?*
- *Quelle peut être l'heure de la mort ?*
- *Qui connaissait le fonctionnement frigo-congélateur de la chambre froide ?*

Il raya cette phrase dans la mesure où le bouton thermostat indiquait clairement les températures et se situait à la vue de tous sur le chambranle de la porte blindée, puis écrivit à la suite :

- *Combien de temps pour que la température soit mortellement basse ?*
- *La victime était-elle inconsciente ?*
- *Qui est allé en dernier dans la cuisine ?*

• *Pourquoi son amie ne connaissait-elle pas l'existence de son fils ?*

• *Qu'a fait la victime le jour de sa mort ?*

Alors que Géraud Dambérailh était absorbé dans la liste de questions sans réponses qui ne cessait de croître sous son stylo, Daphné entra dans la cuisine, le visage figé dans une expression de résignation douloureuse. Elle était suivie par un homme de petite taille vêtu d'un costume grisâtre sans forme nette. Ses rares cheveux étaient d'un marron artificiel, il portait la tête enfoncée dans les épaules à la manière d'un hibou.

— M. Foncaude souhaite te parler, Géraud. Il a remarqué ta voiture devant la maison, précisa-t-elle d'un air contrit.

Le petit homme gris tendit à Géraud Dambérailh une main molle et sortit d'une sacoche en tissu, brodée du logo d'une banque locale, un dictaphone à cassettes miniatures.

— *L'Écho gascon*, annonça-t-il, comme s'il présentait ainsi une carte de visite l'autorisant d'office à interrompre un déjeuner, une conversation, une sieste. J'ai été informé d'un décès suspect à Haut Méac. Où en est l'enquête ?

Le major se leva, maudissant Fabien Etcheverry qui était sans doute à l'origine de la fuite, épousseta son pantalon, rangea son calepin dans sa poche, puis répondit :

— Cher monsieur, l'enquête a démarré ce matin avec la découverte du corps. De nombreux témoins doivent être entendus, je n'ai pour le moment pas d'éléments à vous confier. Cependant, comme vous êtes le premier à vous adresser à nous, je ne saurais trop vous remercier de votre discrétion dans cette affaire. Plus longtemps nous pouvons travailler sans brouhaha, plus nous serons efficaces.

— Mes lecteurs ont le droit de savoir ce qui se passe chez eux et quels dangers les menacent, protesta Foncaude, qui bomba le torse avec indignation. Savoir que la gendarmerie poursuit déjà les criminels les rassurerait sur le bon fonctionnement de notre service d'ordre !

Géraud Dambérailh se mordit l'intérieur de la joue et répondit d'un ton parfaitement égal que *L'Écho gascon* serait le premier journal averti du moindre progrès de l'enquête, à la condition, somme toute honnête, que le journaliste s'astreigne à garder le silence tant qu'il n'y aurait rien à annoncer.

Un tel arrangement n'engage que ceux qui y croient, pensa Lionel Foncaude. Il sortit de la cuisine en composant quelques phrases piquantes sur l'attitude passive de la gendarmerie qui attendait benoîtement que les criminels se rendent, poignets tendus vers les menottes.

Une fois le calme revenu dans l'abbaye, Géraud Dambérailh soupira profondément et se rassit lourdement sur sa chaise.

— Ce M. Foncaude me plaît beaucoup, dit-il d'une voix sinistre.

— Cet horrible bonhomme est un crampon. Depuis qu'il est soi-disant journaliste, enfin, correspondant à la petite semaine pour compléter sa retraite, il débarque en tous lieux, l'air bravache, avec sa mèche cireuse et son crayon qui fuit. Je n'ai pas su m'en dépatouiller.

— Ne vous inquiétez pas, tante Daphné, c'était inévitable.

— C'est sa petite silhouette de souris qui est inévitable. Au conseil municipal, il est de toutes les réunions alors qu'il n'est sur aucune liste. Avec Colette Mazet, on l'appelle « le cafard ».

Daphné Dambérailh étouffa un petit rire avant de conclure, sur le ton de la vertu :

— Ce n'est pas très charitable…

Un sourire flotta sur les lèvres du major qui ressortit son carnet et le rouvrit sur la table.

— Alors ma tante, qui accuseriez-vous ?

— N'est-ce pas contraire à tous les principes d'un enquêteur de procéder ainsi, mon chéri ? protesta Daphné qui posa sur la table deux petites coupelles blanc et bleu dont les bords, percés de minuscules trous, paraissaient de dentelle.

— C'est bien pour cette raison que je vous pose la question à vous, sourit Géraud Dambérailh.

Daphné se détourna et attrapa sur le haut du confiturier un pot dont le couvercle émit un « poc » réjouissant. Elle le posa sur la table puis ouvrit le grand réfrigérateur bombé d'où elle sortit une jatte de crème épaisse dans laquelle la cuillère de service tenait tout droit.

Une fois le dessert servi, Daphné reprit, s'autorisant à ouvrir la bouche avant d'avoir dégluti :

— À brûle-pourpoint donc, je te répondrais : une femme, sans aucun doute. Je n'ai pas peur de verser dans le cliché, comme tu vois : pas de violence apparente, pas besoin de force. A priori, je t'aurais également dit : quelqu'un qui connaît bien la maison, mais comme tous les hôtes des Mazet utilisaient la chambre froide depuis plusieurs jours, ce n'est pas totalement pertinent. Enfin, je te dirais, quelqu'un de téméraire. Il fallait faire le pari que personne ne rentrerait dans la cuisine, à moins que la mort ne date du milieu de la nuit. Quand as-tu les conclusions ?

— En fin de journée, j'espère. Mais la mort par congélation pose quelques problèmes de datation. On ne pourra probablement se fier qu'au stade auquel la digestion s'est arrêtée.

Le silence de la cuisine ne fut plus rompu que par le bruit des cuillères raclant la porcelaine. Géraud Dambérailh jeta un coup d'œil rapide à son portable. Il avait un appel en absence de Géraldine Amblevert, qu'il rappela aussitôt pendant que sa tante débarrassait la table. Elle tourna et retourna opportunément dans la cuisine, épongeant autour de l'évier, réarrangeant les pots de confiture, de manière à ne rien rater de la conversation de son neveu.

— Amblevert ? Alors, en résumé ? Bon, rien qui nous aide vraiment, quoi. Envoyez-moi la liste des personnes identifiées, on va essayer de comparer avec les déclarations, mais il va falloir remonter au début de la semaine. OK.

On ne sait jamais, peut-être que le légiste nous en apprendra davantage.

Géraud Dambérailh raccrocha avec un soupir. Daphné se rassit devant lui et attendit.

— Chère tante Marple, rien à vous mettre sous la dent. Les techniciens n'ont rien trouvé. Ou plutôt, ils ont trouvé les empreintes d'à peu près tout le monde. Il en reste deux non identifiées, mais je suis sûr qu'en prenant les vôtres, celles de Brun-Mareuil et de la petite, on aura l'album complet.

— Cela éloigne la faible possibilité d'un meurtrier venant de l'extérieur.

— Y avait-il une possibilité ? La porte de la cuisine était fermée de l'intérieur, il aurait fallu que le mystérieux meurtrier entre par la grande entrée. Compliqué.

— Et sur le thermostat ?

— Rien, effacé.

— Pas de mégot, de vis de lunettes, de dentier, de terre, de carte de visite ?

Géraud Dambérailh éclata de rire.

Vincent Brun-Mareuil entra dans la cuisine au moment où le major s'essuyait les yeux. Il retrouva une contenance et adressa à Vincent un léger signe de tête avant de se tourner vers sa tante :

— Où pouvons-nous nous installer pour prendre les dépositions, tante Daphné ?

— Eh bien, dans le salon de musique, j'imagine. Il y a des prises, un guéridon, de quoi s'asseoir. Tu n'attends pas M. Frégé ? s'enquit-elle.

— J'ai le matériel dans la voiture. Il prendra le train en marche quand il sera revenu de sa petite promenade digestive.

Le salon de musique offrait un espace paisible derrière ses paravents. De gros coussins rebondis calés contre les accoudoirs des fauteuils invitaient à s'affaler. Vincent en choisit un, face à la grande fenêtre donnant sur le cloître, mais resta le dos raide et les genoux serrés l'un contre l'autre.

Géraud Dambérailh installa le matériel sans se presser, comme pour laisser à Vincent le temps de se dénouer, puis il choisit de s'asseoir légèrement de biais. Vincent pouvait donc regarder par la fenêtre sans avoir l'air de fuir son regard.

Frégé arriva au moment où Vincent, concentré à l'extrême, tentait de se rappeler les détails d'une soirée qui se fondaient dans un halo brumeux. Il se saisit de la tablette où le major saisissait péniblement les réponses de Brun-Mareuil.

— Je suis sorti du salon une fois seulement. Je suis allé chercher des bières.

— À la cuisine ?

— Oui, dans la chambre froide.

— Quelle température faisait-il ?

Vincent dessinait des arabesques du bout de l'ongle dans le cuir vert de l'accoudoir. Géraud Dambérailh grimaça mais ne fit pas de commentaire. Rompre le fil ténu des confidences était la dernière chose à faire, surtout avec un type aussi dispersé que Brun-Mareuil. Le major se sentait comme le pêcheur au bouchon qui ferre un poisson trop lourd et déploie toute son adresse pour le sortir de l'eau sans rompre sa ligne.

— Frais.

— Plus frais que d'autres fois où vous y étiez entré ?

— Je ne sais pas. Peut-être. Je ne me souviens pas très bien.

Les épaules basses, Vincent regardait maintenant les motifs du tapis qui couraient sous son fauteuil jusqu'au piano.

— Et ensuite, vous êtes revenu directement au salon ?

— Je suis allé pisser. Et ensuite, je suis rentré dans le salon.

— Mme Levasseur était-elle toujours là ?

— Oui.

— Comment en êtes-vous sûr, si vous ne vous souvenez pas très bien ? demanda vivement le major tandis que Frégé pianotait à toute vitesse sur la tablette.

— Je lui ai parlé.

— De quoi ?

Le genou de Vincent se mit à sautiller, rappelant au major Dambérailh ses voisins d'étude au lycée qui passaient leur nervosité en faisant tournoyer leur crayon autour de leur index ou bien en laissant leur jambe s'animer de spasmes agaçants.

— Rien de particulier. L'alcool me rend affectueux.

— Vous appréciiez Clara Levasseur ?

Vincent sauta littéralement hors de son fauteuil, comme si l'énergie qui s'échappait par le mouvement de son genou venait de le submerger, puis il se mit à tourner dans le salon, le regard balayant le sol devant lui.

— Oui, on peut dire ça. On s'entendait bien. Elle ne disait jamais rien de désagréable ni... ni d'envahissant. Elle gardait ses distances. J'aimais bien.

— Et elle, elle vous appréciait ?

— Je pense qu'elle me considérait comme une espèce de cousin un peu immature.

Du plat de la main, Vincent frottait le dossier de son fauteuil comme pour se défaire d'une démangeaison. Il rougit brusquement et se frotta les yeux avec colère. Il avait cette façon de pleurer qu'ont certains enfants, furieux contre eux-mêmes de montrer une sensibilité dont ils ne savent pas quoi faire.

Le major attendit quelques secondes, les yeux fixés sur le lustre rococo qui pendait du plafond, avant de reprendre :

— Vous souvenez-vous de l'heure à laquelle elle a quitté la pièce ?

— Pas du tout, répondit Vincent en levant vers Géraud Dambérailh un regard flou.

— Et ensuite ?

— Élise et la belle-mère d'Alexane sont arrivées assez tard. Je ne savais pas qu'elles étaient à Haut Méac, ça m'a surpris de les voir. Et puis assez rapidement, nous sommes tous allés nous coucher.

— Êtes-vous repassé par la cuisine ?

— Non. Je crois que tout était débarrassé. Il n'y avait que les bouteilles à jeter, mais comme il faut descendre à Lafontac pour les mettre dans le container, on les a posées dans le hall. Et chacun est monté. Je suis rentré à pied à l'abbaye, pour dessaouler.

— Est-ce que tout le monde est monté en même temps ?

— Justement, Clara est partie un peu avant je crois. Et Léonie aussi.

Le temps que Frégé termine de taper les dernières phrases, Vincent s'était rassis puis relevé. Il semblait étouffer entre les fauteuils et les instruments de musique, cherchait la lumière au pied de la fenêtre, tournait sur lui-même, entrait et sortait les mains de ses poches.

— Est-ce que c'est bon, major ? demanda-t-il alors qu'il venait de se rasseoir.

Avec calme, Géraud Dambérailh termina de relire et corrigea la dernière phrase qui s'affichait sur la tablette.

— Presque... Savez-vous si quelqu'un avait des griefs contre la victime ?

— Des griefs...

Frégé leva les yeux au ciel.

— Est-ce que quelqu'un aurait pu lui en vouloir ? reformula Géraud Dambérailh.

— C'était une gentille fille. Mais je pense qu'elle savait trop de choses sur trop de gens.

— C'est-à-dire ?

— Les gens lui racontaient toutes sortes de choses, elle avait un truc qui vous donnait envie de lui parler. Elle connaissait le côté caché des gens.

— Et vous pensez que cela a pu se retourner contre elle au point de causer sa mort ? poussa le major.

— Je n'en sais rien. C'est une possibilité.

À la porte du salon de musique, Vincent Brun-Mareuil croisa Élise qui attendait patiemment d'être appelée en feuilletant un des magazines périmés que Daphné rapportait occasionnellement de la salle d'attente de son dentiste.

— Alors ? Ils t'ont demandé quoi ? chuchota-t-elle à Vincent avant de reposer son magazine corné sur le rebord du meuble de l'entrée.

— Des trucs sur Clara, ce que j'ai fait dans la soirée.

— Et...

— Tu permets, je vais faire un tour, l'interrompit Vincent. J'ai laissé ma voiture au château, je vais la récupérer.

Élise, douchée, entra dans le petit salon sans attendre d'y avoir été invitée. Le major Dambérailh et son assistant, penchés sur une pile de feuilles volantes, échangeaient des onomatopées en fouillant parmi les dépositions qui finirent par se disperser sur la table et tombèrent feuille à feuille sur le tapis du salon.

Géraud Dambérailh pointa du doigt une des dernières feuilles de la pile initiale.

— Et sur celle-là ? On a un horaire ?

— C'est celle de Corentin Le Doussot, répondit le jeune gendarme qui saisit la déposition et la parcourut en diagonale. Apparemment, sa femme est montée se coucher relativement tôt. Il ne parle pas de cette histoire de bières. Il faudrait recouper ce point-là. En fin de compte, Léonie et Vincent sont les seuls à être sortis du salon pendant la soirée, à croire que tout le monde se souvient des faits et gestes de chacun mais que personne n'est capable de dire à quel moment Clara est partie.

— Pauvre gosse. Est-ce que ça lui pesait d'être à ce point transparente ? Est-ce qu'elle a tenté quelque chose à un moment pour se faire remarquer ? Quelque chose qui aurait bousculé ce petit équilibre ?

Géraud Dambérailh s'adressait davantage au plafond qu'à son coéquipier, sans s'apercevoir de la présence d'Élise, qui se reconnaissait presque dans la description pitoyable qu'il venait de faire de Clara. Il continua :

— Ma tante est partie vers 22 h 30, elle a vu Clara et Vincent dans le salon, mais pas Léonie. Il faudrait savoir si à ce moment-là, il était déjà revenu de la cuisine ou non. On dirait que tout le monde a bougé au même moment.

— Et les autres ? demanda Frégé.

— Les autres qui ?

— Colette Mazet et la jeune fille. Est-ce qu'elles sont allées à la cuisine elles aussi ?

— Ma tante est partie après que Colette Mazet est revenue de la cuisine avec un dessert. Donc au retour de Colette, vers 22 h 30 encore une fois, Clara était toujours dans le grand salon puisque tante Daphné l'a vue en partant. Pour la suite de la soirée, tout dépend de ce qu'Élise Ascaride et Colette Mazet vont nous dire.

À ce stade, il devenait gênant de ne pas signaler sa présence. Élise tenta donc un petit raclement de gorge peu crédible et fit un pas dans le salon de musique. Louis Frégé ne fit aucun effort pour dissimuler son agacement d'avoir été surpris en pleine évocation des points sensibles de l'enquête. Le major Dambérailh quant à lui était suffisamment bon juge de la nature humaine pour saisir au premier coup d'œil qu'il s'en fallait d'un cheveu pour qu'Élise Ascaride ne se referme comme une huître avant même d'avoir ouvert la bouche. Il évita donc de creuser davantage sa ride du lion et se composa une ébauche de sourire avenant.

Avec ses poches sous les yeux et ses cheveux clairsemés, il sembla tout de suite sympathique à Élise qui, si elle avait appris dans la douleur à ne compter que sur elle-même, ne demandait pas mieux que d'accorder sa confiance à quelqu'un. Jusqu'ici, seule Colette Mazet avait réussi le silencieux examen de passage. Daphné Dambérailh, avec ses jugements à l'emporte-pièce et ses manies étranges, lui semblait à demi fiable seulement. Pour le major, Élise était disposée à démarrer sans a priori.

— Vous pouvez entrer mademoiselle, démarra le major avant de laisser son assistant placer une remarque désagréable.

Comme le simple mot « merci » restait coincé quelque part au niveau de son œsophage, Élise entra simplement et s'assit, le dos droit, sur le fauteuil qu'avait occupé Vincent. Le cuir avait poché sous les fesses de son voisin de chambre et elle s'y installa en espérant que l'assise n'était pas chaude. Heureusement, ce ne fut pas le cas, et elle réussit à se détendre jusqu'au moment où elle se rendit compte que Louis Frégé répétait sa question pour la troisième fois, avec une impatience non dissimulée.

— Je m'appelle Élise, j'ai 26 ans, je suis... j'étais... assistante de direction dans une agence de communication, et je viens de Paris.

— Adresse exacte, s'il vous plaît ?

— J'ai rendu mon appartement. Pour le moment, c'est ici que je fais suivre mon courrier.

— Je mets quoi, major, sans domicile ? demanda Frégé sans un regard pour Élise.

— Vous mettez l'adresse de l'abbaye, Frégé.

Le ton sec du major rasséréna Élise. Frégé sembla comprendre qu'adopter une stratégie d'intimidation ne lui ferait gagner de point ni auprès de son supérieur, ni dans la progression de l'enquête. Il termina les questions d'usage en faisant un léger effort d'amabilité puis laissa le major poursuivre.

— Mademoiselle Ascaride, pouvez-vous me raconter votre soirée d'hier ? Avec dans la mesure du possible les heures exactes et le nom des personnes qui étaient en votre compagnie.

Élise serrait ses mains l'une contre l'autre, pliant et dépliant ses phalanges croisées. Elle avait les doigts pâles et fins, les ongles ras et aucun bijou. Elle ouvrit la bouche plusieurs fois, comme un poisson qui cherche son oxygène.

Frégé remarqua avec dégoût qu'elle avait les lèvres sèches et que la salive lui avait dessiné des marques blanchâtres aux commissures.

— J'ai pris une douche à l'abbaye après la cueillette. Il faisait vraiment chaud. Et puis j'ai lu. Colette m'avait invitée chez elle à dîner, avec Mme Dambérailh, mais j'hésitais à y aller.

— Pourquoi ? demanda le major en tâchant de garder un ton d'une neutralité absolue.

— Je ne me sens pas très à l'aise en groupe. Donc je me suis préparée en retard et au moment où je suis partie de l'abbaye, j'ai reçu un texto de Colette qui me disait qu'elles m'attendraient à Haut Méac.

— Pour quelle raison avait-elle changé de programme ?

Élise fronça les sourcils comme si elle s'étonnait de ne pas s'être posé la question.

— Aucune idée.

D'un bref regard, Géraud Dambérailh signifia à Frégé de noter quelque part d'éclaircir ce point avec Colette Mazet. Rompre le contact quelques secondes avec Élise avait suffi pour qu'elle s'échappe intérieurement. La surface luisante du piano semblait soudainement parée à ses yeux d'un intérêt majeur. Le major fit quelques pas afin de se positionner dans le champ visuel de la jeune fille. Il passa la main sur le couvercle, parfaitement conscient d'y laisser une marque à la manière des enfants qui déposent leurs empreintes graisseuses sur les carreaux. Élise en fut suffisamment perturbée pour lever les yeux et rétablir la connexion avec le major qui enchaîna :

— Vous êtes donc allée à Haut Méac les rejoindre ?

— Oui.

— Qui vous a ouvert ?

— J'ai envoyé un message à Colette pour qu'elle vienne me chercher à la porte.

— Quelle heure était-il quand vous avez rejoint Mme Mazet et Mme Dambérailh ?

— Environ 21 heures. J'ai marché vite, alors quand je suis arrivée, elles venaient de s'installer dans le salon. Le salon avec les fauteuils verts, pas le grand salon avec le piano.

Géraud Dambérailh hocha la tête. Frégé tapait sur sa tablette avec acharnement. Il devait être contrarié de voir que le major ne prenait pas le témoin à rebrousse-poil comme il aurait aimé le faire.

— Vous vous êtes donc installées toutes les trois. Vous aviez de quoi dîner ?

— Colette avait apporté un panier.

— Vous aviez tout ce qu'il fallait ?

Frégé leva brièvement les yeux au ciel. Pourquoi le major ne prenait-il pas le taureau par les cornes en demandant tout simplement à la jeune fille si, oui ou non, elle s'était rendue dans la cuisine ?

— Il manquait des couverts et des cornichons. Nous sommes allées dans la cuisine pour en prendre.

— Mme Mazet et vous seulement ?

— Oui. Elle a pris les couverts dans le lave-vaisselle et je suis allée chercher les cornichons dans la chambre froide.

— Mme Mazet est-elle entrée dans la chambre froide avec vous ?

— Elle m'a aidée à ouvrir la porte, je n'y arrivais pas toute seule. Elle est peut-être entrée aussi, je n'ai pas fait attention.

— Et ensuite ?

— Ensuite, on a fini de vider le lave-vaisselle. Elle savait où se rangeaient les choses. Puis on est retournées dans le salon.

— En êtes-vous ressortie, l'une ou l'autre ?

— Pas Mme Dambérailh. Colette est allée chercher le dessert et quand elle est revenue, Mme Dambérailh est partie, elle n'avait plus faim. Après, nous avons rejoint les autres dans le grand salon.

— Est-ce que Clara Levasseur était toujours là ?

Élise sembla faire un réel effort de mémoire avant de secouer la tête.

— Je n'ai pas remarqué. Il y avait trop de nouveaux visages.

— Vous souvenez-vous, reprit Géraud Dambérailh sans cacher sa déception, si l'un ou l'autre des invités est sorti du grand salon ?

— Je ne suis certaine de rien, mais je ne crois pas.

— Personne n'est allé aux toilettes ou n'est parti chercher quelque chose à la cuisine avant votre départ ?

De nouveau, Élise ferma les yeux et sembla se repasser les allées et venues des uns et des autres.

— Non. Le repas était terminé. Il ne restait que les verres à débarrasser. Je les ai rapportés à la cuisine. Vers minuit, chacun est monté se coucher. Je suis partie et Colette est restée un peu pour parler avec son fils.

Géraud Dambérailh entendit un petit claquement de langue lorsque Élise mentionna les verres. Frégé avait lui aussi noté qu'Élise était apparemment la dernière à être entrée dans la cuisine. Cependant, rien ne garantissait que l'un des habitants de Haut Méac ne soit pas redescendu après avoir regagné sa chambre.

L'une des questions centrales restait encore sans réponse. À quel moment Clara avait-elle quitté ses amis ? Selon Vincent Brun-Mareuil, elle était partie avant que l'ensemble du groupe ne se disloque, donc entre 22 h 30, heure à laquelle sa tante l'avait aperçue dans le salon, et plus ou moins minuit. Personne ne semblait l'avoir vue monter dans sa chambre. Il restait encore Colette Mazet, son fils et Léonie à entendre. Il n'y avait plus qu'à espérer que l'un d'entre eux au moins se souvienne d'avoir vu la jeune fille quitter la pièce.

Élise, recroquevillée sur son fauteuil, attendait la suite. Frégé patienta quelques secondes avant de faire crisser les pieds de son tabouret qui était à cheval sur le parquet et le tapis persan. Le major parut sortir d'un demi-sommeil et reprit aussitôt le fil de ses questions.

— Connaissiez-vous Mlle Levasseur ?

Élise Ascaride secoua la tête.

— Avez-vous entendu parler d'un conflit ou de quoi que ce soit qui pourrait expliquer son meurtre ?

De nouveau, Élise fit un signe de dénégation, et ce fut la fin de l'échange.

Frégé lui tendit avec brusquerie deux feuilles encore tièdes au bas desquelles elle appliqua sa signature sans relire quoi que ce soit, trop pressée de quitter le salon de musique. L'épaisseur des tapis, l'odeur musquée des fauteuils et l'air épaissi par de longues minutes d'échange l'oppressaient.

Alors que Géraud Dambérailh comptait, avec toute la finesse et le doigté nécessaires, aborder en tête à tête avec son subordonné la question de l'attitude appropriée à adopter avec les témoins, il vit celui-ci se ratatiner sur son siège dans une attitude de soumission qu'il ne lui avait jamais vue.

— Je vous dérange, monsieur Géraud ! Il faut que je repasse sur le piano, je vois d'ici des traces pas nettes, gronda la voix autoritaire d'Isabelle à qui le major tournait le dos.

La solide femme de ménage dévia à peine de sa trajectoire et força le major à faire un bond en arrière. Le torchon microfibres au poing, elle se rua sur le piano qu'elle astiqua avec rage en pestant contre ces cochons qui laissaient traîner leurs doigts gras sur le vernis noir du Steinway. Bien qu'impressionné, Géraud Dambérailh garda un sang-froid qui semblait avoir totalement abandonné Frégé. Le jeune gendarme plein de morgue qu'il avait été quelques minutes auparavant s'était évanoui à la vue de l'imposante Isabelle. Elle le traumatisait déjà gamin, lorsqu'elle le délogeait à coups de balai-brosse des toilettes de l'école communale où il se livrait à d'innocents trafics d'images Panini.

— Et alors, vous allez voir Mme Mazet maintenant ? Me la chamboulez pas trop, elle est toute perturbée. Ce matin, elle m'a payé le mois au lieu de me payer la semaine. La pauvre ! Heureusement que la gamine nous l'a bien requinquée. Elle est mignonne.

— Quelle gamine ?

— La petite qui vit ici.

Isabelle traversa la pièce en sens inverse en agitant son chiffon qui laissa échapper une fine poussière.

— Je l'avais bien dit à votre tante que Mme Mazet saurait y faire avec elle.

— Elle va souvent chez Mme Mazet ? s'enquit le major qui fut tenté un instant de s'interposer entre Isabelle et la porte du couloir.

La démarche de bulldozer de la femme de ménage l'en dissuada. Alors qu'elle disparaissait dans le couloir, Isabelle lui répondit par une exclamation éloquente.

— Ah ça ! Elle y est fourrée tous les jours !

Le fleuve coulait, marron et épais, au fond d'un lit de vase que ne recouvrait pas encore la végétation. L'eau était à son plus bas niveau alors que l'été démarrait à peine. Une odeur lourde de végétaux en décomposition et de poisson crevé s'engouffrait dans la *Boulange du Fleuve* à chaque fois qu'un client entrait. Fabien Etcheverry se tenait autant que possible dans son bureau immaculé où ne lui arrivait que le parfum de la levure fraîche qui montait des boules façonnées sur le plan de travail.

À travers la vitre qui séparait l'atelier de la boutique, il vit Élise Ascaride, attablée dos au comptoir et face au fleuve, comme chaque jour ou presque depuis son emménagement à l'abbaye. Elle regardait le pont, comme tous les clients qui s'installaient ici avec un café ou une viennoiserie. Elle ne jetait pas même un œil sur les journaux de l'après-midi que l'apprenti avait posés sur sa table, son petit visage calé entre les mains, ses coudes vissés sur la table de part et d'autre d'un café déjà froid.

Il était probable que la nouvelle de la mort de la jeune femme à Haut Méac lui soit parvenue puisqu'elle logeait à moins de deux kilomètres du château, chez l'une des proches de la famille Mazet. Fabien Etcheverry se leva et passa la porte de communication sans bien savoir encore ce qu'il comptait dire à Élise Ascaride. Le souvenir de la chair morte qu'il avait touchée du bout des doigts lui encombrait l'esprit. Parler de l'affaire lui permettait de tenir à distance cette sensation répugnante qui s'imposait à lui dès qu'il avait l'esprit vide. Se replonger dans ce qu'il avait vécu le matin même lui donnait l'impression de gratter une plaie, de l'évider de son pus, de la nettoyer de ce qui empêchait sa cicatrisation. C'était forcément plus sain d'en parler que de laisser couver toute cette merde en soi, ou de dépenser des fortunes sur son site habituel de poker en ligne.

Il prépara un café dont l'odeur rassurante et tenace lui donna un coup de fouet. Le bourdonnement du percolateur ne provoqua chez Élise aucune réaction. Il s'approcha de la table, prêt à déposer la tasse brûlante devant la jeune fille, lorsque la photo aux couleurs saturées qui occupait la première page de *L'Écho gascon* lui sauta au visage. Il s'en fallut de peu que la tasse ne glisse de sa soucoupe directement sur les genoux d'Élise, qui sursauta en découvrant Fabien Etcheverry tout près d'elle.

Une fois la tasse en sécurité, le boulanger déplia le journal qui sentait l'encre fraîche et découvrit le portrait de Clara Levasseur. Tout le temps qu'il avait passé dans la chambre froide, le corps était resté dissimulé sous la bâche bleue dans laquelle la jeune femme avait tenté de s'enrouler. Il n'en connaissait que maintenant le visage.

— Frégé vous pouvez baisser la radio, s'il vous plaît ? Allô ?

Géraud Dambérailh fit à son subordonné le signe de s'arrêter sur le bas-côté. Pendant plusieurs minutes, il se contenta d'acquiescer, parfois en émettant un vague grognement.

— Ça n'est pas sur ça qu'on enquête, Etcheverry, vous pouvez parler tranquille, je sais faire la part des choses... D'accord. Merci d'avoir appelé, je passe vous voir en fin de journée.

Les mains sur le volant, Frégé attendait l'ordre de redémarrer tout en espérant une explication.

— C'était le boulanger. Il a vu Clara Levasseur hier après-midi. Elle avait un truc cette fille, c'est évident.

— Un truc... c'est-à-dire ?

— Elle faisait raconter aux gens tout et n'importe quoi. Etcheverry vient de me dire qu'il lui avait parlé des vins de Haut Méac. Il l'a prise pour une touriste.

— Et ?

— Et comme elle regardait les camions qui passaient sur le pont, il lui a dit que les matins de vendange, il avait vu plus d'une fois des bennes traverser le fleuve et finir dans les cuves de Haut Méac.

Frégé, raide comme la justice, émit un « pffffff » désabusé.

— Ce n'est pas une découverte, Frégé, on sait tous que quand on boit du Haut Méac, on boit les raisins de l'appellation miteuse de l'autre côté du fleuve. Il a voulu lui donner disons... un conseil œnotouristique.

— Ça me déprime, major. Avec tout le blabla sur le terroir qu'ils nous collent sur les contre-étiquettes... quelle arnaque.

— Bref, notre boulanger est dans tous ses états. Il est persuadé d'avoir livré un secret d'État à la petite et d'avoir causé sa mort.

Frégé se tourna vers le major qui s'épongeait le front. La voiture était arrêtée en plein soleil et la climatisation ne parvenait pas à lutter contre la fournaise du milieu d'après-midi.

— C'est sûr que les Mazet n'ont pas dû apprécier qu'elle leur mette le nez dans leur...

— Rien ne nous dit qu'elle leur en a parlé, interrompit le major. Et quand bien même, vous pensez qu'ils seraient allés jusqu'à la tuer ? Des affaires de bourrage de cuve, il y en a dans plus d'une famille ici, c'est presque une fatalité quand il n'y a qu'un pont qui sépare une belle appellation d'un vignoble qui crève de faim. Si encore elle était journaliste ou responsable de je ne sais quelle association de consommateurs, ou encore liée au ministère de l'Agriculture... Bref, elle n'était personne cette petite, je doute qu'elle ait effrayé les Mazet.

— Il faut voir ce que Bernard Mazet va nous raconter. Ça ne m'étonnerait pas qu'il monte sur ses grands chevaux.

Géraud Dambérailh glissa un regard aigu à son coéquipier. Il nota les mains crispées sur le volant et l'angle volontaire et presque belliqueux que son menton faisait avec son cou.

— Frégé, vous allez vous occuper de la femme enceinte, s'il vous plaît. Je verrai Bernard seul.

La voiture redémarra dans un crissement de graviers et s'engagea sur le chemin cahoteux qui menait à la grille de Haut Méac. Il restait à Frégé une demi-journée à peine pour prendre sa décision quant à son implication sur l'affaire. Le major comptait bien lui laisser tout le bénéfice de ce temps de réflexion, mais il espérait vivement que le jeune APJ [1] demanderait lui-même à regagner la brigade. Manifestement, il n'était pas encore prêt à s'avouer incapable de prendre la distance nécessaire. Géraud Dambérailh espérait que le moteur de son obstination était le désir de mener à terme sa première affaire, et non l'espoir de prendre la main dans le sac une famille qu'il avait appris à haïr.

— Quand même, reprit-il, ce fumier de Foncaude nous met dans un beau pétrin. J'aimerais comprendre comment il a réussi

1. Agent de police judiciaire.

à retarder la mise sous presse de son canard pour caser son scoop en première page. Il devait avoir toutes les informations prêtes à sortir quand il est venu me voir. C'est forcément Etcheverry qui l'a prévenu…

Les doigts en suspension à hauteur des yeux, Léonie Chastaignié maniait avec précision le pinceau vermillon de son vernis à ongles. Elle avait tiré la chaise longue dos au soleil pour éviter le contre-jour. Un magazine léger était chiffonné sur la tablette à sa gauche, près d'une bouteille d'eau pétillante qui avait perdu son gaz. Elle avait la bouche contractée en une fente serrée qui, même à la distance à laquelle Frégé se trouvait, lui donnait un air dur et profondément antipathique. Elle n'était pas laide, quoique anormalement osseuse pour une femme de son âge, mais semblait perpétuellement sur le point de mordre. Le tendon de son cou ressortait par intermittence. Frégé vit sortir de derrière le bosquet ce jeune homme légèrement avachi avec lequel elle était en couple. De sa démarche sautillante, il s'approcha à grands pas de la chaise longue. Léonie ne l'avait pas encore entendu lorsqu'il posa sa main sur son épaule. Elle poussa un cri furieux et se tourna avec brusquerie vers celui qui avait ruiné ses minutieux efforts esthétiques. De là où il était, Frégé n'entendit pas les excuses contrites de Corentin. Il ne put que deviner le ton de la conversation qui s'engageait. Léonie, encore raide de colère, laissa à contrecœur son compagnon s'asseoir sur un bord de sa chaise longue. Quelques mots furent échangés, puis Corentin démarra un long monologue. Au fil des phrases, il sembla à Frégé que ce type un peu piteux se redressait, sortait la tête des épaules. Alors qu'il semblait arriver à la conclusion de son exposé, il posa sa main sur celle que Léonie avait laissée inerte sur l'accoudoir. Elle ne la retira pas. Frégé la vit alors faire un chemin corporel exactement inverse à celui de son compagnon. Elle laissa ses épaules tomber à leur niveau naturel, inclina la tête et enfin se laissa aller contre Corentin. Même à distance, sans connaître particulièrement les deux personnages de cette scène muette, Frégé avait la sensation d'assister à un moment que la personnalité de Léonie rendait rare et précieux.

Il laissa au couple quelques secondes d'intimité avant de s'avancer, ses pas faisant craquer les aiguilles de séquoia cuites par le soleil. Léonie se redressa immédiatement et retira sa main.

— Mademoiselle, j'ai besoin de prendre votre déposition, dit Frégé sans s'embarrasser d'une introduction.

Corentin fit mine de s'installer, croisant les bras malgré l'inconfort de sa position, mais un regard acéré de Léonie suffit à le faire se lever. Il s'éloigna de mauvaise grâce, peu désireux de laisser sa femme se débattre seule face au jeune gendarme.

— Que faut-il que je vous dise ?

— Nom, prénom, lieu de naissance, lieu d'habitation, âge, profession. S'il vous plaît.

Frégé se trouva rapidement en situation précaire, sa tablette posée tant bien que mal sur son avant-bras. Il n'y avait à proximité aucun endroit où s'asseoir. Il songea qu'il aurait dû choisir lui-même le lieu de la confrontation plutôt que de vouloir aller vite. « La prise de déposition n'est pas une confrontation », aurait sans doute dit le major. Peu importait, il valait toujours mieux être celui qui dicte les règles.

— Chastaignié, Léonie, née à Aurillac, habite à Clermont-Ferrand, 33 ans. Je suis dans la décoration d'espaces de vente. Je conçois des vitrines, expliqua la jeune femme qui vit l'incompréhension se peindre sur le visage du gendarme.

— Pouvez-vous me détailler ce que vous avez fait hier soir, si possible en précisant les noms des personnes qui étaient avec vous et les heures dont vous vous souvenez ?

— Hier soir… Après la cueillette chez Mme Dambérailh, je me suis sentie très fatiguée. J'étais à Haut Méac un peu avant que tous les autres ne rentrent. J'ai pris un bain vers 19 heures, puis j'ai lu un peu en attendant que les autres arrivent avec de quoi dîner. J'ai aidé Juliette à tout installer dans le salon.

— Quelle heure était-il à ce moment-là ?

— Environ 20 h 30. Elle est remontée prendre une douche.

— Vous étiez toutes les deux ?

— Non, Clara était là, elle avait apporté du pain. On comptait faire une sorte de pique-nique dehors, mais finalement il faisait plus frais dans le grand salon. On y est restés toute la soirée.

— Êtes-vous sortie du salon ?

— Oui je suis allée aux toilettes plusieurs fois. La grossesse rend les femmes presque incontinentes, vous l'ignoriez ? Puis je suis montée me coucher un peu avant 22 heures.

— Pourquoi ?

— Je suis tombée vendredi, j'ai besoin de repos. Et l'ambiance ne me plaisait pas.

— Pourquoi ?

— Mme Mazet était hystérique et tournait autour de Vincent de manière ridicule. Lui était bien trop éméché pour la tenir à distance. Olivia riait trop fort et tentait de paraître spirituelle. Bref, à un moment, j'en ai eu assez de me sentir spectatrice d'une pièce de boulevard et je suis montée.

— Clara Levasseur était-elle dans le salon lorsque vous êtes partie ?

— Oui. Vincent semblait chercher refuge auprès d'elle pour éviter Mme Mazet qui le collait de manière scandaleuse. Clara et Vincent se parlaient quand je suis montée.

— L'avez-vous revue après votre départ du salon ?

— Non. Mais je l'ai entendue monter. Nos chambres sont voisines. Elle a pris une douche interminable, à croire que sa sœur lui rationne l'eau.

Frégé ne parvint pas à dissimuler l'intérêt que Léonie avait éveillé chez lui, ce qui l'agaça. Il essuya la sueur qui coulait sur son avant-bras chauffé par la tablette et reprit :

— Savez-vous à quelle heure elle est montée ?

— Pas très longtemps après moi, vers 22 h 30. Je venais de me mettre au lit quand je l'ai entendue monter. Je n'ai pas de certitude, mais je crois qu'elle n'était pas seule.

— Vous avez entendu quelqu'un parler avec elle ?

— Non, mais quand elle a été sous sa douche, j'ai entendu sa porte s'ouvrir et se refermer.

Les bruits entêtants de l'été empêchaient Frégé d'aligner ses idées. Il tenait le premier témoignage concernant Clara après son départ du grand salon. Pour le moment, personne n'avait admis être monté avec Clara dans sa chambre. Il restait cependant Bernard Mazet et sa mère à interroger. Frégé voyait mal le viticulteur entrer dans la chambre de l'une de ses jeunes locataires. À moins qu'il y ait eu un lien entre eux. Agacé de ne pas pouvoir alerter le major qu'il savait sur le chemin des vignes, Frégé reprit avec brusquerie le cours de sa prise de déposition.

— Et vous, aviez-vous quelque chose à reprocher à Mlle Levasseur ?

Léonie haussa ses sourcils trop épilés.

— À part le fait qu'elle était parfaitement transparente, pas vraiment. Elle avait le genre souris mouillée, si vous voyez ce que je veux dire. Une vraie tête de victime, du genre qui se fait larguer sans préavis par son grand amour le lendemain de la présentation officielle. Cette semaine de vacances, je crois que c'était une idée de Juliette, pour lui remonter le moral.

— Mlle Hoareau avait une attitude protectrice à l'égard de la victime ?

— C'est ça. Une vraie mère. Mais Juliette a tendance à être une mère pour chacun de nous. Encore ce soir-là, elle a voulu s'assurer que sa Clara chouchou allait bien avant d'aller dormir, mais Clara était encore sous la douche et Juliette est repartie.

— Pourquoi Mlle Levasseur avait-elle besoin qu'on lui remonte le moral ?

— Juliette est restée assez vague. Je crois que la pauvre Clara était sur le point de se faire mettre à la porte de chez sa sœur, qui avait trouvé un compagnon et souhaitait faire sa vie. On n'a pas envie d'avoir sa sœur dans les pattes quand on va se mettre en ménage.

— Mlle Levasseur n'avait pas de situation qui lui permettait de s'installer seule ?

— Apparemment non. Elle cumulait des petits boulots. Étonnant, quand on pense qu'elle a fait la même école que nous. Il y a des gens qui se débrouillent mal dans la vie.

Frégé eut une pensée pour son frère. Tout à fait le genre « qui se débrouille mal dans la vie ». Clara Levasseur, à qui il n'avait pensé jusque-là qu'en termes de silhouette informe sous une housse blanche, lui sembla beaucoup plus humaine. Le cynisme de Léonie lui fut tout à coup insupportable. Il eut de la peine à articuler sa dernière question :

— Connaissez-vous quelqu'un qui aurait pu lui en vouloir ?

— Je pense qu'Olivia ne la portait pas dans son cœur. L'histoire date un peu, mais il faudrait être aveugle pour croire que tout a été digéré et oublié.

— Pouvez-vous préciser ?

— Vincent Brun-Mareuil était, est, le grand amour déçu d'Olivia. Si tant est qu'Olivia sache ce que c'est que l'amour. Bref, à l'époque, Olivia et Vincent sortaient ensemble. Olivia n'était pas particulièrement fidèle, elle traitait chaque chose, Vincent compris, avec légèreté. Vous me direz qu'elle n'a eu que ce qu'elle méritait, finalement.

Léonie ménagea une pause à effet, se regarda les ongles et attendit la relance de Frégé.

— Et que méritait-elle ?

— Que Clara, qui était sa colocataire, finisse par aller voir Vincent, pleine de compassion. Elle pensait qu'ils avaient rompu puisque Olivia fréquentait assidûment un étudiant suédois qu'elle ramenait soir après soir dans leur appartement. Olivia s'imaginait peut-être en reine de la discrétion, ou bien elle n'a pas pensé une seconde que Clara serait assez idiote pour intervenir. Mais Clara ne résistait jamais à la tentation de consoler quelqu'un. Je l'imagine très bien avec sa mine désolée, certaine de trouver Vincent éploré.

— Et ?

— Et pas du tout, Vincent était parti une semaine pour une compétition d'athlétisme. Il est tombé des nues.

— Donc rupture, conclut Frégé.

— Donc drame. Une fois envolé, Vincent s'est soudain trouvé paré aux yeux d'Olivia de toutes les qualités. Il était devenu l'homme de sa vie. Et Clara, une briseuse de ménage. Olivia avait envie de vivre un grand et terrible chagrin d'amour, de ceux dont on ne se remet jamais, même dix ans après.

Frégé résuma l'affaire sur son document en deux phrases lapidaires puis informa Léonie que sa déposition l'attendrait pour signature à Haut Méac. Il aurait aimé connaître les tenants et aboutissants de la scène dont il avait été témoin un peu plus tôt entre Léonie et son compagnon. Qu'est-ce qui avait causé ce soulagement chez l'un comme chez l'autre ? Cela pouvait-il avoir un rapport avec Clara Levasseur ? Après tout, lorsque quelqu'un disparaît, il emporte avec lui un certain nombre de secrets : les siens et ceux des autres. Dans certains cas, il y avait de quoi se sentir soulagé.

Géraud Dambérailh descendit en deux enjambées les quelques marches du perron de Haut Méac. Il était conscient d'avoir du couple une conception un peu désuète. Mais qu'Alexane Mazet lui réponde avec candeur qu'elle ignorait totalement où se trouvait son mari le décontenançait. Il savait quant à lui que sa femme avait terminé vers 16 heures sa journée au lycée. Elle était probablement sur le chemin de la maison, un paquet de copies jeté en éventail sur le siège avant, et venait de s'arrêter à la *Boulange du Fleuve* où elle avait pris une demi-baguette aux céréales pour leur dîner. Elle lui enverrait un texto en fin d'après-midi pour lui rappeler le lieu et l'heure de la projection de ce film engagé – il ne savait quelle salle communale reconvertie en cinéma –, avec formulaires d'adhésion à la sortie pour soutenir un énième projet, parrainer un enfant défavorisé ou financer un toit pour les pauvres victimes d'il ne savait quelle catastrophe naturelle. Bref, il savait à peu près où se trouvait Mme Dambérailh.

Le haussement d'épaules d'Alexane Mazet lorsqu'il lui avait demandé où il pourrait trouver son mari ne correspondait pas vraiment à son idée des rapports conjugaux.

Il prit le parti de ne pas remonter dans la voiture de service. Conduire lui donnait de l'urticaire. De plus, Frégé allait terminer son entretien avec la jeune femme enceinte avant qu'il ne puisse trouver Bernard Mazet. Il arracha donc à son calepin une feuille sur laquelle il griffonna un mot qui invitait son collaborateur à passer le chercher là où il serait, car il s'y rendait à pied. Il suffirait de l'appeler pour savoir où exactement.

Le major sortit de la vieille Kangoo une bouteille à demi pleine d'une eau chaude qui lui rappela, lorsqu'il l'ouvrit pour vérifier qu'elle restait buvable, l'odeur des chaussettes humides que ses enfants laissaient traîner dans leur chambre il n'y avait pas si longtemps.

Il ne craignait pas de marcher à l'ombre des platanes mais une fois sorti dans la lumière crue des parcelles de vignes, il espérait tomber rapidement sur Bernard Mazet.

À la réflexion, il était assez probable que Bernard se trouve au chai plutôt que sous le soleil aveuglant de l'après-midi. Le gel et la reprise hésitante de la végétation avaient donné aux travaux de printemps un sérieux coup de mou. Rares étaient les vignerons qui trouvaient le courage de protéger leurs vignes exsangues contre la maladie puisque la récolte était déjà fichue. Les travaux d'épamprage étaient eux aussi difficiles à mener, les rameaux secs et les reprises anarchiques rendaient les pieds de vigne aussi avenants que des ronciers.

Au lieu d'emprunter la porte cochère de la cour qui donnait accès à la grande allée, Géraud Dambérailh bifurqua vers la porte du chai. La peinture sang de bœuf s'écaillait par larges plaques et les gonds rouillés semblaient ne tenir dans la pierre que par un effet de répartition de masse. Il hésita avant de tirer la porte qui racla douloureusement sur le sol. L'intérieur du chai était relativement frais. D'épais rideaux de plastique divisaient l'espace afin de limiter la surface climatisée au minimum. Le bourdonnement des machines remplissait l'air. Comment les Mazet s'y prenaient-ils pour faire entrer illégalement dans la cour d'énormes bennes de raisin de contrebande ? Car c'était bien de fraude qu'il s'agissait. Fabien Etcheverry ne se trompait pas tout à fait lorsqu'il se faisait une montagne de son indiscrétion auprès d'une locataire de Haut Méac. Avec un regard de touriste, ignorante des risques que prenait le viticulteur au regard de la répression des fraudes et de tout l'arsenal syndical et juridique qui tentait d'assainir la filière, Clara Levasseur aurait pu s'étonner avec ingénuité de l'étonnante liberté que le vigneron prenait vis-à-vis des règles de son appellation. Et déclencher, peut-être, une réaction de panique de la part d'un homme acculé ? Géraud Dambérailh avait des difficultés à s'imaginer le lourd Bernard en homme d'action prêt à user de violence. Il voyait davantage dans ce rôle une personnalité comme celle d'Alexane. Une arriviste prête à n'importe quoi pour protéger ses intérêts, son statut. Voilà que Frégé déteignait sur lui.

Bernard Mazet ne se tenait pas dans le couloir entre les alignements de cuves en inox. Il n'était pas non plus dans le chai à barriques auquel on accédait en passant sous une porte basse. Le major tenta deux fois de l'appeler avant de se résoudre à ressortir dans la fournaise de la cour. Une fois dehors, il cligna des yeux, autant pour lutter contre l'éblouissement que pour chasser ces pensées parasites qui, finalement, ne se fondaient sur rien.

Il emprunta la porte cochère, résigné à déambuler entre les parcelles de vignes pour repérer la camionnette de Bernard Mazet en bout de rang. L'ombre opaque de l'allée lui offrit un moment de répit. Les grillons y crissaient de toutes leurs forces mais la simple vision des branches alanguies suffisait à créer une impression de silence et de calme. La poussière qui s'accumulait au fond des ornières volait lorsque le major l'y délogeait du bout du pied, les cailloux roulaient sous ses semelles. Les Mazet allaient probablement devoir affronter une horde de curieux agglutinés devant les grilles. Certains ne se gêneraient pas pour prendre l'allée comme s'il s'agissait d'une prolongation de la route communale.

Les vieilles histoires allaient-elles être exhumées ? L'affaire du sirop de cassis ajouté dans les cuves dans les années quatre-vingt, la mort du saisonnier asphyxié au fond d'une cuve, l'histoire navrante d'Alexane et du fiancé éconduit qui rate sa pendaison ou encore Bernard Mazet quittant la gendarmerie nationale et reprenant en catastrophe la propriété familiale ? Et aujourd'hui, Bernard Mazet, mené au bord de la faillite par une gestion aléatoire et des conditions climatiques dévastatrices, pratiquant la fraude aux raisins hors appellation… C'était moins grave que s'il avait fait venir du raisin espagnol, mais ça restait très mauvais pour les affaires.

Géraud Dambérailh se rendit compte que plus il approchait de la fin de l'allée, plus son pas ralentissait. La lumière blanche qui régnait à la sortie du tunnel de verdure ne l'attirait absolument pas. Il se sentait dans la peau de la dinde de Noël s'approchant du four.

— Major !

L'appel provenait de derrière la clôture piquée de fleurs qui ceignait le pavillon de gardien. Colette Mazet se pencha par-dessus le portillon, un sécateur à la main.

— Vous semblez aller à l'abattoir, plaisanta la mère de Bernard Mazet en faisant jouer les lames de son outil.

— C'est à peu près ça.

— Et si vous vous arrêtiez quelques minutes ? J'ai de l'eau au frigo dans laquelle je fais infuser du thym citron.

Géraud Dambérailh se rendit compte qu'il n'avait pas planifié l'audition de Colette Mazet. La perspective d'avancer dans son enquête à l'ombre, en buvant quelque chose de frais, lui sembla beaucoup plus avenante et efficace qu'une insolation à la recherche de Bernard.

Il poussa le portillon et suivit Colette Mazet sous le figuier. Les chaises à lattes et la table en fer-blanc offraient un tableau sorti tout droit d'un catalogue de paysagiste.

— Asseyez-vous, j'arrive ! invita Colette avant de s'enfoncer dans la pénombre fraîche de sa maison.

— Est-ce que vous verriez un inconvénient à ce que je prenne les éléments de votre déposition dès maintenant ? demanda le major après une grande rasade d'eau froide. Vous pourrez passer la compléter et la signer à la gendarmerie en début de soirée.

— Ça me va très bien.

Le ton de Colette Mazet avait perdu sa légèreté et son regard s'était assombri. Elle reprit :

— Vous savez, je pensais être d'une certaine trempe. La mort de cette gamine m'a montré que je n'étais qu'une vieille femme émotive.

Colette secoua la tête et reprit :

— Je sais que ce n'est pas bien d'accabler autrui, mais ce projet farfelu d'accueillir des hôtes n'a pas été des plus heureux.

— Vous pensez que le meurtrier se trouve parmi les jeunes qui logent à Haut Méac ?

— Je n'en sais rien, major, je n'en sais rien. N'y aurait-il pas la possibilité que ce soit quelqu'un de l'extérieur ?

— À ce stade, difficile d'avoir des certitudes, éluda Géraud Dambérailh. Peut-on revenir sur la soirée ?

— C'était un peu improvisé me concernant. J'avais invité Daphné, comme tous les ans après la cueillette. Elle est dans un tel état de fatigue que je lui interdis de se mettre aux fourneaux. Et je ne suis pas contre recevoir un de ses merveilleux pots de confiture encore tiède ! J'avais également convié sa jeune protégée, Élise.

— Vous comptiez les recevoir à Haut Méac ?

Colette sourit.

— Major, vous me prenez pour ce genre de belle-mère ? Je comptais les recevoir ici. Mais l'électricité a sauté en début de soirée et Alexane a immédiatement proposé de nous accueillir chez elle. Je vous avoue que cela me faisait plaisir d'aller au château.

— Vers quelle heure êtes-vous arrivée à Haut Méac ?

— Nous y sommes arrivées avec Daphné vers 21 heures, je pense.

— Mlle Ascaride vous a rejointes combien de temps après ?

— Assez rapidement. Elle m'a envoyé un message pour que je vienne la chercher à l'entrée. Il devait être 21 h 15, nous avions à peine commencé à sortir les provisions du panier avec Daphné.

Géraud Dambérailh avisa avec désespoir le pichet déjà vide. Il se mit à faire tourner les dernières gouttes qui restaient au fond de son verre avant de se décider à sortir calepin et stylo. Il y nota les horaires qu'il avait peur d'oublier.

— Pouvez-vous me raconter un peu la soirée ?

— Vous avez encore soif, major ? demanda Colette qui se leva, pichet à la main, sans attendre la réponse.

Une fine couche de buée couvrit les verres de nouveau pleins et Colette prit une inspiration profonde.

— Nous avons papoté toutes les trois dans le petit salon jusqu'à ce que Daphné nous quitte. Ensuite, Élise et moi avons rejoint les jeunes dans le grand salon. Elle a besoin de voir des gens de son âge, cette petite.

— Est-ce que vous pouvez entrer un peu plus dans le détail ?

— Que vous dire… À l'arrivée d'Élise, nous sommes allées à la cuisine pour compléter le dîner. Nous avions besoin de cornichons. Ensuite, nous avons parlé, surtout avec Daphné. Le bon vieux temps constitue une source inépuisable de conversation. Ensuite, je ne sais plus vraiment… Je suis allée chercher le dessert, puis Daphné a pris congé.

— Vers quelle heure ?

— Je dirais entre 22 h 30 et 23 heures.

— Vous souvenez-vous si Clara était dans le grand salon quand vous êtes arrivées ?

Colette plissa les yeux. Elle semblait hésiter…

— Je crois bien que oui, mais je vous avoue que je n'ai pas de souvenir plus précis.

Géraud Dambérailh se souvint du coup de téléphone catastrophé de Fabien Etcheverry. Il avait vu la jeune Clara l'après-midi même de sa mort. Fallait-il creuser dans cette direction ? Pourquoi n'était-elle pas avec tous les autres, panier à la main, dans le verger de Daphné Dambérailh ? Avait-elle dit à l'un de ses compagnons ce qu'elle comptait faire de son après-midi ? Dans ce genre de groupe, il devait y avoir une sorte de consensus sur un programme commun. La cueillette de Daphné avait apparemment rassemblé tous les autres locataires de Haut Méac. Fabien Etcheverry se souviendrait peut-être de l'état d'esprit de la jeune fille à ce moment-là.

Le major ne pouvait s'empêcher de voir dans cette mort un paradoxe. D'un côté, un meurtre qui semblait le fruit d'une inspiration soudaine combinée à un coup de poker. Pas de violence. Une certaine témérité, puisque le meurtrier courait le risque qu'une tierce personne entre après lui dans la cuisine et libère la jeune femme à temps. D'un autre côté, une personnalité plutôt fade dont le seul pouvoir de nuisance résidait dans sa capacité à accumuler des informations sur son entourage. Il y avait tout de même ce point étrange au sujet de l'enfant. Juliette Hoareau était-elle la seule à ignorer que Clara Levasseur avait un enfant ? Quelle raison pouvait-il y avoir à ce secret, et cela avait-il un rapport avec sa mort ? Juliette était partie sans signer sa déposition. Le major nota qu'il devait la voir de nouveau.

— Finalement, une fois que le jeune homme rondouillard a arrêté de jouer du piano, chacun s'est trouvé fatigué et est monté. Il devait être près de minuit, je pense. Élise a rapporté le plateau de verres dans la cuisine. J'ai un peu parlé avec Bernard à la porte et je suis partie après Élise.

Le major émergea et saisit au vol la dernière phrase de Colette Mazet.

— Quelqu'un a aidé Élise à débarrasser ?

— Non, il ne restait rien d'autre à rapporter à la cuisine. Les jeunes hommes ont sorti les bouteilles dans le hall et chacun est monté dans sa chambre.

— Clara Levasseur également ?

— Je ne l'ai pas vue, je crois qu'elle était déjà montée.

Sous les mèches grises qui lui tombaient sur le front, Colette Mazet fronça les sourcils.

— Pensez-vous que la pauvre était déjà... déjà coincée dans la cuisine ?

— Je n'ai encore aucune certitude, madame Mazet. Élise Ascaride pourrait être la dernière personne à être entrée dans la cuisine ce soir-là, mais il se peut aussi que quelqu'un soit redescendu et que Clara Levasseur ait été enfermée bien après votre départ.

— Mais pour quelle raison cette jeune femme se serait-elle retrouvée dans la chambre froide alors que tous étaient couchés ?

— Cela fait partie des points à éclaircir. Selon les premières conclusions du légiste, il n'y a pas eu de violence. Elle serait allée dans la chambre froide de son propre gré. C'est l'une des raisons pour lesquelles il semble très improbable que le meurtre ait été commis par une personne extérieure.

À regret, le major se leva, calepin à la main. Il invita Colette Mazet à passer à la gendarmerie avant la fermeture des bureaux. Il espérait avoir eu le temps de rédiger la déposition d'ici là.

Une fois la grille passée, la lumière aveuglante fit s'évanouir jusqu'au souvenir de la fraîcheur trouvée dans le jardin de Colette Mazet. Le sentiment d'être passé d'un extrême à l'autre fit réaliser à Géraud Dambérailh que la durée nécessaire au refroidissement de la chambre froide constituait une information primordiale. Elle déterminait s'il y avait eu ou non préméditation. Le meurtrier ne pouvait avoir enfermé Clara Levasseur que s'il savait que la température allait être mortelle dans un laps de temps suffisamment réduit. Il avait peut-être dû changer le thermostat à l'avance pour y parvenir.

Géraud Dambérailh sortit de sa poche un portable brûlant.

— Amblevert ? Pouvez-vous envoyer l'un des GAV [1] à Haut Méac pour tester la chambre froide ? J'ai besoin de savoir en combien de

1. Gendarme adjoint volontaire.

temps la température chute. Pas besoin de m'envoyer une flèche, il a juste besoin de savoir regarder l'heure de temps en temps... Il me reste Bernard, je dois revoir Juliette Hoareau et filer voir Etcheverry à la *Boulange*. Frégé se charge de la brune enceinte. Demandez-lui de vous envoyer les dépositions par mail, on verra ce que vous arrivez à en sortir ! Elles ne sont pas toutes signées, mais ça vous donnera de quoi vous faire un premier avis... Il ne s'en sort pas trop mal, un peu tendu quand même. À plus tard.

Après le premier virage, Géraud Dambérailh tomba sur la camionnette défraîchie de Bernard Mazet. Un vieux tee-shirt violet accroché au premier piquet marquait le rang dans lequel Bernard et l'un de ses ouvriers étaient en train de faire tomber les rameaux secs. Géraud Dambérailh regrettait de ne pas avoir pensé à prendre un tube de crème solaire car il sentait ses avant-bras chauffer dangereusement. Sa peau de blond supportait assez mal les excès de soleil. Il pensa avec effroi à son crâne, mal protégé par des cheveux de plus en plus épars. Sans être particulièrement coquet, la perspective d'offrir aux regards un crâne rougi sous quelques mèches blondes lui fit tordre le nez. Sa femme ne manquerait pas de le taquiner.

Les herbes courtes du milieu de rang craquaient sous ses pas. Bernard l'avait repéré et semblait d'autant plus concentré sur les rameaux qu'il fallait dégager. Géraud Dambérailh s'aperçut que l'ouvrier qui accompagnait le viticulteur n'était autre que Pierre des Ombries. Le jeune homme portait sa chemise blanche du petit matin, largement ouverte « à l'italienne ». Il ne semblait absolument pas gêné par la chaleur. Ses cheveux bruns et bouclés formaient un écran efficace au soleil, il ne portait ni chapeau ni lunettes de soleil et ne plissait même pas les yeux. Sa déposition du matin avait été sobre et efficace. Des horaires, des noms. Rien malheureusement sur quoi s'appuyer pour avancer dans l'enquête. *Un type qui pouvait passer pour quelqu'un de lisse*, songea Géraud Dambérailh. À tort peut-être. Il formait avec Juliette Hoareau un couple magnifique, qui devait susciter l'envie.

— C'est mon tour alors, affirma Bernard Mazet plus qu'il ne posait la question. Il s'essuya les mains sur les poches arrière de son short et regarda autour de lui comme s'il allait trouver entre deux pieds de merlot une table et deux chaises.

— On va faire simple, Bernard. Je note le maximum et tu passes ce soir ou demain matin au commissariat pour relire et signer ta déposition. On n'a qu'une tablette et c'est Frégé qui l'a.

Pierre des Ombries profita de l'espace entre deux pieds pour écarter les fils entre lesquels il se glissa, puis il remonta vers la voiture jusqu'à l'entrée du rang suivant qu'il commença à nettoyer de la même manière que le précédent.

— Tu t'es trouvé un ouvrier pas cher ? demanda Géraud Dambérailh qui cherchait sans le trouver son crayon à capuchon.

— Et efficace en plus ! renchérit Bernard Mazet avec un sourire. On a tous besoin de s'aérer après ce qui s'est passé. Chacun sa méthode. Ça lui faisait plaisir de venir avec moi.

— Il s'y connaît ?

— Pas particulièrement, non. Mais il sait regarder. Il venait dans le coin en vacances quand il était petit, ses parents louaient à Lafontac.

— Tu l'avais déjà croisé ?

— Non. Quand Alexane m'a dit qu'ils avaient tous fait leurs études à Clermont, ça m'a fait quelque chose.

Le regard de Bernard Mazet s'était assombri à cette évocation.

— On ne peut pas vivre en deuil toute sa vie, hein, soupira-t-il. Ils ont fait une école de commerce en plus, aucune chance qu'ils aient connu Thomas.

Bernard s'ébroua pour chasser les souvenirs douloureux qui l'encombraient.

Il restait une douzaine de pages vierges dans le calepin, a priori largement de quoi relever les réponses laconiques de Bernard.

— Rappelle-moi tes date et lieu de naissance pour commencer.

— Péchadey, le 12 mars 1973.

— Le reste, je devrais l'avoir. Ensuite, il me faut le maximum d'information sur la soirée d'hier. Heures, personnes présentes ou absentes, et surtout allers-retours dans la cuisine des uns et des autres.

— Ça va pas t'aider beaucoup. Je suis arrivé tard, vers 21 heures je pense. La nuit était en train de tomber.

— Tu étais où avant ?

— Dans les vignes. Avec l'orage d'avant-hier, j'avais besoin de faire un tour un peu partout pour voir s'il avait grêlé.

— Et ?

— Et rien, c'est passé à l'est.

— Tant mieux, non ?

Bernard Mazet saisit une extrémité de tige volubile qui cherchait à s'enrouler autour d'un fil.

— Si on veut. Je suis assuré contre la grêle. Pas contre le gel.

Le major suspendit son crayon au-dessus de son carnet.

— C'est quoi, exactement, l'étendue des dégâts ?

— C'est la misère. La misère, répéta Bernard qui jeta d'une pichenette la petite boulette humide qu'il avait roulée entre ses doigts. Ma seule chance avant septembre, c'est qu'il grêle par-dessus tout ce gâchis. Je n'ai pas un an de trésorerie devant moi.

Puisqu'il n'avait aucun mot de réconfort à offrir, Géraud Dambérailh ne put que regarder autour de lui et apprécier l'immense effort de nettoyage que fournissait Bernard, sans espoir de récolte.

— Et malgré ça, tu passes tes journées à remettre ton vignoble en état. C'est du courage.

Bernard accueillit le compliment avec un rire sec et sans joie.

— C'est de la pure lâcheté. J'évite de croiser Alexane. Elle est persuadée que je suis assuré.

Encore une fois, Géraud Dambérailh ne put s'empêcher de remercier l'heureux hasard qui avait mis sur sa route son épouse. Faire front ensemble était l'un des nombreux avantages du mariage. Chacun avait sa manière de contrer les événements, mais le mouvement global restait commun. Comment imaginer une seconde cacher à l'autre un revers aussi dramatique que l'anéantissement d'un an de revenus ?

— Elle m'a choisi parce qu'elle ne voulait pas d'une vie minable, s'excusa presque le vigneron, les épaules basses. Que veux-tu que je lui dise ? Qu'elle s'est trompée ?

Mal à l'aise, Géraud Dambérailh laissa son regard se perdre au-dessus des rangs, jusqu'à la vue lointaine de Péchadey.

— Tu me connais, Bernard, je suis partisan de la franchise dans le couple, quel que soit le prix à payer. La facture est tellement plus lourde avec des arriérés.

— On n'a pas choisi les mêmes femmes, Géraud.

Comme le silence s'éternisait, le major reprit le fil de la déposition.

— Par où es-tu entré chez toi ?

— Par la cuisine. J'ai croisé ma mère et la petite maigre. Elles sortaient de la chambre froide.

— Tu y es entré, toi ?

— Non.

— Donc tu n'as pas remarqué s'il y faisait plus froid que d'habitude...

— Pas froid au point de voir un nuage sortir de la chambre en tout cas.

Le major se mordilla la lèvre inférieure. Vu la température caniculaire qui régnait jusque dans la cuisine de Haut Méac, il était en effet plausible que l'appel d'air provenant de la chambre ait provoqué un nuage glacé assez visible. À vérifier avec le GAV qui devait être en chemin pour Haut Méac.

— Tu es allé directement au salon ?

— J'étais en nage, je suis passé me changer avant. J'entendais qu'ils s'amusaient bien en tout cas.

— Tu es redescendu vers quelle heure ?

Bernard additionna mentalement les quelques minutes dont il avait eu besoin pour passer sous la douche et se rhabiller.

— Pas après 21 h 30.

— Tu as croisé quelqu'un dans le hall ?

Bernard Mazet réfléchit.

— La femme enceinte sortait du couloir de service.

— Elle venait de la cuisine ?

— Ou des toilettes. C'est sur le chemin.

— Quelqu'un d'autre ?

— Non.

— Qui était dans le grand salon ?

— Tout le groupe des Clermontois. La femme enceinte et le petit gros, la sportive et Pierre, l'espèce de créature baba cool, la petite qui s'est fait congeler, le vendeur de voitures gominé qui faisait du charme à Alexane – elle était ravie, tu parles – et moi.

— Tu as trouvé l'ambiance comment ?

— Bruyante ! répondit Bernard avec tant de spontanéité que les deux hommes se mirent à rire.

— Il y avait pas mal d'alcool. Les jeunes avaient fait des courses pour la soirée. Le blanc-bec bien coiffé avait l'air sacrément assaisonné. Je l'ai vu coincer la petite dans un coin, sans doute pour lui faire des mamours. Il tenait à peine debout.

— La petite, laquelle... Clara Levasseur ?

— C'est ça.

— Il était quelle heure ?

— Aucune idée. C'était plus ou moins quand la femme enceinte est montée dans sa chambre. Elle avait une petite mine. Ensuite ta tante a passé une tête par la porte, elle devait vouloir nous dire bonsoir mais elle est partie sans entrer.

Un bref retour dans les pages précédentes permit à Géraud Dambérailh d'ajouter entre parenthèses un horaire pioché dans la déclaration de sa tante.

— Elle est partie à 22 h 30.

— Bon, ensuite, difficile à dire. Le petit gros a joué du piano, il joue pas mal d'ailleurs. Je crois qu'Alexane parlait restauration de meubles avec la grande rousse. C'était amusant de voir à quel point aucune des deux n'écoutait l'autre. J'étais vraiment épuisé, je ne rêvais que de monter, mais bon, il restait quelques bières fraîches, donc je suis resté encore un peu. Ma mère est arrivée avec la fille...

— Élise Ascaride.

— Oui, Élise. Donc elles sont arrivées, mais la soirée tirait à sa fin. La petite a débarrassé un plateau à la cuisine et après, chacun est allé se coucher. Le grand gominé est reparti à l'abbaye, ma mère et Élise aussi sont parties, mais séparément.

— Séparément, Vincent et ta mère ? Ou séparément ta mère et Élise ?

— Séparément ma mère et Élise. On a parlé un peu tous les deux avant que ma mère ne parte. Elle m'aide sur les questions de compta.

— Tu es le dernier à être monté ?

— Oui, j'ai éteint le couloir. Je me suis mis au lit à minuit passé.

— Est-ce qu'il y avait encore des gens debout ?

— Alexane était dans la salle de bains. Chez la bobo, il y avait un fond de musique, mais la lumière était éteinte. J'ai vu de la lumière sous la porte de Pierre et sa femme.

À la mention de Pierre, Géraud Dambérailh releva la tête de son carnet et balaya du regard la cime des rangs pour y situer Pierre des Ombries. Courbé vers la base d'un pied, il était encore à une trentaine de mètres. Il se tourna vers Bernard.

— Tu connaissais cette fille ?

— Pas du tout. Jamais vu aucun des jeunes qu'Alexane nous a dégotés.

— Et au cours des premiers jours, tu n'as pas eu l'occasion de lui parler en particulier ?

— Non. J'étais aux vignes la plupart du temps. On s'est à peine croisés.

Fallait-il ou non évoquer la fraude ? Il manquait à Géraud Dambérailh une vision d'ensemble qui lui permettrait de voir si oui ou non Bernard aurait pu avoir l'opportunité matérielle de coincer la jeune femme dans la chambre froide. Le désespoir de Bernard Mazet était palpable et son envie presque enfantine de préserver son image aux yeux de sa femme pouvait l'avoir entraîné sur des chemins dangereux. Faire taire un délateur constituait un mobile sérieux, qu'il y ait ou non un chantage à la clé. Mais le mobile ne faisait pas à lui tout seul un meurtrier. La seule part d'ombre dont Géraud Dambérailh avait connaissance au sujet de Bernard était cette démission étonnante de la brigade de gendarmerie où il était pourtant bien noté. Il n'y avait eu ni radiation ni poursuites, et pourtant Bernard avait quitté une vocation qu'il poursuivait depuis l'enfance. Il allait attendre avant de soulever le sujet.

— Dernière question d'usage : aurais-tu perçu, vu ou entendu quelque chose qui pouvait laisser penser que Clara Levasseur était en danger ? Ou du moins que quelqu'un pouvait lui en vouloir ?

— Toujours pas, je suis désolé. Je n'ai pas été très présent ces jours-ci.

Géraud Dambérailh referma son calepin. Il dominait largement Bernard Mazet qui faisait pourtant à peu près la même taille que lui. Était-ce le mariage qui l'avait ainsi ratatiné ? Lui-même ne se berçait-il pas d'illusions en s'imaginant plus fringant ? Il passa la main sur son crâne. Pierre des Ombries n'était plus qu'à une dizaine de mètres. D'un regard et d'une tape sur l'épaule, il prit congé de Bernard et se dirigea vers le jeune homme, toujours concentré sur la végétation en fouillis qui chargeait les fils de palissage.

— Vous semblez particulièrement résistant à la fatigue et à la chaleur ! s'exclama-t-il en direction de Pierre.

De l'autre côté du rang, celui-ci se redressa avec un sourire heureux que tempérait un regard grave.

— Je découvre.

Le major ne put s'empêcher de détailler avec envie l'épaisseur brillante des cheveux de son interlocuteur, l'absence de sueur sur son front ou sur sa chemise. Une sorte d'Apollon qui avait en plus l'agaçante particularité de sembler sympathique.

— Votre femme a besoin de rester seule ? Elle était proche de Clara Levasseur n'est-ce pas…

— Oui, Juliette est très choquée. Elle est forte comme un chêne mais quand elle est ébranlée, il lui faut du temps pour s'en remettre. Je la laisse gérer à sa façon, nous avons toujours fonctionné comme ça.

Voyant que l'entretien semblait devoir se prolonger, Pierre des Ombries proposa au major de poursuivre à l'ombre du seul arbre en bout de parcelle.

Tout en marchant, Géraud Dambérailh amena la conversation sur la réaction de Juliette à l'annonce de l'existence du fils de Clara.

— Saviez-vous que Clara Levasseur avait un enfant ?

— Pas du tout.

— Et cela ne semble pas vous étonner ?

— Je n'ai jamais eu l'impression de faire partie des intimes de Clara. Juliette avait ce sentiment. Peut-être même était-elle au courant mais n'a pas jugé utile de m'en parler, surtout si Clara avait souhaité garder le silence à ce sujet.

— Apparemment elle n'était pas au courant. Elle a réagi de manière assez spectaculaire.

Pierre des Ombries ne répondit pas, profitant du fait que le major n'avait formulé aucune question. Géraud Dambérailh ralentit imperceptiblement le pas et laissa Pierre reprendre l'échange. Il nota avait un plaisir mesquin que la nuque de son interlocuteur était marbrée de rouge avant de réaliser que ce pouvait être autant l'effet du soleil que celui du trouble. Si tel était le cas, il existait une similitude assez étonnante entre la réaction de Juliette et celle de son compagnon. Pas d'éclat, pas de grand mouvement, tout semblait se jouer à l'intérieur. Géraud Dambérailh allongea le pas et se remit à marcher à la hauteur de Pierre.

— Juliette et moi n'arrivons pas à avoir d'enfant. Le fait que Clara lui ait caché sa propre maternité a dû la blesser profondément.

— Je ne sais pas si votre femme était blessée. J'ai eu l'impression d'autre chose. Ça l'a littéralement rendue malade.

— Elle a été malade. Elle m'a dit qu'elle avait mal digéré son petit déjeuner.

— Est-ce une réaction habituelle chez elle ?

— De vomir à la suite d'un choc ? C'est la première fois. Je savais que cette histoire d'enfant était quelque chose de particulièrement douloureux pour elle, mais pas à ce point. Quel âge a cet enfant ?

— Neuf ans.

Les sourcils froncés sous l'effet de la concentration, Pierre des Ombries semblait assembler différentes informations tandis qu'il gagnait l'ombre du vieux noyer écrasé de chaleur.

— Je n'ai pas de certitude, major et, quelque part, ce que je crois ne vous regarde pas. C'était entre Juliette et Clara, c'est maintenant entre Juliette et moi.

— Monsieur des Ombries, je serais bien plus à l'aise de laisser chacun régler ses soucis intimes de son côté, mais j'ai le devoir de comprendre ce qui s'est passé pour trouver l'identité de celui ou celle qui a cru nécessaire de tuer l'une de vos amies. Je vais mettre à jour ce que chacun aurait préféré garder pour soi, appuyer là où ça fait mal et au bout du compte, ça n'aura pas été utile à chaque fois. Mais si je ne le fais pas, nous ne saurons jamais qui est responsable.

Dos contre le tronc, Pierre se laissa glisser jusqu'au sol, bras ballants au milieu des jambes.

— Juliette croit que je ne suis pas au courant. Ça fait onze ans qu'on est ensemble.

Autant dire qu'au début, nous étions tout juste sortis de l'adolescence. À la fin de nos études, j'ai remarqué que Juliette n'était pas dans son assiette. Nous n'habitions pas ensemble, mais nous nous voyions suffisamment souvent pour que je voie que quelque chose n'allait pas. Et puis elle s'est absentée au début des vacances de Noël. Chacun partait ensuite pour son stage de fin d'étude, mais nous avions prévu de nous voir la deuxième semaine des vacances. Elle a annulé. Je ne l'ai revue qu'un mois après, mais elle avait changé. Ça nous a pris quelques semaines avant de reprendre une vie... intime. Elle ne me l'a jamais dit, mais je suis persuadé qu'elle s'était fait avorter. À cette époque, j'étais insouciant, je me suis dit que ce genre d'épisode faisait partie de la vie de la plupart des femmes. Ça faisait moins d'un an que nous étions en couple, j'ai trouvé ça normal qu'elle règle ça de son côté, c'est vous dire à quel point j'étais un jeune con.

— Quel est le rapport avec Mlle Levasseur ?

— Je ne suis sûr de rien, mais j'imagine qu'elle a dû l'accompagner. Et Juliette a réalisé hier qu'au moment où elle-même se faisait avorter, Clara était probablement enceinte.

Un long silence suivit ces paroles et Pierre releva la tête vers Géraud Dambérailh avec effort.

— Si vous saviez comme on se torture quand l'enfant que vous espérez n'arrive pas. Je suis certain que Juliette s'en rend responsable et qu'elle explique notre infertilité par cet avortement.

— Vous n'avez pas fait d'analyses ?

— Elle refuse car elle espère que les choses se débloqueront toutes seules. Je pense qu'elle a peur qu'on lui annonce le pire. Cela ne fait que dix-huit mois que nous attendons, mais ça suffit à vous rendre dingue, croyez-moi.

Géraud Dambérailh eut un signe de tête entendu. Il n'y avait rien à ajouter. Clara Levasseur avait-elle caché à tous sa grossesse uniquement parce qu'elle avait accompagné son amie à la clinique ? Ça lui semblait tiré par les cheveux. L'éclairage apporté par Pierre des Ombries était intéressant et ouvrait de nouvelles perspectives, mais il ne suffisait pas à expliquer le mystère que Clara avait entretenu autour de cet enfant.

Géraud Dambérailh se retourna et embrassa du regard l'ensemble de la parcelle de Bernard Mazet. Vus d'ici, les pieds de vigne ne semblaient pas en mauvaise santé. Le vert vif des feuilles était en train de foncer sous l'effet de la chaleur et du manque d'eau. Il fallait s'approcher pour voir qu'il n'y avait pas de fruits. Bernard Mazet avançait, pied après pied, débarrassant de son bois mort la vigne stérile, insensible à la chaleur qui tombait à pic sur son crâne qu'il n'avait même pas couvert. Que penser d'un homme qui investit tant de temps et d'énergie dans un combat déjà perdu ? Géraud Dambérailh songea un instant à un rhinocéros. Lourd, ne brillant pas par son intelligence ou sa vélocité, mais impossible à arrêter dans sa course et insensible à la douleur. Si Clara Levasseur s'était dressée sur son chemin, aurait-il dévié de sa trajectoire ?

Il lui fallait d'autres éléments avant de déterminer si son vieux copain d'école faisait un suspect sérieux. La conclusion du légiste sur l'heure de la mort, notamment après l'analyse du contenu de l'estomac de la victime, devait arriver le lendemain matin. Dès ce soir, il aurait compilé toutes les dépositions et démarré les recoupements. En ce moment même, le volontaire envoyé par Amblevert se tenait, chrono à la main, devant la chambre froide dont il mesurait la chute de température, degré par degré, sur l'échelle des minutes. Bernard Mazet aurait pu, à l'insu de sa mère et d'Élise Ascaride, tourner le thermostat de la chambre en prévision de son crime, quelques heures plus tard. Mettre de côté ses affects restait l'une des règles les plus difficiles à appliquer, même lorsqu'il s'agissait de poser un simple PV. Imaginer Bernard, démuni et balourd, seul face à un groupe de jurés, ou pire, de journalistes à sensations causait à Géraud Dambérailh un pincement au cœur qu'il avait du mal à évacuer.

Il était presque 17 heures, Frégé devait trépigner près de la voiture. Géraud Dambérailh décida de rentrer à pied. Repasser sous le dais des platanes lui apparaissait comme un sas de décompression idéal.

Savoir attendre ne faisait pas partie des qualités, nombreuses, de Louis Frégé. Une fois les commentaires venimeux de Léonie relus et enregistrés dans sa tablette, il avait commencé à tourner en rond. Un texto de son supérieur lui enjoignant d'envoyer par mail le texte des dépositions à la brigade l'avait occupé pendant une demi-douzaine de minutes, mais il avait presque aussitôt retrouvé cette oisiveté qu'il détestait tant. Heureusement, l'arrivée du GAV envoyé par Géraldine Amblevert l'avait distrait de son ennui. D'autorité, il avait pris en charge le relevé des températures dans l'application bloc-notes de sa tablette. Le pauvre volontaire s'était retrouvé spolié de sa mission. Il n'avait plus qu'à tenir le thermomètre et à donner la température qui s'affichait toutes les dix minutes lorsque Frégé entrouvrait la porte de la chambre froide. En une demi-heure, la chambre froide était passée de 6 °C à –4 °C. Les premiers degrés dégringolèrent lentement, mais une fois les vingt premières minutes passées, le refroidissement s'accéléra. Le téléphone de Frégé se mit à sonner avant que ne soient atteints les –10 °C.

Le soleil commençait à baisser et les rayons obliques qui plongeaient dans l'eau animaient la petite houle de reflets dorés. La devanture de la *Boulange du Fleuve* prenait de face la lumière et l'on voyait nettement sur la vitre les traces laissées par la société de nettoyage. Un léger voile recouvrait l'agencement des pains spéciaux et des baguettes aux graines, vision qui aurait profondément déplu à Fabien Etcheverry s'il était sorti dans la ruelle à ce moment-là. Pour la deuxième fois de la journée, Frégé et Géraud Dambérailh furent assaillis par des arômes de pain croustillant qui leur collèrent l'estomac dans les talons.

Le voyage du retour vers Lafontac avait permis aux deux hommes d'échanger leurs avis sur les possibilités offertes par la vitesse de refroidissement de la chambre froide. Deux scénarii se dessinaient. Soit Clara Levasseur avait été enfermée dans la chambre froide après l'heure du coucher de tous les invités, auquel cas le thermostat avait pu être modifié par l'assassin au moment où il avait enfermé la victime. C'était la possibilité la plus simple et la moins risquée, mais il restait à déterminer sous quel prétexte l'assassin avait réussi à faire sortir Clara Levasseur de sa chambre pour la faire descendre à la cuisine. Soit l'assassin avait été « joueur » et avait pris le risque d'enfermer Clara alors que les uns et les autres n'étaient pas encore montés dans leur chambre. Il était plus aisé à ce moment-là d'attirer la victime dans la cuisine, mais il fallait être sûr qu'elle soit très rapidement affaiblie, sans quoi elle aurait pu obtenir de l'aide en criant.

Frégé martelait le volant tout en scandant :

— Qui pourrait être assez fou pour risquer d'être dénoncé par une victime sauvée *in extremis* ?

— Soit fou, soit très organisé, Frégé. Cela voudrait dire qu'une petite heure avant d'enfermer la victime, l'assassin avait baissé le thermostat. Par –10 °C et en débardeur, quelqu'un d'aussi frêle que Clara Levasseur ne pouvait pas tenir plus de trente ou quarante minutes avant de tomber en hypothermie.

— Elle n'est pas morte en quarante minutes major, c'est trop rapide.

— Morte non, mais hors d'état d'appeler à l'aide, c'est possible. On demandera au légiste.

— Donc ça veut dire que l'assassin était certain que personne n'entrerait dans la cuisine pendant au moins trente minutes, murmura le jeune APJ qui se mordait la lèvre inférieure d'un air pénétré.

Géraud Dambérailh ne put retenir un sourire devant le visage si concentré de son assistant qui semblait calquer ses mimiques sur celles qu'il avait sans doute puisées dans les séries à suspense qui pullulaient sur Netflix.

— Et ça veut dire également qu'à 22 h 30, quand Vincent Brun-Mareuil est entré dans la chambre froide pour chercher des bières, le thermostat n'était pas encore modifié, ou alors depuis moins de quinze minutes, ajouta Louis Frégé sur le même ton, sans quoi il aurait remarqué une température inhabituellement basse.

— Ça dépend, Frégé : si c'était la première fois qu'il y entrait, il ne pouvait pas comparer avec la température habituelle. De plus, il était bien imbibé, je crois. On y verra plus clair demain. Ce soir, je recoupe toutes les déclarations. Amblevert doit déjà plancher dessus. Et demain, on devrait avoir les conclusions du légiste sur l'heure de la mort, donc option 1 ou option 2, on sera fixés.

La discussion s'interrompit lorsque Frégé repéra une place libre contre la rambarde qui surplombait le fleuve. Les deux hommes entrèrent ensemble dans la *Boulange*. Fabien Etcheverry les attendait derrière le comptoir, à la fois impatient de parler et inquiet d'avoir la confirmation de sa responsabilité dans une mort qui le choquait profondément. Géraud Dambérailh remarqua qu'il avait changé son tee-shirt noir près du corps contre une chemisette en lin qui le laissait davantage respirer mais marquait tout autant l'épaisseur massive de son cou de culturiste. Pour une fois, personne n'était attablé devant la vue du pont. Fabien Etcheverry contourna le comptoir et ferma la porte à clé, puis il fit pivoter contre la vitre le petit panneau *Fermé*.

— Vous souvenez-vous de l'heure à laquelle vous avez parlé à Clara Levasseur hier ? démarra Géraud Dambérailh avant même que Fabien Etcheverry ne les fasse entrer dans son bureau.

— C'était juste après l'heure du déjeuner, on venait de ranger les sandwichs qui restaient en vitrine. J'ai un creux à ce moment-là et je suis venu proposer un café à la cliente.

— Comment en êtes-vous venu à parler des raisins de Haut Méac ? enchaîna Frégé.

— Eh bien, elle n'avait pas l'air d'ici. Je ne sais pas trop pourquoi, je me suis dit qu'elle faisait du tourisme. Je lui ai demandé si elle connaissait le coin.

— Et ?

— Et elle m'a dit qu'elle était ici pour la semaine. Donc je lui ai parlé de l'abbaye de Péchadey, de la promenade sur le fleuve, et je lui ai conseillé les vins de la coopérative. C'est là que je lui ai dit que le château Haut Méac n'était pas une bonne affaire.

— Elle vous posait des questions ?

Fabien Etcheverry rougit.

— Non, pas vraiment, j'ai parlé un peu tout seul.

Avec gentillesse, Géraud Dambérailh rassura Fabien Etcheverry : il semblait que la demoiselle possédait un certain don pour faire parler.

— Avez-vous remarqué quelque chose à son sujet ? Attitude ? Coup de téléphone conflictuel ? reprit Frégé qui ne comptait pas laisser Fabien Etcheverry s'installer dans le confort du bavardage.

De profil, avec ses cheveux blonds coupés court et sa silhouette sèche, Géraud Dambérailh lui trouvait une ressemblance avec cet acteur qui jouait l'Anglais en fuite dans *La Grande Vadrouille*.

— Elle avait l'air concentré. Elle avait une chemise en carton rouge qu'elle n'a pas ouvert mais elle la touchait souvent. Elle était posée sur la table. Quand elle est repartie, elle l'a mise dans son sac en cuir, ces vieilles besaces à lanière, vous savez, mais au lieu de la porter en bandoulière, elle l'a prise dans les bras. On voyait bien qu'elle transportait des documents importants.

— Frégé, coupa le major, notez quelque part de vérifier qu'on retrouve bien ce protège-documents dans les affaires de la victime. Et à quelle heure est-elle partie ensuite ?

— Assez rapidement, avant 15 heures Elle a passé une petite demi-heure ici. Vous pensez qu'elle a parlé aux Mazet de notre conversation sur les raisins ?

— Nous n'avons pas d'information à ce sujet, monsieur Etcheverry, répondit Frégé d'un ton raide.

Après que la clochette de la porte eut retenti pour accompagner leur sortie de la *Boulange*, les deux gendarmes gardèrent le silence jusqu'à la voiture. Frégé était en train d'échafauder des hypothèses alambiquées sur la base de chemises rouges volatilisées et de vignerons en péril. Géraud Dambérailh cherchait quant à lui une manière délicate de suggérer à son assistant de ne pas monter sur ses grands chevaux avec les témoins. Ordinairement, le major n'hésitait pas à dire sans détour, et même abruptement, ce qui était nécessaire pour la bonne marche de la brigade. Dans le cadre de cette enquête pour assassinat, il se sentait aussi inexpérimenté que son assistant et moins à son aise que d'habitude pour prodiguer des conseils et donner des ordres. Il lui fallait cependant ne pas fléchir et ne surtout pas donner l'impression de tâtonner. À Lafontac et ses alentours, il avait bien entendu déjà supervisé des enquêtes pour violence, meurtre, crimes en tous genres, et là n'était pas son souci. Le véritable nœud du problème était la préméditation, à laquelle il n'avait jamais été confronté. Le plus souvent, le coupable se livrait de lui-même aux autorités, ou bien il prenait la fuite avec un caleçon et une carte bleue. On le retrouvait invariablement à la gare du chef-lieu où son attitude désorientée le désignait aux autorités. Dans le cas présent, le ou la coupable pouvait prendre le thé ou jouer au tennis dans un rayon de trois kilomètres, et saluer le major et son assistant avec amabilité.

— On rentre à la gendarmerie, Frégé. Veillez à ne pas être agressif avec les témoins, c'est contre-productif.

C'était dit. Géraud Dambérailh s'était retenu de justesse d'ajouter « on n'est pas au 36 quai des Orfèvres ».

Dans la cour de la gendarmerie, les véhicules sérigraphiés et les voitures personnelles des gendarmes effectuaient le ballet habituel de la fin de journée. Le gravier crissait sous les pneus, les uns et les autres s'apostrophaient, vitres baissées, et se souhaitaient une bonne soirée. Le pauvre Péon n'avait le droit de démarrer qu'une fois toutes les voitures sorties de la cour. Son incroyable maladresse l'avait déjà conduit à emboutir les voitures de ses collègues avec la meilleure volonté du monde. Il acceptait avec bonne humeur ce traitement et saluait avec un grand sourire ceux qui partaient avant lui.

— Alors, Frégé, ça avance ton affaire ? s'exclama-t-il en voyant son jeune collègue sortir de la voiture qu'il avait brillamment garée en deux coups de volant.

— C'est le début, répondit l'autre en haussant les épaules, encore meurtri par la réflexion de son supérieur.

Le major avait filé par la porte d'entrée sans s'attarder.

— Tu me racontes, on prend une bière chez Gino ?

— Pas maintenant, Péon, on a encore du boulot.

— Tu sais que le légiste a déjà envoyé les conclusions ? Ça a l'air de le botter votre histoire, il a mis les bouchées doubles. J'ai entendu Géraldine le remercier au téléphone.

Louis Frégé planta aussitôt Péon dans la cour et entra en trombe dans le bâtiment défraîchi. Géraud Dambérailh avait dû recevoir un appel, sinon un texto, pour l'avertir de cette réjouissante avancée dans leurs investigations. Pourquoi lui aurait-il caché ce genre d'informations ? Avait-il l'intention de le démettre de l'enquête sans lui en parler ?

Malgré le soleil encore vif, la luminosité dans le bureau de Géraud Dambérailh rendait nécessaire l'usage de l'électricité. Le plafonnier carré grésillait et donnait aux murs une teinte blafarde. Le major venait d'imprimer la totalité des dépositions et, stylo à la main, il remplissait une grille d'horaires et de noms lui permettant de reconstituer et de recouper les témoignages, à l'ancienne.

— Oui, Frégé ?

— Major, le dossier du légiste est arrivé.

Géraud Dambérailh leva les yeux de sa feuille et fouilla la pile posée sur le coin de son bureau avec une moue dubitative.

— Vous êtes sûr ? Je n'ai rien ici et rien non plus dans mes mails.

— Péon a entendu Géraldine au téléphone avec le légiste. Apparemment, c'est à elle qu'il a envoyé le dossier.

Les sourcils froncés, Géraud Dambérailh extirpa son portable de sa poche arrière.

— Il n'a plus de batterie. Elle a dû essayer de m'appeler, elle ne vous a pas laissé de message, Frégé ?

— Non, elle devait vouloir vous joindre en personne.

— Vous avez regardé sur son bureau ?

— Il n'y a rien non plus. Elle a dû l'emporter chez elle.

— J'y passerai dans la soirée. Je lui avais donné quartier libre ce soir, espérons qu'elle ne soit pas partie en goguette. Et sinon, Frégé, vous avez réfléchi ?

— À quoi, major ?

— À votre capacité à mettre vos tripes de côté.

— Je pense y parvenir. Bonne soirée, major.

— Bonne soirée, Frégé, à demain. On commencera par un point ici pour faire le plan de la journée.

Une fois la porte refermée, le calme gagna la gendarmerie. Géraud Dambérailh sortit de son tiroir un chargeur de secours et brancha son téléphone. Le pool de nuit préparait sa tournée du soir autour d'un café dans la pièce commune. Dambérailh ne pouvait s'empêcher de ressentir un petit pincement de fierté lorsqu'il avait la possibilité d'être témoin de la rotation de ses équipes. L'ambiance était détendue et conviviale, autant dans l'équipe de jour que dans celle de nuit, malgré les coups de gueule d'Amblevert que chacun savait prendre avec philosophie. Fonctionner sur la base du volontariat avait permis de stabiliser les effectifs de nuit, moins nombreux mais plus performants que lorsque le précédent responsable d'unité imposait les plannings aux uns et aux autres. Il se frotta les yeux et eut un regard mauvais en direction du plafonnier qui grésillait plus que jamais. Si seulement le budget pouvait suivre un peu mieux les besoins...

Devant sa grille complétée, Géraud Dambérailh put apprécier en un coup d'œil la magnifique concordance des témoignages. Seuls Vincent, Colette et Élise s'étaient retrouvés seuls dans la cuisine avant la fin de la soirée. Léonie avait pu s'y rendre au moment où elle était montée se coucher sans que personne ne la voie, les toilettes étant situées à quelques mètres seulement. Bernard Mazet était passé par la cuisine à un moment où il aurait pu, à l'insu de Colette et Élise, trafiquer le thermostat en prévision de son crime. Il pouvait également avoir passé un moment seul dans la cuisine après avoir refermé la porte derrière sa mère. Alexane Mazet ne précisait pas vraiment l'heure à laquelle son mari l'avait rejointe. Pendant qu'il discutait avec Colette Mazet à la porte de Haut Méac, elle avait pu elle aussi redescendre. Olivia étant seule dans sa chambre, elle pouvait raconter ce qu'elle voulait et avoir retrouvé Clara au rez-de-chaussée alors que les autres dormaient déjà. Bref, mis à part Daphné Dambérailh, Juliette Hoareau et Pierre des Ombries qui ne s'étaient pas quittés, tout le monde, même Corentin, avait pu se libérer quelques minutes pour dérégler le thermostat. Restait à déterminer à quelle heure la victime avait été enfermée.

À la relecture des dépositions, Géraud Dambérailh mit en perspective la déclaration de Léonie Chastaignié, qu'il découvrait, et celle de Juliette Hoareau qui, en raison de son départ précipité, n'était pas aussi complète qu'elle aurait dû l'être. D'un côté, Léonie disait avoir entendu une personne non identifiée sortir de la chambre de la victime, de l'autre, elle disait clairement que Juliette avait tenté de parler à Clara, qui était sous sa douche. S'agissait-il de deux événements distincts ? Que voulait Juliette ? À ce moment-là, il devait être entre 23 h 30 et minuit.

À ce stade, il n'avait plus assez de matière pour avancer. Peut-être que Géraldine avait vu autre chose en lisant les dépositions. Le festival de Saint-Maur était sur le point de s'achever, il fallait organiser la rotation des équipes pour encadrer le démontage, elle n'avait sans doute pas eu le temps de s'y pencher. La seule façon de le savoir était de le lui demander. Dambérailh s'étira. Il allait envoyer un SMS à sa femme pour la prévenir qu'il rentrait après 21 heures, ce qui lui permettrait de passer récupérer le dossier du légiste que Géraldine avait probablement emporté chez elle.

Géraud Dambérailh n'avait pas souvent eu l'occasion de se présenter chez son adjudante. Il était possible de s'y rendre à pied en descendant la rue principale jusqu'au fleuve, puis en empruntant le quai pavé qui desservait les maisons au ras de l'eau. Celle de Géraldine Amblevert était coincée entre une maison de maître et un bloc d'architecte qui avait réussi à s'insérer dans le paysage avant le durcissement des règles d'urbanisme. Des volets gris clair à la peinture impeccable encadraient deux fenêtres aux vitres dépolies, de part et d'autre d'une jolie porte cintrée. Dambérailh tira sur une chaînette reliée à une cloche en laiton et attendit que le pas lourd de Géraldine se fasse entendre de l'autre côté de la porte. Ce fut un garçon d'une douzaine d'années qui lui ouvrit. Sa main et son bras gauche étaient étrangement tordus et ses genoux semblaient ne pas vouloir se décoller l'un de l'autre.

— Bonjour, tu es Basile sans doute ?

— Oui, c'est moi. Et vous, vous êtes qui ?

— Major Dambérailh, je travaille avec ta mère.

L'enfant s'effaça devant le major et lança à travers la maison un sonore :

— Maman, il y a quelqu'un pour toi !

Géraldine Amblevert surgit dans le couloir, tablier noué sur les hanches, une cuillère en bois à la main. À la vue de son supérieur, elle se redressa et rentra aussitôt dans ce que le major supposa être la cuisine, d'où elle ressortit sans tablier et sans cuillère. Son visage fermé laissait à penser qu'elle n'était pas ravie de l'intrusion de son univers professionnel dans sa sphère privée.

— Désolé, Amblevert, j'avais juste besoin de récupérer le dossier du légiste, apparemment vous êtes partie avec.

— Il suffisait d'ouvrir ma boîte mail pour le télécharger, major, répondit-elle en barrant la route de son imposante silhouette.

Le jeune garçon se glissa entre le major et le mur afin de s'interposer entre sa mère et celui qui semblait ne pas être le bienvenu.

— C'est bon, Basile, tout va bien. Tu montes et tu enfiles ton pyjama, j'arrive dans cinq minutes.

L'enfant jeta un dernier regard méfiant à Géraud Dambérailh et se dirigea vers l'escalier en clopinant. Géraldine le suivit du regard et lorsqu'elle le posa de nouveau sur le major, il y vit une douceur qu'il ne s'attendait pas à trouver chez elle.

— Entrez, maintenant que vous êtes là.

Un fond de musique jazzy tapissait le silence. Le major s'assit à la table de la cuisine, à demi débarrassée. Il flottait dans l'air une odeur de quiche maison qui lui donna l'eau à la bouche. Il était aussi démuni que sa femme devant les fourneaux et l'un comme l'autre se sentaient incapables de cuisiner quoi que ce soit de plus élaboré que l'omelette ou les carottes râpées. Géraldine empoigna une serviette en simili cuir, la même que celle dans laquelle Frégé transportait l'imprimante portative. Elle en sortit un dossier de quelques pages qu'elle tendit à son supérieur. Elle portait une robe ample à manches courtes dans laquelle il ne l'aurait jamais imaginée. Elle, qui était toujours sanglée dans son uniforme comme pour partir défiler, avait presque une allure bohème. Il repoussa sur la table le dossier fermé et la regarda avec un air d'excuse.

— J'avais oublié que vous aviez votre fils cette semaine, je suis désolé de ne pas avoir prévenu avant de passer.

— Quartier libre, c'est quartier libre, major.

Elle ne lui laissa aucune possibilité de se convaincre que son intrusion n'était pas si dramatique. Avec un soupir, elle empila deux assiettes et y rassembla les couverts qui restaient sur la table. Géraud Dambérailh se fit la réflexion qu'elle et son fils avaient dîné seuls.

— Vous prenez un café le soir ? Ou une tisane ? demanda-t-elle debout, la main sur la bouilloire.

— Tisane, c'est parfait, adjudante.

Alors que l'eau commençait à s'agiter furieusement, il reprit :

— Vous avez lu le dossier ?

— Pas encore.

Géraldine referma d'un coup de hanche un tiroir d'où elle avait sorti une théière blanche et rose qui semblait sur le point de parler comme dans les dessins animés.

Deux tasses assorties furent posées sans ménagement sur la table et Géraldine se laissa tomber sur une chaise en face du major.

Dambérailh chercha le sucrier des yeux mais n'osa pas réclamer quoi que ce soit. Il finit par se résoudre à boire sa tisane sans rien. La nuit était tombée et la baie vitrée qui donnait sans doute sur le jardin lui renvoyait le reflet de Géraldine, les yeux plongés dans sa tasse fumante, et le sien, le dos légèrement courbé et le menton en avant. Il se redressa et regarda l'adjudante touiller sa tasse sans sucre.

— Vous avez regardé les dépositions ?

— Oui, j'ai tout lu. Frégé m'a envoyé celle de la femme enceinte. Celle de Juliette Hoareau est lacunaire, il faudrait l'entendre de nouveau. Et il manque aussi celles de Colette Mazet et de son fils que vous n'avez pas envoyées. Cependant, rien qu'avec celles que j'ai lues, on peut dire que presque tout le monde a eu un moment pour dérégler la chambre froide et pousser la petite Levasseur dedans. Mais qui pouvait être sûr que personne ne l'entendrait ? Surtout si elle y a été enfermée avant que tout le monde ne soit couché.

— Moi, ce qui me perturbe, c'est cette histoire de douche. Il faudra qu'on voie Juliette Hoareau demain à ce sujet. Si elle confirme qu'elle a entendu la douche de Clara Levasseur couler alors qu'elle venait lui raconter je ne sais quoi avant d'aller se coucher, cela voudrait dire que la petite a laissé couler l'eau plus d'une heure, vu que tout le monde est monté vers minuit.

— Vous vous fondez sur ce que Léonie Chastaignié vous a dit. Elle a peut-être mal évalué l'heure de début ?

Géraud Dambérailh avala une gorgée de tisane et essaya de masquer une grimace de dégoût. L'eau chaude avait un goût d'épinards qui lui rappelait ces infâmes thés japonais à laisser infuser cent quarante-deux secondes, à 86 °C très exactement.

— C'est possible, dit-il après avoir dégluti. Ou alors elle a fait exprès d'avancer l'heure pour mettre quelqu'un dans l'embarras.

— Vous la sentez perfide à ce point ?

— Elle me semble un peu tordue. Si elle peut pousser quelqu'un dans le ravin, est-ce qu'elle s'en priverait ?

— De toute façon, reprit Géraldine qui se versa une nouvelle tasse, je ne vois pas qui cela pourrait desservir. Qu'est-ce que ça fait si Clara Levasseur a pris une douche d'une heure au lieu de quinze minutes ?

— Cela la rend présente dans sa chambre pendant une heure alors qu'elle était peut-être ailleurs. En train de se disputer avec Léonie, par exemple.

— Donc vous pensez que Léonie pourrait être la coupable ? Une femme enceinte qui balance au congélateur une vieille copine d'école ?

— Ce qui est certain, c'est que Clara ne peut plus confirmer qu'elle était bien sous la douche de 22 h 45 à, disons, 23 h 45, et donc que Léonie Chastaignié peut raconter presque n'importe quoi. Est-ce qu'elle ne pourrait pas couvrir son compagnon, par exemple ? Il ne fait pas de vague, on ne s'intéresse pas à lui… à tort peut-être. Qu'a-t-il fait entre le moment où tout le monde s'est dit bonne nuit et le moment où il a rejoint sa femme ?

— Si Juliette l'a entendue, cela règle le problème, major. Quoi qu'elle ait fait avant, Clara Levasseur était bien vivante à 23 h 45.

À l'étage, l'enfant appela Géraldine qui se leva d'un bond. Seul dans la cuisine, le major se mit debout, tasse à la main, mais ne put se résoudre à chercher du sucre dans les placards de sa subordonnée. Il versa la tasse dans l'évier et fit quelques pas dans la cuisine. Cette petite qui semblait passer complètement inaperçue pouvait-elle avoir joué le rôle du caillou dans la chaussure dans la vie d'un de ses camarades ? Quelque chose qu'elle savait, comme un avortement passé sous silence ou une fraude au raisin, qui mettait sous hypothèque l'avenir de l'un ou de l'autre ?

Alors qu'il allait se rasseoir, Géraud Dambérailh sentit sa poche arrière vibrer comme un bourdon prisonnier contre une vitre.

— Allô, tante Daphné ? Oui, je suis plus ou moins au travail.

— Cela ne va sans doute rien t'apprendre, mais j'ai entendu Vincent Brun-Mareuil parler avec Élise. Apparemment, Clara aurait été témoin de frictions entre Léonie Chastaignié et son compagnon. Vincent avait l'air de dire que ça pouvait être quelque chose d'important.

— Vous vous souvenez de ce qu'il a dit exactement ?

— Il a dit : « Ils auraient préféré qu'elle ne soit pas là à ce moment-là. » Je crois qu'il parlait de leur visite au marché de Lafontac, la veille du meurtre.

— Est-ce qu'il faut chercher aussi loin en arrière ? interrogea le major. J'ai l'information que le jour même, elle se baladait avec un protège-documents rouge, qui me semble une piste plus concrète. Il faut qu'on fasse l'inventaire de ses affaires.

Daphné Dambérailh suivit son idée et sembla ne même pas entendre ce que lui opposait son neveu.

— Tout le monde semble avoir été un peu sur les nerfs à Haut Méac ces derniers jours, tu me diras. Avant-hier soir, j'ai retrouvé notre M. Brun-Mareuil assis dans l'escalier, totalement confus. J'ai cru que j'allais devoir le mettre au lit comme un bébé. Tu devrais fouiller un peu sur ce qui a pu se passer lors de cette soirée-là.

— Il avait un peu bu sans doute. Apparemment, il a le gosier en pente, votre locataire.

À l'autre bout du fil, Géraud Dambérailh entendit un petit rire discret. Daphné Dambérailh ne lâchait pas facilement lorsqu'elle avait une idée en tête et elle revint plusieurs fois sur son conseil : il s'était probablement passé quelque chose de perturbant le soir où l'orage avait éclaté. Avec toute la rondeur dont il savait faire preuve à l'égard de ses aînés, Géraud Dambérailh réussit à mettre fin à la conversation avant que son adjudante ne redescende, un sourire jusqu'aux oreilles.

— Vous avez plu à Basile, major. Il tient à ce que vous montiez lui dire bonsoir.

Le major leva les yeux du rapport du légiste qu'il avait commencé à déchiffrer.

— La victime a été congelée avant d'avoir commencé sa digestion. Le légiste a retrouvé un morceau de jambon presque intact dans son estomac.

— On sait donc que la petite n'est pas descendue se faire enfermer au milieu de la nuit.

— Non, je dirais même qu'elle était bleue avant que ses petits camarades ne montent se coucher.

Mardi 6 juin 2017

Un vigoureux vent d'ouest avait apporté dans la nuit une fraîcheur nouvelle. Géraud Dambérailh, qui appréciait le temps sec, grimaça en sortant de sa voiture. L'air était chargé d'humidité. Il n'allait pas tarder à sentir ses articulations se gripper sous l'effet du changement de temps, ce qui le mortifiait presque autant que la perte de ses cheveux. Parfois, il se réjouissait que son fils ait choisi une vocation qui lui garantissait de ne pas devenir grand-père trop jeune. L'incompréhension face à l'entrée de Baptiste au séminaire commençait à s'estomper, chez lui du moins. Sa femme, moins souple, refusait encore d'en parler. Elle avait cependant radicalement changé de mode de vie, injectant dans chaque couche de leur quotidien une dose d'accueil et de don, au point que les mots « solidarité », « partage » ou même « ensemble » finissaient par lui donner la nausée. Anne Dambérailh n'était pas prête à accueillir un prêtre à sa table, encore moins un fils prêtre, mais elle s'acharnait à nettoyer leur vie, à les rendre plus blancs que blancs, elle et son infortuné mari, sommé de courir les soirées-partage et les braderies du Secours populaire le soir après sa journée de travail.

Elle prenait le contre-pied de la voie qu'avait choisie Baptiste. Donner son temps lui semblait naturel, donner son fils lui était impossible. Elle tenait à prouver à Baptiste qu'il y avait d'autres manières de se rendre utile que d'abandonner son avenir et son libre arbitre à une institution telle que l'Église. Géraud Dambérailh, embarqué dans le tourbillon solidaire qui avait retourné sa vie, attendait patiemment que la paix revienne dans son foyer, tandis que la fatigue et le manque de sommeil pesaient sur lui de plus en plus lourd. À son retour de chez Géraldine Amblevert, il avait trouvé chez lui une douzaine de convives, nouveaux arrivants dans le secteur, qu'il avait fallu accueillir et abreuver alors qu'il ne rêvait que de s'affaler dans son canapé.

Le major trouva Frégé déjà assis devant son bureau. Il avait listé les points qui nécessitaient selon lui des éclaircissements : où était le protège-documents rouge ? Que contenait-il ? Pourquoi Juliette était-elle passée voir Clara ?

— Vous nous avez pondu un programme chargé, Frégé. Il nous faut un café pour affronter tout ça ! s'exclama Géraud Dambérailh avec toute l'énergie dont il se sentait capable après une trop courte nuit.

Avec un sourire, le jeune APJ tendit sa feuille et se leva pour aller à la cuisine.

— Attendez, Frégé. J'ai un ou deux points à ajouter. Il se serait passé quelque chose, non pas le soir du meurtre mais la veille. Apparemment, Vincent Brun-Mareuil en était tout chamboulé, ma tante l'a retrouvé en état de choc à l'abbaye, en pleine nuit.

Le jeune gendarme eut une moue dubitative. Les états d'âme de Vincent Brun-Mareuil ne lui semblaient pas dignes qu'on s'y attarde.

— Et autre chose. D'après le légiste, Clara Levasseur avait à peine commencé sa digestion.

— Vous pensez qu'elle est allée directement du grand salon à la cuisine où elle s'est fait enfermer ? Et la douche ?

Géraud Dambérailh se gratta entre les sourcils. Clara Levasseur avait-elle réellement eu le temps de prendre une douche avant de mourir ?

— C'est une bonne question. Ça pourrait être un leurre. Cela expliquerait ces horaires étonnants. D'après ce que l'on sait, si elle est réellement entrée sous la douche à l'heure indiquée par Léonie Chastaignié et y était toujours au moment où Juliette Hoareau est venue toquer à sa porte, elle y a passé environ une heure.

— Est-ce qu'on digère un dîner en une heure ?

— À voir avec le légiste. Vous lui passez un coup de fil avant que nous filions à Haut Méac ?

J'ai besoin de savoir également en combien de temps la victime aurait été dans l'incapacité d'appeler au secours, une fois enfermée par –10 °C.

Avec un salut presque militaire, Frégé sortit dans le couloir miteux et retourna dans le bureau qu'il partageait avec Amblevert. Le détour par la cantine lui était sorti de l'esprit. Géraud Dambérailh hésita un instant sur le pas de la porte. Pouvait-il se dispenser de boire un café avant de partir ? Il s'en sentit incapable et se dirigea en traînant des pieds vers la pièce commune où il espérait trouver la cafetière pleine. Il en fut pour ses frais et dut fouiller dans les placards collants à la recherche de filtres et d'un paquet de mauvais robusta.

Les meubles de cuisine en Formica turquoise avaient besoin d'un bon coup d'éponge. Certaines charnières tenaient à peine et chaque membre de la gendarmerie savait quelles portes de placard devaient être ouvertes avec douceur.

Sous la fenêtre en verre dépoli, un vieux tapis persan couvrait l'affreux lino moucheté. Géraud Dambérailh se souvenait avec précision du jour où son adjudante était arrivée avec, roulé sous le bras, ce tapis provenant d'un lot dont elle avait hérité. Elle l'avait jeté dans un nuage de poussière entre les fauteuils dépareillés. Ce geste généreux avait inspiré toute la brigade qui s'était donné le mot pour apporter de quoi meubler l'endroit. On y trouvait un guéridon qui avait servi à faire tourner les verres, un plateau d'argent oxydé arrivé tout droit d'Emmaüs, un échiquier où manquait une dizaine de pions. La salle commune avait pris des airs de bric-à-brac sympathique et poussiéreux, au point que Dambérailh se demandait parfois si les uns et les autres ne s'en servaient pas comme débarras. Quoi qu'il en soit, il y régnait une atmosphère familiale.

— Mauvaise nuit major ? s'exclama Géraldine Amblevert qui entra dans la cuisine d'un pas martial.

— Pas meilleure que la vôtre apparemment, répondit Dambérailh qui venait de verser la dosette de café à côté du filtre.

— Basile m'a réveillée deux fois. À croire que votre uniforme lui a filé des cauchemars !

— Je pensais qu'il m'aimait bien ?

— Il a peut-être changé d'avis, répondit-elle avec un large sourire.

Deux tasses furent remplies d'un liquide épais et le major y ajouta avec bonheur deux sucres, espérant que sa subordonnée remarquerait l'effort qu'elle lui avait imposé la veille avec son abominable tisane nature.

— Adjudante, j'ai besoin dans la journée de l'inventaire de la chambre de Clara Levasseur.

— Que cherche-t-on ?

— Un protège-documents rouge, évidemment.

— J'ai deux bacs moins douze à mettre sur le coup, ça fera du bien à Péon d'encadrer des jeunes. Ensemble, ils arriveront bien à dresser une liste qui ressemble à quelque chose. Qui sait, on trouvera peut-être autre chose d'intéressant ?

Le major renonça à faire un sermon sur l'importance de ne pas dénigrer les qualités des effectifs, aussi peu qualifiés fussent-ils. Il rejoignit Frégé dans la cour de la gendarmerie où il lui indiqua un véhicule disponible dont il refusa de prendre le volant.

— Moins d'une heure de digestion et trente minutes maximum pour perdre ses moyens par –10 °C. La victime était un poids plume et pas très couverte. C'est allé vite, résuma le jeune gendarme une fois qu'il eut bouclé sa ceinture.

— Donc risque relativement réduit pour l'assassin. Il se peut même que le dernier à entrer dans la cuisine l'ait fait alors que la victime était déjà enfermée, conclut le major.

— L'assassin est joueur.

— L'assassin est organisé. Je doute que quoi que ce soit ait été laissé au hasard. Attention, Frégé, vous allez nous faire flasher !

Enfin, il était de nouveau possible de respirer sans s'assécher l'intérieur des poumons. Bernard Mazet en profita largement lorsqu'il sortit sur le perron de Haut Méac. L'intérieur du château était encore étouffant. Pendant un jour et une nuit encore, les murs continueraient de restituer la chaleur, malgré l'immense opération d'aération qu'Alexane avait entreprise en ouvrant toutes les fenêtres dès son lever. L'intérieur des pièces, où l'air circulait, s'était rafraîchi, mais il suffisait de passer un peu près d'un mur pour sentir la chaleur sourdre.

La journée s'annonçait relativement belle, malgré un voile léger qui faisait pâlir le ciel. Bernard grimpa dans sa camionnette dont il ouvrit largement les vitres pour sentir s'engouffrer dans l'habitacle les odeurs que le soleil avait trop longtemps inhibées. Au bout de l'allée, les volets du pavillon étaient ouverts. Il s'arrêta, un pneu au fond d'une ornière plus vicieuse que les autres, poussa le portillon et entra dans la maison sans frapper. Jacques Mazet replia son journal et salua son fils d'une tape sur l'épaule avant de sortir par la porte du jardin. Colette, la main sur la bouilloire, lui fit signe de s'asseoir. Elle versa dans une cafetière l'eau fumante et attendit quelques secondes avant de pousser le piston. Très dosé et peu infusé, c'est comme ça qu'elle aimait son premier café. Bernard Mazet s'inclinait, année après année, lui qui n'aimait que le jus de chaussette.

— Tu m'as apporté les justificatifs ? demanda Colette une fois le café versé.

— Demain. Demain, j'y penserai.

Colette leva les yeux au ciel. Tenir la comptabilité de Haut Méac impliquait un véritable travail de recouvrement, non pas des factures impayées, mais des pièces justificatives auprès de Bernard. Il ne cessait de perdre les tickets de caisse, les factures de ses fournisseurs de produits phytosanitaires, rendant impossible à justifier une montagne de charges qui auraient pourtant été bien utiles à déclarer pour réduire le montant de l'impôt final. Cela, Bernard le concevait tout à fait, mais il n'arrivait pas à s'y conformer.

— Tu as parlé à Alexane ? Tu attends demain aussi ?

— Maman…

— Tu la connais, Bernard, elle a une fâcheuse tendance à ne pas aimer compter. Si tu ne lui dis pas que vous n'avez pas le choix, que la trésorerie est à sec pour douze mois au moins, elle va continuer à vous ruiner en vernis microporeux, meubles d'antiquaires et pinceaux en poil d'écureuil !

— Elle vend ses meubles. Ce ne sont pas des dépenses inutiles.

— Chéri, elle les vend bien en dessous du prix investi pour les retaper, si tu fais le compte de tout.

Avec un grognement, Bernard avala une dernière gorgée qui lui brûla la gorge, puis il se leva. Colette Mazet posa sur le bras de son fils une main apaisante.

— Et les filles ? Tu leur as dit ce qui s'est passé ?

— Pas encore. Charlotte commence tout juste son stage, je ne veux pas la perturber. Et les deux autres seront en partiels dans trois semaines.

— Elles vont l'apprendre par les journaux et tu seras bien avancé. Si tu ne te sens pas de leur dire, je les appellerai. Ne sous-estime pas Charlotte, elle est dure.

— Tu trouves aussi ? Elle m'effraie parfois…

— Elle sait où elle va. C'est bien.

Consciente de ne pas avoir su dévier la contrariété qu'elle avait fait naître chez son fils, Colette se résigna à le laisser partir. Elle prenait déjà tant sur elle pour ne pas l'étouffer, le laisser gérer le domaine comme il l'entendait. C'est à peine si elle lui suggérait les solutions de repli auxquelles elle pensait. Après avoir géré seule Haut Méac pendant tant d'années, il n'y avait pas un problème, pas une difficulté qu'elle n'avait eu à affronter.

Paille de fer à la main, Isabelle ouvrit en grand la porte de l'abbaye, derrière laquelle elle trouva Frégé et le major, surpris de ne pas avoir eu à frapper.

— J'ai entendu le gravier, expliqua-t-elle avant de tourner les talons.

Dans l'entrée, toujours sombre même au milieu du jour, Élise était plantée devant la pendule dont elle suivait le mouvement de balancier, comme hypnotisée. Elle s'arracha à son immobilité avec difficulté pour saluer les deux hommes, puis elle monta l'escalier à petits pas pressés.

Dans la cuisine, le petit déjeuner venait à peine d'être débarrassé et le saladier à pudding était encore sur la table. Daphné y versa une pleine casserole de lait bouillant où flottait une gousse de vanille ouverte et regarda avec satisfaction le pain sec gonfler.

— Déjà de retour mon chéri ? Café ? demanda-t-elle avant de s'apercevoir de la présence de Frégé, confus d'avoir été témoin de ce moment d'intimité.

— Merci, tante Daphné, mais non, nous venons suivre la piste que vous nous avez soumise.

— J'ai soumis une piste, vraiment ? interrogea Daphné Dambérailh, rose de plaisir.

— Vincent Brun-Mareuil est ici ? poursuivit Géraud Dambérailh, les yeux pétillants.

— Dans sa chambre, je pense. Il est tombé du lit ce matin, ce qui n'est pas dans ses habitudes. Mais j'imagine que les circonstances ne l'invitent pas à faire la grasse matinée.

Après un tour de clé, la porte de Vincent Brun-Mareuil s'ouvrit, laissant les deux gendarmes prendre connaissance de l'immense foutoir qu'était sa chambre. Les habits abandonnés sur le sol formaient un tas au milieu du tapis de laine, un fouillis de câbles d'alimentation envahissait le petit bureau et le lit était sens dessus dessous. Le jeune homme n'en parut pas gêné et invita les deux hommes à entrer. Il poussa la paire de baskets qui était posée sur une chaise qu'il approcha du fauteuil avant de s'asseoir sur le bord de son lit, les bras ballants entre les genoux. Géraud Dambérailh choisit le fauteuil et Frégé resta debout, les mains placées sur le dossier de la chaise.

— Pourriez-vous nous parler de la soirée de samedi soir, s'il vous plaît ? commença Frégé.

Vincent Brun-Mareuil ne parut pas comprendre.

— Je vous ai déjà détaillé tout ce dont je me souvenais.

— Nous parlons de la veille, monsieur Brun-Mareuil. Le soir de l'orage.

— Eh bien... nous avons commencé à prendre l'apéritif dehors, devant la cuisine. Il s'est mis à pleuvoir et nous avons fait le tour du château avec Pierre.

— Pourquoi ?

— Parce que le ciel au-dessus de nous était bleu et on ne comprenait pas d'où la pluie pouvait tomber.

D'un signe de tête, le major encouragea la poursuite du récit.

— Après, les plombs ont sauté. Nous étions rentrés avec Pierre et nous avons retrouvé les autres. Tout le monde était dans le petit salon. Nous avons continué l'apéritif, d'ailleurs c'était plutôt un dîner. Voilà.

— Y a-t-il eu une dispute lors de cette soirée ? demanda Frégé, les doigts crispés sur le bord du dossier.

Vincent Brun-Mareuil secoua la tête, semblant chercher dans un coin de sa mémoire un souvenir précis.

— Tout le monde était présent ?

— Oui, au début. Nous avons raconté de vieilles histoires, du genre souvenirs de guerre. Puis Clara est montée se coucher.

— Elle semblait avoir l'habitude de monter avant tout le monde. Elle le faisait souvent ?

— Je suppose qu'elle était fatiguée.

— Avez-vous remarqué quelque chose de particulier chez elle ? Tristesse ? Nervosité ? Inquiétude ?

Mal à l'aise, Vincent attrapa un coin de drap qu'il se mit à enrouler autour de son index.

— Non.

Alors que Frégé prenait une inspiration pour pousser Vincent dans ses retranchements, Géraud Dambérailh se leva et prit le relais d'une voix qui ne souffrait pas d'interruption.

— Après le départ de Clara, que s'est-il passé ?

— Rien de particulier. Alexane Mazet était très nerveuse, mais sinon je n'ai rien remarqué. Pierre a raconté quelques histoires et nous sommes partis les uns après les autres.

— Est-ce que vous êtes parti directement à l'abbaye ?

— J'ai dû boire un verre ou deux avec Alexane.

N'y tenant plus, Frégé s'immisça dans l'interrogatoire.

— Nous avons un témoignage comme quoi vous auriez été très perturbé à la suite de cette soirée. Pouvez-vous nous expliquer pourquoi ?

Vincent changea de position sur le lit, les paupières mi-closes, comme pour masquer ce qui aurait pu se lire dans son regard. Il libéra son index de l'emprise du drap qu'il avait entortillé serré et entreprit de le masser pour y faire de nouveau circuler le sang.

— Je ne vois pas de quoi vous parlez. S'il y avait quelqu'un de perturbé ce soir-là, ce n'était pas moi.

— Qui, selon vous ? intervint le major qui s'était levé de son fauteuil et avait posé sa main sur l'avant-bras de Frégé pour le dissuader de poursuivre sur sa lancée.

— Alexane Mazet. Tout le monde pourra vous dire qu'elle était étrange. Elle touchait à tout, bougeait sans arrêt. Une fois que les uns et les autres sont montés, elle m'a demandé de faire un truc bizarre.

Comme Vincent semblait ne pas vouloir poursuivre sans avoir été relancé, le major poussa un grognement interrogatif. Les témoins dans le style de Vincent Brun-Mareuil lui semblaient aussi lisibles que l'éditorial de *L'Écho gascon* : brouillons, premier degré, d'une naïveté attachante. Il suffisait d'entrer dans le jeu pour que se déroulent le texte, bien maîtrisé, et le sous-texte dans lequel le major n'avait plus qu'à piocher pour retrouver les éléments qu'il était venu chercher.

— Elle m'a demandé de fouiller les chambres pour trouver une enveloppe qu'elle aurait égarée.

— Vous l'avez fait ?

— Pour des raisons qui m'échappent un peu, oui. Je suis monté et je me suis arrangé pour que les uns et les autres m'ouvrent leur chambre. Alexane était persuadée que l'enveloppe se trouverait sur une table de nuit, je n'avais qu'à jeter un coup d'œil rapide. Malheureusement, je n'ai rien trouvé.

— Vous saviez ce que contenait cette enveloppe ?

— Pas du tout, répondit Vincent dont la mine étonnée confirma ce que pensait déjà le major.

Ce jeune homme était un enfant, envisageant systématiquement les choses sous l'angle du jeu. La mission que lui avait confiée Alexane tenait pour lui de la chasse au trésor. L'enjeu réel ne lui importait pas. Se confronter avec la mort ne faisait pas partie de sa conception de la vie. Il avait du mal à trouver le comportement adéquat et Géraud Dambérailh était tenté de ne voir en lui qu'un personnage immature, embarqué dans une tragédie dont il ne comprenait rien.

Frégé, furieux que son supérieur lui ait coupé la chique, se tenait bras croisés devant la fenêtre d'où il pouvait voir le cloître fleuri, ainsi que l'allée d'arbustes qui menait jusqu'au grand potager. Élise Ascaride s'y trouvait, sécateur à la main, tendue sur la pointe de ses pieds nus pour atteindre les hautes branches. Elle coupait de longues tiges de seringa et de lilas qu'elle posait dans un panier d'osier ouvert, jusqu'à ce que l'anse tressée bloque. Elle fut obligée de coincer le sécateur dans la ceinture de son short puis repartit vers l'abbaye, panier serré contre la hanche. Cependant, Frégé ne perdait pas une miette de ce que Vincent Brun-Mareuil racontait. Cette histoire d'enveloppe ne lui semblait être qu'un contre-feu dérisoire destiné à détourner leur attention de cette émotion coupable qui n'avait pas échappé à Daphné Dambérailh. Pour autant, il était curieux de poser la question à Alexane Mazet qu'il soupçonnait de cacher un petit secret minable, au choix une facture astronomique ou une lettre indécente. Quant à Vincent Brun-Mareuil, Frégé doutait qu'il ait la capacité intellectuelle suffisante pour se rendre coupable d'un crime aussi minutieusement préparé que le meurtre de Clara Levasseur. Il lui semblait plutôt être du style à pousser quelqu'un par une fenêtre. Il attendait que Géraud Dambérailh reprenne la piste, une fois la digression « Alexane Mazet » achevée.

— Frégé, on y va ! Merci, monsieur Brun-Mareuil. On se reparlera probablement sous peu.

Cette désertion alors que le gibier, épuisé et prêt à rendre les armes, n'attendait plus que la curée, désarçonna Frégé. Il sortit à la suite du major sans même saluer Vincent ni refermer la porte derrière lui.

— Ne faites pas cette tête, Frégé. On le laisse mûrir. Le braquer, c'est la dernière chose à faire, il va nous raconter n'importe quoi. Laissons-le mariner, il va se sentir acculé et, une fois qu'il aura mesuré ce qu'il a à gagner et ce qu'il a à perdre, il viendra tout seul nous raconter sa petite histoire.

Le jeune APJ se contenta de hocher la tête, les yeux fixés sur le tapis de l'escalier qui faisait des vagues entre les tringles en laiton. La manière dont le major menait son enquête, leur enquête, le perturbait. Il avait parfois l'impression d'être un éléphant dans un magasin de porcelaine, mais la plupart du temps, il lui semblait que le major se perdait en détours inutiles. Il y avait là une histoire de style, mais aussi un vrai souci d'efficacité. Il en parlerait à Géraldine, elle saurait l'éclairer sur la bonne attitude à adopter, car entre complaire à son supérieur et avoir la satisfaction de dénouer l'enquête, il ne savait que choisir.

Le téléphone de Géraud Dambérailh se mit à vibrer furieusement dans la poche latérale de son pantalon d'intervention au moment où il passait la tête dans la cuisine pour prendre congé de sa tante. Le nom de Thierry Delval s'afficha et le major poussa un grognement avant de faire glisser l'icône verte vers la droite et de porter le téléphone à son oreille. Le réseau était trop mauvais derrière les murs épais de l'abbaye, il fut obligé de traverser la cuisine au pas de course et de sortir dans le cloître afin d'entendre correctement le commandant de compagnie qui l'invectivait copieusement.

— Alors, major, ça devait être torché dans la journée cette histoire ! Un gratte-papier de *L'Écho gascon* m'a encore appelé ce matin pour me dire que vous n'avancez goutte. Je vous couvre, je vous couvre, mais n'abusez pas de ma patience !

— Bonjour, mon commandant. Nous faisons de notre mieux. Le compte rendu du labo et celui du légiste nous sont parvenus hier soir et il n'y a pas moins de douze témoins à auditionner.

— Du blabla, tout ça, major. Mettez-nous un bon coup de pression et vous aurez des aveux avant midi !

Le major grimaça en entendant le commandant de compagnie étouffer un rot. Thierry Delval n'avait pas encore déjeuné, mais la tartine de pâté aux herbes qu'il avalait tous les matins avec son café devait charger son foie au moins autant que les litres de mousseux de Loire qu'il éclusait en souvenir du pays.

— Nous y travaillons, mon commandant.

— Vous me faites parvenir une note avant ce soir, je compte sur vous.

Dambérailh raccrocha, au comble de l'agacement. La méthode Thierry Delval avait certainement porté ses fruits sur de nombreuses affaires, il était tout à fait disposé à le reconnaître, quoique les échos flatteurs qui lui étaient parvenus provenaient exclusivement de Delval lui-même. Il voyait cependant difficilement comment faire plus vite avec les informations dont il disposait. Le compte rendu du labo et celui du légiste étaient désespérément minces et n'offraient pas de prise à un début de piste. Il avançait sur un fil fragile où les considérations psychologiques semblaient peser aussi lourd que les données matérielles. Lesdites données matérielles consistant pour l'instant en rien, ou presque : une chemise cartonnée rouge, une douche qui coule dans le vide, un fils plus ou moins caché. La seule chose qui ne faisait pas de doute, c'était la préméditation. L'architecture de la mise à mort était trop complexe pour être le fruit d'une opportunité soudaine. Complexe n'était pas le bon mot. Tendue. Géraud Dambérailh se repassa les déclarations de chacun. Il fallait, pour que le meurtre puisse s'accomplir, que le meurtrier soit venu une première fois régler la température, puis une deuxième fois enfermer Clara.

Dambérailh soupira. Le seul moyen d'orienter l'enquête restait de trouver le mobile du meurtre. Les espoirs qu'il plaçait dans le protège-documents rouge lui semblaient déraisonnables, mais il avait la certitude d'y trouver de quoi y voir plus clair. L'inventaire devait être terminé à cette heure, pourtant Amblevert n'avait toujours pas appelé.

Lorsqu'il ouvrit la porte de la cuisine, une autre claqua dans la maison et le major se ratatina, attendant le cri de désapprobation de sa tante sur « ces maudits courants d'air ». Comme rien n'arrivait, il se détendit et franchit le seuil, puis pénétra dans le hall d'entrée où il entra en collision avec Isabelle.

Elle ne s'excusa pas mais secoua la tête d'un air navré en se frottant la poitrine. Géraud Dambérailh remarqua qu'elle portait sur les ongles un rouge violent qui mettait en relief l'éclat de ses trop nombreuses bagues dorées.

— La pauvre, avec tout ce qu'elle endure. Ils vous apprennent pas la psychologie à l'école de gendarmerie ?

— Je vous demande pardon ?

— Votre petit jeune, il est teigneux ! Faudrait voir à lui parler entre quatre-z-yeux. Les Mazet, c'est pas n'importe qui, quand même.

Alors que se dessinaient lentement les contours de la situation dans l'esprit de Géraud Dambérailh, Louis Frégé surgit dans le hall, suivi de Daphné, consternée. Ils restèrent tous les quatre silencieux au pied de l'escalier, l'attention fixée sur la porte qui venait de claquer. Leur attitude théâtrale ne faisait que souligner l'importance dramatique de la sortie qui venait de s'opérer, sans que Géraud Dambérailh ne puisse saisir qui venait de partir ni pourquoi, ce qui commençait à l'agacer.

Frégé ouvrit à son tour la lourde porte cloutée tandis que Daphné esquissait un geste pour le retenir. Le crissement des pneus d'une voiture légère s'engouffra dans l'abbaye et il sut qu'il était trop tard.

Avec un « Bon ! » saturé d'énergie, Isabelle grimpa deux à deux les marches de l'escalier et retrouva sur le palier les chiffons qu'elle avait abandonnés en entendant les éclats de voix qui s'échappaient du salon de musique.

Restés seuls, le neveu et la tante échangèrent un regard et Daphné indiqua à son neveu la direction de la cuisine, d'un geste plein de résignation.

Il y flottait une odeur de pâte à tarte croustillante.

— En deux mots, ma tante, que s'est-il passé ?

— Alexane Mazet est arrivée il y a dix minutes pour me déposer un adorable lutrin que je lui ai acheté. Depuis que ma pendule a disparu, je trouve le piano bien triste et j'avais envie d'y poser quelque chose de joli. Nous étions là toutes les deux à admirer l'effet qu'il faisait quand ton petit Frégé a débarqué dans le salon de musique, remonté comme un coucou. Il lui est tombé dessus comme les sauterelles sur le pharaon et nous l'a secouée comme un prunier.

— À quel sujet, bon Dieu ? s'enflamma le major qui subodorait un interrogatoire volontairement mené en son absence.

— Une enveloppe qu'Alexane aurait demandé à Vincent Brun-Mareuil de retrouver.

— Mais qu'est-ce que ça venait faire dans l'enquête ?

— Apparemment, c'était un point crucial puisque le petit Louis a fini par dire que cette enveloppe contenait les preuves qu'Alexane Mazet avait un mobile sérieux pour pousser Clara dans la chambre froide, et que vous le saviez parfaitement toi et lui.

Le silence atterré de Géraud Dambérailh freina quelques secondes le récit, puis Daphné reprit :

— Bref, il lui a mis une pression magistrale, comme tu peux l'imaginer. Elle a fini par reconnaître qu'elle avait en effet missionné Vincent pour retrouver cette enveloppe.

— Qui contenait quoi alors ? Est-ce qu'elle l'a dit ?

— Oui. C'était d'une tristesse, je t'assure, on aurait dit une gamine prise la main dans la culotte de son voisin.

— Tante Daphné...

— Dans le porte-monnaie de son papa, si tu préfères. Elle a donc avoué que l'enveloppe contenait un billet de loto dont les chiffres venaient d'être tirés. Elle avait quatre bons numéros, ça correspond à un gain de quelques centaines d'euros. Si tu avais vu sa tête. Je crois qu'elle se donne beaucoup de mal pour dissimuler sa dépendance au jeu. En missionnant Vincent, ce qui était parfaitement saugrenu, elle s'est découverte, et j'ai eu pitié de la voir si honteuse. Personnellement, je m'en contrefiche, j'ai moi-même quelques passions déshonorantes, mais voir la mine triomphante de Frégé l'a réduite à rien. Isabelle est arrivée à ce moment-là, autant te dire que ce fut le coup de grâce pour Alexane. Tu te doutes qu'elle ne se vante pas de sa petite manie à sa belle-mère. Maintenant, tu peux être sûr que Colette Mazet aura le compte rendu précis cet après-midi même. C'est l'inconvénient de partager la même femme de ménage.

— Tout ça pour ça, murmura Géraud Dambérailh. J'aurais dû le dessaisir bien plus tôt de l'enquête, il ne sait pas faire la part des choses. D'ailleurs, je n'aurais pas dû le nommer, d'entrée de jeu.

— L'odeur du gibier aux abois lui a fait perdre ses moyens, mon chéri. Combien sommes-nous à savoir résister à une mise à mort facile ?

— Il est gendarme et en service, tante Daphné. Nous n'avons pas à répondre aux mêmes exigences que le pékin du PMU.

Daphné Dambérailh se tut et profita de la sonnerie de fin de cuisson pour se détourner de son neveu afin d'ouvrir le four. Elle en sortit une tourte dorée à souhait.

— Tu restes déjeuner ?

— Dès que j'ai parlé à Frégé. Vous me laissez cinq minutes ?

Alors que Géraud Dambérailh allait franchir la porte de la cuisine, sa tante l'interpella.

— Parle-lui quand même de Corentin Le Doussot. Elle a cherché à détourner le feu en disant qu'il était lui-même sur les nerfs au sujet d'un courrier qu'il attendait. On ne sait jamais, c'est peut-être intéressant.

Assise sur une souche, un peu en retrait de l'allée de platanes, Juliette Hoareau fixait le vide avec application. Elle s'était harnachée pour courir, genouillères, brassière à triple agrafe, montre connectée… mais les émotions contradictoires qui l'agitaient depuis deux jours pesaient lourdement sur elle, et chaque foulée lui coûtait. Elle était lestée de plomb. Pierre lui semblait étrange, sans arrêt sur le point de lui dire quelque chose d'important avant de se raviser. Face à un choc de cette ampleur, il lui semblait que leur groupe d'amis aurait dû serrer les rangs, mais il n'en était rien. Au contraire, chacun semblait se replier sur ses propres préoccupations. Olivia passait la moitié de sa journée en position du lotus, l'autre moitié à pister Vincent qui passait de plus en plus de temps loin de Haut Méac. Sans doute se cloîtrait-il à l'abbaye. Léonie survolait les événements, portée par son cynisme, tandis que Corentin était passé brutalement de l'accablement à l'allégresse. Juliette doutait que cela eût un rapport avec la pauvre Clara. L'idée même de repas communs s'était dissoute dans ces trajectoires solitaires que rien ne parvenait à faire se croiser. Les pauvres Mazet n'avaient d'autre choix que de reprendre leur quotidien, ce qui leur garantissait un minimum d'occupation. Il était cependant possible de percevoir chez Alexane un vacillement que Juliette attribuait à un excès de calmants ou d'alcool.

Un bruit de cailloux roulant sous une semelle lui fit lever la tête. La silhouette de Géraud Dambérailh se dessinait entre les troncs épais des platanes. Il n'allait pas tarder à l'apercevoir. Malgré ses quelque vingt ans de plus qu'elle, Juliette lui trouvait de l'allure. Seul un début de calvitie entamait sa prestance, et elle trouvait que cela ajoutait à son charme. Lui aussi semblait porter le poids du monde sur ses épaules, mais de manière structurelle. Ses poches sous les yeux ne s'étaient pas creusées en deux jours, contrairement à celles de Juliette. Il dégageait une belle humanité.

Sans la regarder, le major franchit le petit fossé d'écoulement qui permettait de drainer l'allée et se dirigea vers elle. Il l'avait vue bien avant qu'elle ne l'aperçoive. Ne trouvant pas de souche à proximité, il s'accroupit tout simplement, dos à un charme tourmenté.

— Seriez-vous d'accord pour reparler de Clara et de son fils ?

— Ai-je le choix, major ?

— D'après vous, pourquoi Clara vous a-t-elle caché l'existence de cet enfant ?

— Elle avait de bonnes raisons, très certainement. Clara ne faisait rien sans avoir pesé le pour et le contre. Elle n'était pas ce qu'on appelle quelqu'un de spontané.

— Des raisons liées à vous, à votre histoire commune ?

Juliette se racla la gorge. Autant pour soulager le major, qui devait commencer à avoir des fourmis dans les jambes, que par besoin de regarder ailleurs, elle se leva souplement et s'essuya les fesses.

— Vous trouverez peut-être que je me donne beaucoup d'importance, mais oui, je crois que cela pouvait avoir un rapport avec moi.

Un long silence s'étira, pendant lequel Géraud Dambérailh laissa Juliette mesurer les conséquences d'une confession. Elle reprit :

— J'étais enceinte. De Pierre. J'étais jeune et je ne mesurais absolument pas les conséquences à long terme, mais j'avais décidé d'avorter, sans lui en parler. J'avais peur que cela pèse sur notre relation qui démarrait.

Elle eut un rire sec et sans joie, et ajouta :

— Ne pas en avoir parlé se révèle finalement bien plus pesant.

— Elle vous a donc accompagnée ?

Perturbée par l'intervention du major, Juliette se tourna brusquement et fixa sur lui un regard dur.

— Elle ne m'a pas « accompagnée ». Nous y sommes allées ensemble. Ensemble. Elle était enceinte aussi. C'est le genre d'expérience de vie qui soude. Nous sommes entrées le même jour à l'hôpital. J'avais fait des pieds et des mains pour que nous puissions entrer et sortir ensemble. J'avais peur qu'elle ne s'écroule, je la sentais si fragile, je voulais être là pour elle. Elle traversait une période terrible.

Juliette se frotta le bras avec lenteur, elle hésitait à trahir ce que Clara lui avait confié sous le sceau du secret.

— Elle était en couple depuis quelques mois aussi. Son petit ami faisait des études ailleurs et nous ne l'avons rencontré qu'une fois. Elle vivait cette histoire avec une intensité qui me faisait parfois peur. Elle était…

Juliette chercha ses mots.

— Elle était exaltée. Un jour, elle m'a appelée, elle était dans un état… Elle venait d'apprendre que ce garçon avait eu un accident, qu'il était mort. Elle n'a pas voulu en parler aux autres et j'ai respecté son souhait. Elle était comme ça.

Juliette se tut longuement. Les yeux noyés de larmes, elle se détourna avant de reprendre.

— Ensuite, c'est à elle que j'ai parlé quand Pierre et moi avons essayé d'avoir un enfant et que cela ne marchait pas. Elle seule pouvait savoir, pouvait comprendre à quel point j'étais meurtrie. Et là, vous m'apprenez qu'elle n'a pas avorté ce jour-là ? Que je suis la seule conne à être passée sur le billard ? Qu'elle m'a écoutée pendant ces longs mois d'attente, alors qu'après avoir raccroché avec moi, elle allait embrasser son fils ? Mais qui était cette femme ?

Géraud Dambérailh se positionna de l'autre côté du tronc contre lequel Juliette s'était appuyée. Il ne la voyait pas, ne la touchait pas non plus, mais ils se tenaient presque épaule contre épaule. Il lui était insupportable d'entendre dans la voix de Juliette tant d'amertume et de chagrin. Il savait que l'un nourrit l'autre sans jamais lui permettre de guérir. Il devina qu'elle s'essuyait le nez avec son bras nu et regretta de ne pas faire partie de ces hommes qui ont toujours un mouchoir sur eux.

— Elle aimait tant ce garçon. C'était logique finalement qu'elle garde l'enfant, qu'elle change d'avis. J'aurais compris. Mais qu'elle ait tenu dans son mensonge toutes ces années...

Juliette frissonna.

— Est-ce que vous pensez qu'elle avait d'autres secrets, des secrets qui auraient pu la mettre en danger ?

— Qui sait ? Il y a une semaine, je vous aurais répondu que Clara menait une vie modeste, que rien dans cette vie ne pouvait avoir suffisamment d'envergure pour causer sa mort.

— Elle était en difficulté ?

— Oui, sa sœur allait gentiment la mettre à la porte, d'après ce qu'elle m'avait dit. Elle avait à peine les moyens de se loger dans un deux-pièces, c'était pour elle une source d'angoisse terrible. Avec un enfant en plus, je comprends mieux.

— Et pourtant, elle vous a rejoints pour cette semaine de vacances qui devait être onéreuse pour elle ?

— Oui. L'idée venait même d'elle. Elle m'a dit qu'elle avait besoin de s'aérer la tête avant d'affronter tout ce qui l'attendait.

— Qui a choisi l'endroit ?

— Elle. Elle avait fait une sélection, mais Haut Méac était le seul endroit qui permettait de loger tout le monde. À supposer que Vincent et Olivia partagent la chambre, bien sûr ! Elle n'avait pas dû bien calculer les choses.

Géraud Dambérailh accueillit l'information. Il lui semblait voir se dessiner un schéma auquel il n'avait pas pensé au départ. Était-il possible que Clara soit venue à Haut Méac avec une intention précise ? Intention liée au lieu ou bien au groupe de personnes qu'elle allait rejoindre ? Là encore, le contenu du protège-documents rouge lui sembla de nature à éclairer les événements. Il quitta le tronc, qui avait imprimé sur son bras nu le négatif de son écorce. Il fit un signe d'adieu maladroit à Juliette et la laissa debout près de la souche. Il avait hâte de parvenir à Haut Méac, espérant y croiser les préposés à l'inventaire que Géraldine y avait envoyés.

Sur les quelques centaines de mètres qu'il lui restait à parcourir, il se repassa la conversation laborieuse qu'il avait dû avoir avec Louis Frégé. Il avait trouvé le jeune APJ dans la cour, se tenant droit comme un I à l'endroit d'où Alexane Mazet venait de disparaître, laissant un nuage de poussière qui tardait à retomber. Il avait attendu que le jeune homme rende spontanément son tablier, en vertu des alertes qui lui avaient déjà été adressées. Il n'en fut rien et Géraud Dambérailh eut la désagréable mission de lui notifier son changement d'affectation ; retour à la brigade. Frégé n'avait pas eu le mauvais goût de protester, mais il n'avait pas non plus exprimé sa compréhension devant la décision, pourtant évidente, du major. C'était sur Géraldine qu'il comptait désormais, bien qu'elle fût à ses yeux la meilleure coordinatrice possible de la vie de la brigade. Frégé allait devoir, là aussi, faire ses preuves et la remplacer sans désorganiser tout ce petit monde.

À travers les branches basses, Géraud Dambérailh remarqua que les fenêtres du château étaient ouvertes. Un instant, il crut qu'une explosion avait soufflé toutes les huisseries, chaque ouverture semblant être devenue aveugle, un trou noir dans la façade.

Alors qu'il allait s'engager dans l'espace nu et sans ombre qui entourait le château, le major perçut le son caractéristique d'une balle de tennis qui rebondissait. Au bruit de l'impact, on pouvait deviner le stade d'usure de la balle en caoutchouc et l'énergie que les joueurs mettaient dans leurs coups. Ainsi répercuté entre les arbres, c'était un bruit de vacances d'été qui se distinguait nettement du son métallique et triste qu'on retrouvait sur les courts de clubs.

De nouveau, il sauta par-dessus le fossé à demi rempli de feuilles mortes de l'automne précédent et coupa à travers le sous-bois jusqu'au tennis. Il évitait d'écraser les fleurs bleues à clochettes qui couvraient le pied des arbres.

Corentin Le Doussot frappait la balle, seul face au mur barré d'une ligne blanche où il tentait de placer la balle une fois à droite, une fois à gauche. Il sembla au major qu'une énergie nouvelle se dégageait de lui, il lui parut moins avachi, moins mou. Le fauteuil d'arbitre était vide, de même que les quelques chaises mal assorties qui étaient alignées devant le terrain.

Quand toutes les balles furent disséminées sur le terrain et qu'il y eut une trêve dans l'enchaînement des coups droits et des revers, Géraud Dambérailh poussa le portillon grillagé.

— Bonne forme, on dirait ?

Corentin lui adressa un regard surpris puis termina de pousser les balles dans l'un des angles du terrain avant de se diriger vers lui. Il allait lui serrer la main puis sembla se souvenir de son statut et dévia la trajectoire de sa main jusqu'au fond de sa poche.

— Pas mal.

— Vous avez un moment ?

Corentin indiqua du bout de la raquette les chaises alignées de l'autre côté du grillage. Il s'assit avec précaution, étendit une jambe devant lui et se massa le genou gauche, qu'il garda plié.

— Certaines dépositions font naître d'autres questions, expliqua le major en prenant place à côté de Corentin. Saviez-vous par exemple que Clara était à l'initiative de cette semaine de rassemblement ?

— Non, je ne m'étais pas posé la question. Une fois par an, les amis de Léonie organisent un week-end prolongé ou bien une semaine de vacances quelque part. Je suis bêtement.

— Pensez-vous qu'elle aurait pu chercher à provoquer quelque chose en venant ici ?

— Provoquer...

Corentin semblait incrédule. Son visage rond et avenant affichait une concentration pleine de bonne volonté, mais il ne voyait pas ce dont le major pouvait bien parler.

— Nous cherchons à savoir si elle est venue ici dans un but précis, reprit ce dernier.

— Je ne peux pas vous aider sur ce terrain, major. Je suis sans doute celui qui en sait le moins sur Clara.

Changeant son fusil d'épaule, le major se cala plus profondément dans sa chaise inconfortable.

— Vous-même avez paru préoccupé à plusieurs reprises, nous a-t-on dit. Même si cela ne vous semble avoir aucun rapport, pouvez-vous m'expliquer la raison de votre tension ?

La pointe de la raquette au sol, Corentin fit tourner plusieurs fois le manche dans sa main, creusant un petit trou dans la couche épaisse d'aiguilles de pin à ses pieds.

— En effet, cela n'a aucun rapport, major. J'aimerais garder ce point pour moi.

— Malheureusement, je suis obligé de vous demander de me le livrer quand même. Dans une enquête, il suffit qu'un détail résonne avec un autre et c'est une nouvelle piste qui se dessine. Vous pouvez compter sur ma discrétion.

Corentin pesa le pour et le contre, puis il démarra.

— J'attendais un courrier. Un courrier important, qui contenait des résultats médicaux. De cancérologie. Je viens de me faire retirer une tumeur à l'abdomen. Cette lettre devait arriver presque en même temps que nous à Haut Méac, j'avais fait le nécessaire. Après le premier jour de retard, le laboratoire m'a assuré qu'ils avaient bien envoyé mes résultats, il n'y avait aucune raison que le courrier tarde. J'ai attendu chaque jour cette enveloppe, avec l'angoisse que vous imaginez. Léonie ne savait rien de ce qui me préoccupait, j'essaie de la préserver, surtout en ce moment.

— Avez-vous demandé aux Mazet ?

— J'ai demandé à Mme Mazet, en effet, qui ne s'est pas montrée très compréhensive. Selon elle, les lettres reçues ne pouvaient être que dans le plateau de l'entrée.

— Elle n'y était pas ?

— Il n'y a eu aucun courrier dans ce plateau pendant trois jours au moins. J'ai vérifié chaque jour. Ce n'est qu'hier, après le déjeuner, que j'ai trouvé la lettre coincée dans l'embrasure de la porte de notre chambre.

— Et les résultats ? s'enquit Géraud Dambérailh.

— Négatifs !

Corentin affichait un sourire lumineux.

— Et le cachet de la poste ? Vous avez regardé de quand datait l'envoi ?

— Elle avait bien été envoyée l'avant-veille de notre arrivée à Haut Méac.

D'une tape sur l'épaule, le major prit congé de Corentin Le Doussot. Il était conscient que ce geste marquait une certaine familiarité, mais le jeune homme le touchait. Il l'avait observé depuis le début de l'enquête, écrasé sous un poids qu'il voulait porter seul, rendu gris et vieux sous la pression de l'effort. Et le voilà aujourd'hui rendu à son âge, allégé et débarrassé de ce qui le rendait terne, flasque, inconsistant. Le major aimait ces histoires de renaissance. Restait à éclaircir le trajet mystérieux de cette lettre. Pourquoi avait-elle été interceptée ? Par qui ? Quelqu'un pouvait-il avoir intérêt à causer à Corentin Le Doussot ce genre de frayeur ? Ou bien n'était-ce qu'un dégât collatéral ?

Bernard et Alexane Mazet se tenaient dans la cour, penchés au-dessus du moteur capricieux de la camionnette dont le capot était relevé à la verticale. Bernard Mazet releva la tête et salua le major avant d'indiquer du pouce qu'il allait chercher un outil au chai. Alexane Mazet, le visage fermé, croisa les bras sur son polo clair.

— Je tiens à vous présenter nos excuses pour la manière dont vous avez été interpellée. Ce qui n'a pas de rapport avec l'enquête ne sera ni consigné ni divulgué, commença le major avant de s'interrompre face au regard glacé d'Alexane.

— Pouvez-vous me dire quand le courrier a été distribué pour la dernière fois ? reprit-il, renonçant à créer un courant de sympathie.

— Aucune idée. Je ne suis pas allée le chercher depuis deux semaines au moins.

— Apparemment, M. Le Doussot attendait une lettre.

— Je sais, il me l'a suffisamment répété. Si le courrier n'est pas déposé dans le plateau, c'est qu'il n'y en a pas.

Bernard Mazet revint, une clé à la main, et entreprit de dévisser l'un des câbles fixés sur la batterie. Alexane Mazet lui toucha l'épaule et s'éloigna sans se retourner.

— Toujours rien trouvé ? demanda Bernard Mazet, le visage plongé dans les entrailles de sa camionnette.

— On avance. Est-ce que tu aurais une idée de ce que le courrier est devenu ces derniers jours ?

Le crâne de Bernard Mazet heurta douloureusement la tôle du capot et il se releva en se frottant le cuir chevelu avec vigueur. D'un coup d'œil rapide, il s'assura qu'Alexane s'était suffisamment éloignée avant de répondre.

— Le courrier… (Il eut un soupir.) Qu'est-ce que tu veux, je suis lâche et puis c'est tout. On a une échéance pour les nouvelles cuves. Je ne peux pas faire face. Alors je surveille le courrier. Je ne voudrais pas qu'Alexane tombe sur une lettre d'huissier.

— C'est toi qui as donné à Corentin Le Doussot la lettre qu'il attendait ?

— Oui, je l'ai coincée dans sa porte.

— C'est toi qui le ramasses ?

— Le courrier ? Le plus souvent oui, mais ces derniers jours, il n'y avait rien dans la boîte. J'imagine que c'est Alexane qui l'a apporté. Elle ne regarde jamais ce qu'il y a, elle pose le tout en vrac dans le plateau et c'est moi qui trie.

Décidant de ne pas insister, Géraud Dambérailh releva la tête vers les tours de Haut Méac. Il espérait tomber sur l'équipe dépêchée par Géraldine et, qui sait, mettre la main sur le protège-documents. Il s'aperçut que la camionnette avait laissé sur son pantalon une large marque blanche qu'il tenta de frotter avec la paume, avant de s'apercevoir que sa main était elle aussi couverte de la poussière du chemin. Avec un soupir résigné, il gravit les marches moussues qui séparaient la cour du perron de Haut Méac et entra sans frapper. L'atmosphère du hall d'entrée n'avait pas changé malgré les récents événements. Toujours cette odeur de craie. Le grand escalier blanc faisait tomber sur le carrelage de minuscules grains de pierre, les peintures des boiseries s'écaillaient inexorablement. Il fallait grimper à l'étage pour voir les premiers signes du drame qui s'était joué : la porte de Clara Levasseur, barrée de rubans de signalisation, faisait tache dans le couloir.

Un bourdonnement de conversations se précisa au fur et à mesure de l'approche du major. Les deux préposés à l'inventaire étaient accoudés à la fenêtre et regardaient au-dehors en commentant la météo pendant que Péon, suant et soufflant, s'affairait dans la salle de bains. Le retentissant « Et alors ! » du major leur fit faire un bond.

— On a déjà envoyé la liste à Géraldine, à l'adjudante, major, balbutia le premier qui semblait à peine sorti de l'enfance avec son acné rougeoyante.

— Pas de protège-documents rouge. Rien de particulier major, compléta l'autre, dont le sourcil unique se perdait dans la racine des cheveux.

Bas de plafond, se surprit à penser le major. Cette foutue chemise rouge monta encore d'un cran dans son intérêt. Les deux jeunes recrues ne manqueraient pas de commenter abondamment leur excitante mission de fouille dans les affaires d'une morte, que ce soit en famille ou au PMU. Il empoigna son téléphone et sortit dans le couloir.

Frégé avait pour consigne de rentrer avec les deux jeunes gendarmes. Lui et le major se croisèrent donc au milieu de l'allée que Géraud Dambérailh traversait une nouvelle fois pour récupérer la voiture toujours garée au pied de l'abbaye. C'était la première fois qu'il lui était nécessaire de faire démonstration de son poids hiérarchique et il tenait à ne pas paraître mal à l'aise de l'avoir fait. Il s'arrêta donc au moment où Frégé, encore froissé d'avoir échoué à faire la preuve de ses grandes qualités, allait passer sans ralentir le pas.

— Frégé, il est hors de question que cette affaire, dont seuls vous, moi et ma tante avons connaissance, vous mette dans un état de nerfs disproportionné. Je suis très content de vos services par ailleurs, donc n'allez pas monter sur vos grands chevaux. Je dirai que vous avez souhaité vous-même reprendre vos fonctions dans la brigade en raison de vos conflits d'intérêts. Ça vous garantit le beau rôle. Inutile de vous dire que j'attendais que vous le fassiez spontanément.

Le jeune APJ expira par le nez et inclina brièvement la tête avant de reprendre sa route.

À moitié satisfait de sa prestation, Géraud Dambérailh passa devant le pavillon des Mazet puis s'arrêta brusquement devant le montant en pierre de la grille. Les boîtes aux lettres *Mazet Jacques* et *Mazet B & A* se touchaient presque, vissées l'une au-dessus de l'autre sur le pilier. L'enquête mettait en lumière les détails insignifiants autant que les ressorts majeurs du meurtre. Il ne souhaitait pas classer dans une catégorie ou une autre les faits qui lui étaient rapportés avant d'avoir tiré chacun d'eux au clair. Colette Mazet pouvait être la clé de cette histoire de courrier que personne n'avait relevé.

Une odeur sucrée accueillit le major sur le pas de la porte du pavillon. Colette Mazet s'affairait face à son plan de travail qui disparaissait sous les tiges de rhubarbe dont elle grattait l'enveloppe fibreuse. Une grosse bassine de cuivre mise à bouillir laissait échapper de lourds nuages parfumés. Les petits carreaux de terre cuite qui tenaient lieu de crédence étaient constellés d'éclaboussures collantes qui jaillissaient de la bassine lorsque éclataient les bulles de sirop brûlant.

— Entrez, major, je termine ma brassée et j'arrive. Asseyez-vous dans le salon !

Alors que Géraud Dambérailh s'interrogeait sur le don de seconde vue de Colette Mazet, celle-ci le rejoignit. Face à sa mine perplexe, elle éclata de rire.

— Je vous ai vu dans le reflet de la marmite. Qu'est-ce qui vous amène ?

Une fois éclairé, le major put aller droit au but de sa visite. Colette Mazet avait-elle pour habitude d'apporter le courrier à Haut Méac ? L'avait-elle fait récemment ?

— Me voici découverte, répondit-elle avec un sourire.

Elle s'assit sur l'accoudoir de son vieux canapé en cuir.

— Cela m'arrive, effectivement. Parfois la postière se trompe de boîte, ou glisse tout dans la même par facilité. J'ai donc les clés des deux boîtes aux lettres et je vérifie systématiquement qu'il n'y a pas eu de confusion. Parfois je refais le tri et je referme, parfois je vais le déposer discrètement à Haut Méac.

— Discrètement ?

— Je sais à peu près quand Alexane est sortie puisqu'elle passe devant chez moi. Lorsqu'elle n'est pas là, j'en profite pour venir respirer l'odeur du grand hall, ni vue ni connue.

Colette Mazet eut un petit rire gêné.

— Je n'aime pas l'idée d'être une belle-mère envahissante, et je sais que la proximité entre le pavillon et le château impose une certaine retenue que je m'efforce d'adopter pour ne pas incommoder ma belle-fille. J'ai suffisamment souffert pour Jacques de ce que ma mère soit aussi… présente. Nous avions fait l'erreur de la loger dans une aile, c'était beaucoup trop près !

C'est pour cela que j'ai tenu à ce que nous nous installions ici. Ma foi, nous n'y sommes pas mal, mais c'est vrai que ma grande bâtisse me manque. J'y retourne en catimini de temps en temps, quand je suis certaine de n'y déranger personne.

Une odeur caramélisée interrompit Colette Mazet qui se leva d'un bond et poussa un cri désespéré à la vue du nuage gris qui s'échappait de sa cuisine. Elle attrapa une écumoire et entreprit de sauver le dessus de sa production, qu'elle jeta par paquets dans un récipient tiré à la hâte près de la gazinière.

Tout à sa joie d'avoir trouvé la clé de ce petit mystère, le major prit congé et dévala la route qui menait chez sa tante d'un pas de jeune homme.

La porte de l'abbaye était grande ouverte lorsque le major Dambérailh arriva dans la cour gravillonnée. Isabelle se tenait devant et agitait vigoureusement des chiffons à peine poussiéreux.

— Vous voilà très en beauté, Isabelle ! s'exclama avec jovialité le major.

— C'est que ce soir, j'ai rendez-vous, monsieur Géraud, répondit la matrone qui se rengorgea, un poing sur la hanche.

Le major retint un sourire et salua avec une expression admirative la fière femme de ménage. Ses ongles rouge sang et sa bouche soigneusement passée au crayon contour des lèvres prune lui évoquaient l'opulente Ursula, la sorcière Disney qui terrorisait ses filles.

De manière tout à fait exceptionnelle, le major ne s'endormit pas sur la route, ce qui valait mieux étant donné qu'il tenait le volant. La route lui sembla belle et le retour à la brigade se déroula sans encombre.

La fin de la journée tint ses promesses sans pour autant entamer la bonne humeur du major : la cafetière avait de nouveau débordé, le commandant de compagnie Delval beugla au téléphone et Frégé arriva avec les deux GAV, plus renfrogné que jamais. Géraldine Amblevert semblait elle aussi pleine d'entrain malgré ces désagréments. Elle était secrètement ravie de partager de nouveau son bureau avec Frégé et se réjouissait à l'idée d'être impliquée plus sérieusement sur l'affaire Mazet.

— Eh bien, major, on dirait bien que vous progressez ? glissa-t-elle par la porte entrouverte derrière laquelle Géraud Dambérailh tapait avec vigueur les rapports réclamés par Thierry Delval.

— Honnêtement ? Je ne suis pas sûr, Amblevert. Tant qu'on n'aura pas mis la main sur ce protège-documents, j'ai bien peur que le fin mot de l'affaire ne nous échappe. Mais il faut voir le bon côté des choses : maintenant, nous savons ce que nous cherchons !

— Est-ce que vous voulez que je tente de reconstituer la journée de la petite Levasseur ? À part sa visite à la *Boulange,* nous ne savons pas grand-chose.

— J'ai déjà commencé un semblant d'emploi du temps. En effet, on a un trou, même plusieurs. À 16 heures, Fabien lui parle de la fraude aux raisins. Je lui demanderai à quelle heure elle a quitté la *Boulange*, mais je doute qu'elle y soit restée plus d'une heure. Ensuite, on ne sait pas. On la retrouve à 20 h 30 dans la cuisine avec ses amis pour préparer le dîner. Puis à partir de 22 h 30, plus rien.

— Elle n'avait pas d'alibi au moment du meurtre, constata Géraldine Amblevert d'un ton pénétré.

Le major éclata de rire.

— C'est bien vrai ! Elle ferait un coupable parfait, notre victime.

— Une oreille qui traîne partout, des documents qu'elle balade avec elle, des absences mystérieuses... Vous ne me diriez pas qu'elle est morte, je vous dirais qu'elle fait chanter quelqu'un !

— C'est peut-être pour ça qu'elle est morte, Amblevert. Mais qu'est-ce qu'il pouvait bien y avoir dans son fichu protège-documents rouge...

Géraud Dambérailh mastiquait avec application le capuchon de son stylo.

— On va tourner en rond, il est trop tard pour réfléchir. Rentrez chez vous, major ! On dirait que vous fuyez le foyer, gronda Géraldine.

La réflexion de l'adjudante fit mouche, le major se leva et se gratta l'arrière de la tête. La perspective de trouver chez lui un nouvel éclopé ou une réunion de bénévoles en ébullition ne l'enchantait pas.

— Dites, Amblevert, vous qui n'avez jamais quitté le pays, quelque chose me turlupine chez les Mazet. Colette m'a parlé du fait que sa mère était pour son mari une belle-mère envahissante.

— C'était un dragon vous voulez dire ! La pauvre Colette a été élevée à la trique. Elle n'a pas vraiment profité de son statut de fille unique.

— Donc la mère de Colette Mazet vivait à Haut Méac ?

Géraldine Amblevert regarda le major en fronçant les sourcils. Puis elle comprit la cause du trouble de son supérieur et son visage s'éclaira.

— Mais, major, on dirait bien que vous nous faites une petite crise de machisme !

— Comment ça, Amblevert, quel machisme ?

— Vous êtes tellement persuadé que Haut Méac ne peut appartenir qu'à un homme que vous n'arrivez pas à faire entendre à votre esprit que c'est Jacques, la pièce rapportée.

— Haut Méac n'est pas la propriété de Jacques Mazet ?

— Pas du tout. Le château et les vignes appartiennent à Colette. Elle les a reçus en héritage de sa mère, qui les avait reçus de sa mère. Cela fait plusieurs générations que la propriété se transmet par les femmes. On raconte que lorsque Mme Roumagne a accouché de Colette, elle a dit à son mari : pas la peine d'en avoir d'autres, la lignée est sauve.

— Cette femme m'est tout à fait sympathique, dit sombrement Géraud Dambérailh.

Mercredi 7 juin 2017

— Nom de Dieu de nom de nom !

L'exclamation blasphématoire du major fit trembler les maigres vitres de la gendarmerie. Géraldine Amblevert se précipita dans la cuisine d'où provenaient de furieux borborygmes. Elle y trouva Géraud Dambérailh, fulminant à la lecture de la une de *L'Écho gascon* qui titrait de manière dramatique :

L'assassin portait une chemise rouge !

Une tasse à demi vide à la main, le major n'avait pas conscience de la tache de café qui s'élargissait sur son polo. Son visage congestionné exprimait une fureur telle que Géraldine songea à battre retraite avant d'être vue et prise à partie.

— Amblevert ! aboya Géraud Dambérailh. Appelez-moi ce fumier de Foncaude, j'ai deux mots à lui dire.

— Tout de suite, major, répondit-elle, trop heureuse de quitter la pièce saturée d'électricité. De la conversation entre le major et le correspondant de presse, Géraldine ne capta que quelques mots hachés. Elle se connecta au site du quotidien local et lut l'article. On y apprenait qu'une source proche de l'enquête avait révélé en petit comité des détails cruciaux concernant l'enquête pour meurtre qui occupait la gendarmerie de Lafontac.

L'assassin portait une chemise rouge !

L'inquiétude a saisi notre petite ville de Lafontac où le meurtre de Haut Méac alimente toutes les conversations. Selon nos sources, la gendarmerie de Lafontac suit la piste d'un individu qui, le jour du drame, portait une chemise rouge. Le signalement du coupable n'est malheureusement pas plus précis. Cependant, on nous a informés que, lors d'un déjeuner réunissant plusieurs suspects, l'un d'entre eux a réagi d'une manière spectaculaire à la mention de cette chemise rouge. Ce proche de la victime, dont nous préservons l'anonymat, fit tomber la saucière qu'il tendait à sa voisine de table. N'est-ce pas un aveu de culpabilité ou du moins une piste à prendre au sérieux ? Son profil laisse entrevoir une personnalité trouble et complexe puisque nos investigations ont permis de découvrir qu'il a déjà à son actif deux retraits de permis pour excès de vitesse et une plainte pour tapage nocturne. Les enquêteurs, dont le respecté major Dambérailh, n'ont, semble-t-il, pas inquiété le jeune homme. Faut-il y voir une défaillance de notre service d'ordre ? Nous laissons nos lecteurs en juger…

Atterrée tant par la qualité journalistique de l'article que par le désastre que provoquerait la fuite, Géraldine Amblevert jugea que le silence était revenu depuis assez longtemps dans la pièce commune. Elle en ouvrit la porte et découvrit le major face à la fenêtre, tête basse.

— Alors, major, comment ont-ils eu l'info ?

— Cette raclure n'a rien voulu me dire. Mais ça ne peut venir que de l'abbaye.

— Vous voulez dire que vous avez parlé de la chemise à Daphné ?

— Je me suis laissé prendre au jeu, Amblevert. Elle voulait tellement faire partie de l'enquête.

— Mais elle en fait partie, major, en tant que suspecte ! J'ai beaucoup d'amitié pour votre tante, mais…

D'un geste, Géraud Dambérailh interrompit les remontrances de sa subordonnée. Il avait pleinement conscience de son imprudence. Il posa sa tasse sur un guéridon branlant où elle imprima un rond humide, puis quitta la pièce.

Géraldine Amblevert savait qu'elle avait une ou deux heures pour devancer le major qui n'agissait jamais sous le coup de la colère. Il allait probablement s'attaquer à une pile de documents administratifs poussiéreux avant de se décider à prendre le chemin de l'abbaye. Elle attrapa une enveloppe qui traînait sur son bureau depuis la veille et sauta dans sa Clio.

La maison était plongée dans le silence lorsqu'elle ouvrit la lourde porte cloutée. Son enveloppe à la main, Géraldine pénétra dans la pénombre du hall. Le tic-tac de l'horloge résonnait dans la cage d'escalier. La rampe de chêne et l'armoire sombre où Daphné accrochait ses manteaux embaumaient la cire d'abeille. Géraldine était habituée à l'accueil chaleureux de Daphné et son absence la fit se sentir mal à l'aise. Elle poussa jusqu'à la porte de la cuisine en se promettant de déguerpir si elle ne l'y rencontrait pas.

Elle s'arrêta à la vue de Daphné, attablée devant une tartine carbonisée, les yeux vissés sur la une de *L'Écho gascon*. Ne sachant plus très bien si elle appelait habituellement Daphné par son prénom, Géraldine s'éclaircit la voix.

— Bonjour, madame Dambérailh, je suis venue vous montrer les photos d'une série d'horloges qu'on a saisie dans le quartier des antiquaires hier.

Hagarde, Daphné regarda l'adjudante sans vraiment la voir.

— Pour votre pendule, vous savez, qu'on vous a volée.

— Géraud doit être furieux… Asseyez-vous et dites-moi, Géraldine. S'il n'est pas avec vous, c'est qu'il est vraiment en colère, n'est-ce pas ? Il doit avoir besoin de se calmer.

— Le major s'en veut, je crois. J'ai bien peur qu'il ait été imprudent de vous confier un détail de cette importance.

— Oh ! Géraldine, c'est moi qui ai joué aux enquêtrices. Mais ça n'est pas un jeu…

Le silence revint dans la cuisine tandis que Géraldine se balançait d'un pied sur l'autre. Ses genoux commençaient à la faire souffrir. Elle empoigna une chaise et s'assit face à Daphné.

— À quel moment avez-vous parlé du protège-documents ?

— C'était hier midi, Vincent et Élise m'avaient demandé de déjeuner à l'abbaye. Nous étions tous les trois à la cuisine et une chose en entraînant une autre, j'ai parlé du fait que la clé de l'énigme se situait probablement dans la chemise rouge. C'est vrai que Vincent a eu l'air troublé.

— Qui a pu raconter cela à la presse ? Élise ?

— Ma chère, vous n'y pensez pas, elle préférerait mourir plutôt que de s'exposer. Non, je crois malheureusement que c'est Isabelle qui a commis l'indiscrétion fatale.

Tenter de reconstituer la scène redonna à Daphné un peu d'énergie. Elle se mit à faire des moulinets avec les bras afin de désigner à Géraldine la place que chacun occupait au moment de la conversation.

— Isabelle passait les marches de la cuisine au vinaigre. Comme ce n'est pas du calcaire, elle s'en donne à cœur joie. Il est vrai que les jeunes aiment s'y asseoir et y laissent leurs mégots, ils pensent que je ne les vois pas. Isabelle était en train de récurer et elle a dû nous entendre sans tout comprendre.

— Mais pourquoi Foncaude ?

Daphné se tapota le bout du nez avec le couteau à beurre.

— Eh bien… vous allez rire, mais je me demande s'il n'a pas joué aux galants avec elle.

— Avec Isabelle ? s'étrangla Géraldine.

— Oui, oui, elle portait hier un épouvantable rouge à ongles. J'ai bien vu qu'elle était guillerette comme une jeune fille, elle m'a dit qu'elle avait un rendez-vous.

— Avec Foncaude ?

— Ce petit bonhomme retors est prêt à tout pour faire du sensationnel.

Les yeux brillants, déjà rouge, Daphné Dambérailh avait retrouvé toute sa verve, si bien que lorsque le major entra à son tour dans la cuisine, il n'y trouva pas la vieille femme contrite qu'il s'était attendu à voir.

— Je vois que vous êtes en bonne compagnie, ma tante, dit-il en jetant à Géraldine Amblevert un regard furieux.

— Eh bien, oui, mon chéri, Géraldine me demandait d'identifier ma pendule parmi ces photographies. Non, ma chère, je ne la reconnais pas, soupira Daphné Dambérailh.

Elle repoussa vers l'adjudante les photos qu'elle avait à peine regardées puis se concentra sur l'ongle de son pouce.

La mine excédée du major se transforma peu à peu en un sourire qui oscillait entre le désespoir et l'amusement.

— Allez, Amblevert, la petite balade est terminée, j'ai besoin de vous à la gendarmerie. Pour ma part, j'ai une perquisition à mener.

L'intérêt de Daphné s'éveilla immédiatement. Ses yeux plissés et son nez recourbé évoquaient un oiseau de proie.

— Pour perquisitionner chez qui ? demanda-t-elle.

Le major ouvrit la bouche pour répondre et se reprit au dernier moment.

— Cela ne regarde que les enquêteurs.

— Quelle ingratitude, se récria Daphné, une main sur le cœur. Je sais être discrète, il suffit de me le rappeler.

— Nous n'allons pas prendre le risque que vous oubliiez ces bonnes paroles, je vous souhaite une agréable journée, ma tante. Amblevert…

— Je suis avec ma Clio, major, je vous rejoins, répondit l'adjudante qui ne cachait pas son hilarité.

Le major quitta la cuisine d'un pas décidé. Les deux femmes se regardèrent avec un large sourire.

— Un thé avant de repartir, Géraldine ?

— Avec joie, mais rapidement. Et ne comptez pas me tirer les vers du nez, je ne sais rien de cette perquisition.

La bouilloire se mit à siffler et Géraldine songea que si l'abbaye n'était pas aussi fraîche, l'idée de boire de l'eau chaude ne lui serait jamais venue.

— La complicité que vous entretenez avec le major n'est pas commune, observa-t-elle alors que Daphné jetait dans la théière trois sachets de thé différents glanés dans les chambres d'hôtel.

— C'est vrai. Géraud est un peu plus qu'un neveu pour moi. Il faut savoir que ses parents étaient diplomates, toujours par monts et par vaux. Ils avaient fait le choix de le placer dans une pension en France plutôt que de s'embarrasser d'un précepteur. Ils avaient jeté leur dévolu sur Saint-Joseph, un pensionnat du coin réputé pour sa rigueur, car ils s'imaginaient que Géraud avait besoin d'un cadre strict. Pauvre enfant, il avait surtout besoin qu'on le serre de temps en temps dans ses bras. Bref, comme mes parents étaient installés ici, ils s'étaient dit que notre proximité était une sorte de gage de vie familiale. Mes parents avaient eux-mêmes une vie sociale débordante, l'été à Cannes et l'hiver à Saint-Moritz, voyez-vous. Géraud passait donc le plus clair de ses vacances au pensionnat, il n'en sortait qu'un mois l'été et à Noël. Inutile de vous dire que moi, vieille fille unique nulle en sports nautiques aussi bien qu'en sports d'hiver, j'étais ravie d'avoir en Géraud un petit cousin à materner. Il pourrait m'appeler « ma cousine », mais le pli est pris.

Géraldine buvait les paroles de Daphné Dambérailh et touillait son thé sans y avoir mis de sucre.

— Lorsque j'ai eu trente ans, j'ai reçu de mes parents, désespérés de m'avoir encore dans les pattes, une adorable Golf rouge. J'ai donc pris la route tous les mercredis et tous les dimanches pour Saint-Joseph. Géraud m'y attendait comme le messie. À l'époque, j'avais encore un certain style et ses copains d'école se poussaient du coude lorsque j'entrais dans la cour.

Daphné soupira à l'évocation de ce souvenir qui la remplissait d'aise, puis continua.

— Nous partions tous les deux. J'ai menti éhontément à son directeur pendant des années en disant que je l'emmenais à l'église ou à confesse. Nous nous arrêtions le plus souvent dans une pâtisserie pour dames où il se goinfrait de choux. Il était maigre comme un coucou !

Les sourcils froncés, Daphné secoua la tête avec désapprobation.

— Vous saviez qu'il avait peur du noir ?

Géraldine ouvrit des yeux ronds comme des billes.

— Pas du tout.

— Figurez-vous que l'extinction des feux intervenait alors que les élèves étaient encore en train de se brosser les dents, à l'eau gelée, bien entendu. J'y vois une cruauté proche du sadisme de la part des surveillants. Les plus grands prenaient alors un malin plaisir à se dissimuler dans les encoignures de portes au gré des couloirs et donnaient aux plus jeunes, qui devaient passer par là pour regagner leur chambrée, des « coups de tatanes », comme ils disaient. Ils prenaient leurs pantoufles à la main et distribuaient des claques à la volée aux pauvres petits qui traversaient les couloirs la peur au ventre. Le piquant de l'histoire, c'est que devenus grands, les petits en question se faisaient une joie de perpétuer la tradition sur les nouveaux. Pas Géraud, bien entendu. Il a gardé une sainte horreur des couloirs sombres et du noir en général.

Vaguement gênée d'en apprendre autant sur le major, Géraldine avala son thé d'un trait et remercia Daphné pour son hospitalité. Elle quitta l'abbaye avec la ferme intention de ne plus provoquer les confidences de Daphné qui semblait étrangement dépourvue de filtre.

Après le départ de Géraldine, Daphné Dambérailh se sentit investie d'une énergie nouvelle. Elle rangea sa cuisine en quelques mouvements, récupéra les sachets de thé qui n'avaient pas tant infusé que cela et les mit à sécher en prévision d'un second usage.

Moins d'une demi-heure plus tard, le major se tenait de nouveau face à l'abbaye. Il avait dû consacrer près de vingt minutes à calmer le procureur au téléphone, catastrophé par l'irruption dans les journaux d'un scandale dont il craignait de devenir l'une des cibles. PV de perquisition fraîchement imprimés en main, Géraud tentait d'ignorer les vibrations presque continues de son portable dans sa poche arrière. Il imaginait Thierry Delval écumant de rage au bout du fil. Cette pensée était à la fois jubilatoire et terrifiante.

L'air entendu de Daphné, lorsque le major lui fit officiellement part de la perquisition qu'il allait mener à l'abbaye, lui confirma qu'elle ne s'était doutée de rien. Il se félicita intérieurement de ses progrès quant au maintien de la confidentialité de l'enquête. La chambre de Vincent était toujours dans l'état déplorable que lui connaissait le major. Daphné Dambérailh eut un hoquet d'horreur en découvrant la paire de baskets de son locataire posée sur une commode en marqueterie et un caleçon abandonné sous une table de nuit.

— On cherche toujours la chemise rouge, major ? demanda l'un des deux gendarmes volontaires qui avait déjà officié à Haut Méac.

— Oui. Un protège-documents, pas une chemise avec un col et des boutons, hein ?

— Ah ! s'exclama l'autre jeune recrue. J'avais pas bien saisi.

Avec un soupir, le major posa son sac à terre et démarra ses recherches. Au bout d'une demi-heure, sa seule certitude était que Vincent Brun-Mareuil vivait comme un adolescent. Il avait ainsi mis à jour une vingtaine d'emballages de barres chocolatées ultracaloriques, une demi-douzaine de chaussettes uniques et un magazine *L'Équipe* datant de la semaine précédente.

— Au moins, il sait lire, persifla Daphné Dambérailh.

— Tante Daphné, vous n'avez rien à faire dans cette chambre !

— Je suis chez moi, mon chéri ! s'exclama-t-elle, offusquée.

— Pour le moment, cette pièce est sous le coup d'une perquisition, je vous prie de nous laisser travailler.

— Bon, bon...

Daphné se renfrogna et se retira avec des précautions exagérées.

Par la fenêtre ouverte, Géraud Dambérailh entendit un crissement de graviers particulièrement agressif. Il se prépara à la réaction, nécessairement violente, de Vincent Brun-Mareuil lorsqu'il découvrirait dans sa chambre trois hommes en uniforme, mais la voix qui monta par la cage d'escalier lui fit craindre pire encore.

— Où est ce major de mes deux ?

Le commandant de compagnie Delval attendit à peine les explications pincées de Daphné Dambérailh et monta les escaliers aussi rapidement que son souffle d'asthmatique le lui permettait. Il agrippait la rampe avec hargne, y laissant la marque de sa main moite, et grognait comme un sanglier aux abois. Géraud Dambérailh verrouilla ses épaules et se campa sur ses deux pieds de manière à encaisser sans bouger l'ouragan de postillons et d'invectives que son supérieur lui réservait. Delval regretta que la porte soit déjà ouverte car il l'aurait volontiers enfoncée d'un coup d'épaule furieux.

— Qu'est-ce qui vous a pris, bougre d'abruti, de laisser fuiter dans la presse ? démarra le commandant de compagnie en se rapprochant du major à une vitesse dangereuse.

Géraud Dambérailh calcula que si Thierry Delval ne s'arrêtait pas très rapidement, l'inertie due à sa masse le projetterait bedaine en avant contre lui. Il contracta les abdominaux en prévision du choc, mais le commandant de compagnie avait mis au point une technique d'arrêt brutal qu'il empruntait au contre-pied et il s'immobilisa à quelques centimètres de son subordonné.

— Sachez mon bonhomme que Foncaude, cette raclure de bidet, est le frère de ma femme ! Je ne vous fais pas un dessin du ridicule dans lequel vous me plongez ! Me suis-je bien fait comprendre ?

La technique éprouvée avec le commandant de compagnie était de le laisser hurler jusqu'à ce qu'il frôle l'asphyxie. Au moment où il luttait pour reprendre son souffle, il suffisait de répondre avec conviction : « Bien dit, mon commandant ! » La méthode s'était répandue de brigade en brigade et Géraud Dambérailh remercia intérieurement le premier à avoir trouvé le truc lorsqu'il articula la phrase miraculeuse.

La mèche poisseuse plaquée sur le front et la boutonnière tendue à exploser, Thierry Delval ne demandait qu'à s'emporter davantage, mais l'adhésion du major lui coupa la chique et il se dégonfla littéralement.

— De qui ça vient, vous le savez au moins ?

— Pas de chez nous, c'est sûr. J'étais le seul au courant avec Géraldine et le boulanger qui nous en a parlé. Il faudrait secouer un peu Foncaude pour y voir clair, mon commandant.

— Vous n'y pensez pas, je déjeune chez lui dimanche prochain ! Démerdez-vous pour trouver autrement.

— Pour le moment, nous n'avons pas le protège-documents. La source de Foncaude a dû surinterpréter la réaction de Brun-Mareuil.

— Et il est où celui-là ?

Géraud Dambérailh s'approcha de la fenêtre et vit au pied du mur la voiture de sport de Vincent.

— Pas loin, je pense, mon commandant. Soit dans le jardin, soit à Haut Méac.

— Il était avec Élise il n'y a pas trois heures ! s'exclama Daphné Dambérailh qui n'avait pas résisté à la tentation de remonter à l'étage où elle époussetait vaguement les cadres qui ornaient le couloir.

— Ils marchaient vers le verger, continua-t-elle. Entre nous soit dit, je perçois un rapprochement assez inattendu.

— Merci, tante Daphné, coupa le major. Je vais chercher Brun-Mareuil. Je reviendrai vous faire signer le PV de perquisition.

Géraud Dambérailh dévala l'escalier, trop heureux de se soustraire aux relents d'ail que laissait échapper le commandant de compagnie.

Le verger était désert et le major s'offrit une minute de détente à l'ombre dense d'un cerisier dans lequel tournait doucement une vingtaine de vieux CD destinés à éloigner les merles gourmands. À cette heure, il lui apparaissait clairement que le meurtre de Clara n'était pas le résultat d'une impulsion, d'un coup de poker dans lequel il aurait volontiers reconnu l'esprit brouillon de Vincent Brun-Mareuil. L'histoire de la douche notamment le perturbait. Juliette Hoareau n'avait pas encore confirmé sa tentative de parler à Clara, mais là n'était pas le sujet. Le témoignage de Léonie, qui assurait que Clara n'était pas montée seule, ne collait pas. Chacun avait intérêt à dire qu'il ou elle était monté(e) avec la victime, puisqu'un autre témoin pouvait assurer qu'elle vivait toujours après son départ. La seule et unique possibilité était que Clara n'était jamais montée dans sa chambre. La douche avait été allumée puis éteinte par l'assassin afin de créer la confusion. Vincent Brun-Mareuil n'était absolument pas assez intelligent pour penser à ce genre de manœuvre. Cependant, la chemise rouge ne devait pas lui être inconnue. Soit il n'avait pas perçu l'importance qu'elle revêtait avant d'apprendre que la gendarmerie y cherchait un mobile, soit il avait intérêt à en taire l'existence. Dans les deux cas, Brun-Mareuil était le seul à pouvoir faire progresser l'enquête.

Le major se dirigea vers l'abbaye, mais voyant que la voiture du commandant de compagnie était toujours garée à côté de celle de Vincent, il préféra continuer ses recherches à Haut Méac.

La Nevada de Pierre des Ombries le dépassa alors qu'il allait franchir les grilles du château. Juliette Hoareau était au volant, Olivia occupait la banquette arrière et Pierre la place du mort. La jeune femme pila devant le portillon de Colette et Jacques Mazet puis recula jusqu'au major.

— Vous venez pour moi, major ?

— Pour... pour vous arrêter ? demanda Dambérailh, interloqué.

— Pour recueillir ma déposition en bonne et due forme. Je suis partie avant la fin, si vous vous souvenez bien.

Géraud Dambérailh inspira et acquiesça. La manière dont la jeune femme avait repris le dessus l'impressionnait. À l'arrière, Olivia soupira avec une impatience à peine voilée et Pierre lui jeta un regard réprobateur.

— Nous nous retrouvons au château, le poulet va tourner si nous le laissons trop longtemps dans le coffre ! s'exclama Juliette avant de redémarrer.

Lorsque le major arriva sur le perron, il croisa Léonie et Corentin qui rentraient se mettre à l'ombre. La jeune femme tenait à la main un roman largement entamé et Corentin une revue scientifique chiffonnée. L'air frais du hall était saturé de térébenthine. Les portes du grand salon étaient ouvertes et tous pouvaient entendre les récriminations d'Alexane Mazet qui tentait, chiffon à la main, de faire disparaître les taches de vernis qui constellaient son établi. Géraud Dambérailh passa une tête dans l'atelier d'Alexane et en mesura le désordre.

— Ah, major ! Encore là ?

— Bonjour, madame Mazet. Avez-vous vu Vincent aujourd'hui ? interrogea Géraud Dambérailh.

— Il n'est pas à l'abbaye ? Il y passe le plus clair de son temps ces derniers jours, on ne le voit plus beaucoup ici, marmonna Alexane Mazet qui tentait de gratter une pastille de vernis sans rayer le bois de la panetière qu'elle restaurait.

Géraud Dambérailh se tourna vers Corentin et Léonie qui s'éloignaient en direction du petit salon.

— Et vous, avez-vous vu M. Brun-Mareuil aujourd'hui ?

— Pas même son ombre, répondit Léonie sans prendre la peine de se retourner.

Corentin eut un sourire d'excuse et emboîta le pas de sa compagne.

Les bras ballants, Géraud Dambérailh suivit du regard le couple qui s'éloignait, puis ses yeux revinrent se poser sur Pierre, puis sur Alexane, puis sur l'escalier que venaient d'emprunter Juliette et Olivia. Il se mit à chercher son portable dans chacune de ses poches avec une hâte grandissante et sortit sur le perron.

— Amblevert, vous m'envoyez tout ce que vous avez sous la main. Une moitié à l'abbaye, l'autre à Haut Méac, et vite. On cherche Brun-Mareuil. Je commence par le chai.

Tandis qu'il s'éloignait sur le gravier, le major fut rejoint par Pierre.

— Il se passe quoi, major ?

— À quelle heure êtes-vous parti faire vos courses, monsieur des Ombries ?

— Vers… je ne sais pas exactement, Olivia, Juliette et moi sommes plutôt lève-tôt. Je dirais 10 heures grand maximum ?

La porte du chai résista sur ses gonds et Géraud Dambérailh s'agaça de voir le haut bâiller et le bas rester fermement ancré dans le sol.

— Soulevez-la, major, ça ne sert à rien de tirer plus fort, conseilla Pierre.

— Vous allez me donner un coup de main, des Ombries. Vous fouillez le chai à barriques, je prends les cuves.

— Et qu'est-ce qu'on cherche ?

— Votre ami.

Pierre fixa avec inquiétude le major qui se dirigeait à grandes enjambées vers l'enfilade de cuves, toutes ouvertes par le haut pour les révisions d'avant-vendange. Géraud Dambérailh escalada l'échelle métallique qui menait à la passerelle d'où il était possible de descendre dans chaque cuve afin de les récurer. La torche de son portable lui permit de balayer l'intérieur de la première, mais au-dessus de la deuxième, il lui échappa et tomba au fond avec un bruit de tôle. Le major étouffa un juron furieux et se pencha dans l'ouverture sombre.

— Pas de ça, major, vous risquez l'asphyxie ! s'écria Alexane qui avait suivi le manège étrange des deux hommes.

— Les cuves ne sont plus aussi dangereuses qu'il y a vingt ans, madame Mazet, répliqua le major qui releva néanmoins le buste.

— Si vous faites référence au pauvre gars qui est mort ici, c'était il y a presque trente ans et il connaissait son affaire. Même les ouvriers les plus aguerris peuvent se faire piéger.

Alors que Géraud Dambérailh tentait d'évaluer les solutions qui s'offraient à lui, Alexane ouvrit la porte de décuvage au ras du sol et en sortit le portable.

— L'écran est fendu, mais il fonctionne toujours ! l'informa-t-elle.

Avec un soupir résigné, Géraud Dambérailh descendit de la passerelle et sortit dans la cour au moment où un fourgon s'arrêtait dans un nuage de poussière. Six GAV en sortirent et se tinrent cois le temps que le major répartisse entre eux les zones de recherche.

Géraldine Amblevert se relevait avec peine du plancher où elle s'était agenouillée afin de regarder sous le lit des Mazet lorsqu'un crissement de freins retentit par la fenêtre ouverte. Elle entendit une portière claquer et des pas précipités se diriger vers la grande entrée. Une voix affolée résonna quelques secondes plus tard dans la cage d'escalier.

— Il y a quelqu'un ? Madame Mazet ? Monsieur Bernard ?

Géraldine se raccrocha au couvre-lit pour se mettre sur pied, sortit de la chambre puis se pencha par-dessus la rambarde en pierre. Un ouvrier de chai en bleu de travail se tenait au milieu du hall, n'osant pas pousser les portes qui donnaient sur le grand salon et le couloir de service.

— Il se passe quoi ? demanda-t-elle.

— Quelqu'un est tombé au fond de la carrière !

Géraldine jura et dévala l'escalier aussi vite que ses genoux douloureux le lui permirent.

— Blessé ? Mort ?

— Je ne suis pas descendu, mais il ne bougeait pas.

— Vous l'avez reconnu ?

— Je crois que c'est celui qui habite à l'abbaye.

— Et merde… Qu'est-ce que vous alliez faire là-bas ?

— Pomper de l'eau. Quand on peut on évite de tirer sur le réseau pour laver le chai, on le fait. Et là, il y avait un fond après l'orage. J'allais descendre le tuyau quand je l'ai vu.

— Il a pu tomber tout seul ?

— On évite de trop s'approcher du bord parce que ça s'effrite, peut-être que le sol s'est effondré, faudrait voir.

L'homme poussa un soupir soulagé, le poids de la découverte ne pesait plus sur ses seules épaules.

— Vous, vous appelez les secours, moi, je préviens le major.

Géraldine Amblevert et Géraud Dambérailh se tenaient côte à côte au bord de la carrière qui s'ouvrait brusquement dans le sol enherbé. L'à-pic donna des sueurs au major qui recula d'un pas. La silhouette de Vincent Brun-Mareuil disparut de son champ de vision qui se limitait à présent au trou d'eau central. La pente légèrement remontante du terrain ainsi que la végétation régulière dissimulaient efficacement la limite entre le sol et le vide. Peut-être que Brun-Mareuil courait et n'avait pas pu s'arrêter à temps. Ou qu'il s'était approché du bord avec son imprudence habituelle et que le sol s'était dérobé sous son poids. Le major balaya du regard l'arête de la carrière sans y trouver de cassure fraîche qui étaierait cette hypothèse.

Le corps est recroquevillé en position fœtale, nota Amblevert qui se tenait toujours au bord du vide. Le jeune homme n'était pas mort sur le coup. Il avait tenté de rassembler ses membres disloqués dans la seule position qui lui offrait un semblant de réconfort. Il était mort seul, abruti de douleur au fond d'un trou où il n'était même pas sûr d'être retrouvé avant plusieurs jours. La voix du major troubla ses pensées morbides. Elle avait réussi à se faire monter les larmes aux yeux.

— Par où il descendait son tuyau, votre témoin ?

— Il m'a parlé d'une passerelle. Demandez-lui, il est avec Frégé et sa tablette chérie.

— Pas besoin, je la vois, répliqua Géraud Dambérailh, la main en visière.

À une trentaine de mètres, une échelle métallique descendait à la verticale jusqu'à un plat où les saisonniers avaient entassé quelques mètres de tuyau d'arrosage, un générateur électrique qui permettait sans doute à une pompe de remonter l'eau, de la gaine plastique bleu et un touret qui servait de table.

D'autorité, Géraldine passa la première afin d'éviter à son supérieur la gêne de devoir surmonter un vertige paralysant. Rien ne l'obligeait à descendre lui aussi. Une fois sur le plat, elle évalua les légères irrégularités du terrain qui lui cachaient encore Vincent Brun-Mareuil, puis elle les enjamba jusqu'à se trouver les deux pieds à un petit mètre du jeune homme. La tête n'avait manifestement pas percuté le sol en premier, ce qui laissait penser que la chute avait eu lieu alors que Brun-Mareuil était en pleine conscience. Il avait tenté de lutter contre la pesanteur et c'étaient sans doute ses mains et ses genoux qui avaient pris en premier. Les deux poignets étaient réduits en bouillie, le radius sortait par le creux de la paume gauche et des éclats d'os brillaient dans un magma de caillots et de poussière trempée de sang. Alors qu'elle allait s'approcher davantage pour mieux distinguer le visage de la victime, Géraldine fut arrêtée net par le cri du major. Elle se retourna et grimaça lorsque ses cervicales claquèrent douloureusement.

Géraud Dambérailh, pas peu fier de sa descente sans encombre, se dirigeait à grands pas vers elle, la main levée.

— Pas plus près, Amblevert, je vois quelque chose.

— Je n'allais pas piétiner autour de lui, major, se renfrogna la jeune femme.

— Regardez ça, c'est encore frais...

Géraud Dambérailh s'était mis sur un genou et émiettait entre son pouce et son index quelques grains d'argile.

— Des conclusions, adjudante ?

— Eh bien... Il s'est débattu en tombant, il n'y a pas de gravats autour de lui donc ce n'est pas un effondrement, il n'est pas mort sur le coup puisqu'il a bougé. Et il est mort il y a deux ou trois heures maximum, les caillots dans la main ne sont pas complètement secs.

— Pas mal. Il y a autre chose.

— De la terre fraîche... C'est presque de la glaise, d'ailleurs. Le genre qui colle aux semelles.

— Exactement Amblevert. Quelqu'un est descendu tranquillement par la passerelle pour s'assurer que le gars était bien mort. Peut-être même que cette personne a attendu un petit moment, puisque ça ne s'est pas fait sur le coup.

— Quelqu'un de sacrément tordu alors, conclut Géraldine avec un frémissement. Il faut être bien accroché pour regarder ce gâchis de près.

Du bout des doigts, Géraud Dambérailh écarta la poche bâillante du short de Vincent, qu'il trouva vide, puis il fit des cercles de plus en plus larges, les yeux rivés sur le sol.

— Je n'ai rien de plus. Attendons de voir si les scientifiques trouvent quelque chose. Il est temps de remonter et d'annoncer tout ça à ses petits camarades.

— Qui a un alibi ?

— La grande rousse et le jeune couple.

— Le tout mou et la teigne ?

— Non, l'autre.

— Tant mieux.

— Ils vous apprennent quoi en stage, Amblevert ? Restez impartiale, vous pourriez être désagréablement surprise.

Les deux gendarmes s'agrippèrent l'un derrière l'autre à l'échelle branlante et s'attendirent une fois en haut.

— On reconnaît une certaine patte dans ces meurtres vous ne trouvez pas, major ? Le meurtrier ne se salit jamais les mains. Un coup il suffit de fermer une porte, l'autre il suffit de donner un petit coup de pouce ou de main, et c'est fini.

— La seule différence, Amblevert, c'est que là, on est dans l'improvisation. Et il y a autre chose : le meurtrier est venu contempler son œuvre, il a pris le risque d'être surpris la main dans le sac. Je sens de la haine ici. Alors que pour la petite, c'était précis, froid, sans émotion.

Le téléphone du major se mit à vibrer alors que Géraldine ruminait les dernières paroles de son supérieur.

— Alors ça, mon grand fils ! C'est pas tous les jours…

Le major s'éloigna et Géraldine ne put capter que quelques bribes de la conversation.

— Tu connais ta mère, elle s'y fera… Il te reste combien de temps avant qu'on puisse te voir ? Ah oui, quand même… Comment ? Jean-Chrysostome ? C'est toi qui as choisi ? Ou bien c'est ton… Je ne sais pas comment tu dis… père supérieur ? Et pourquoi, Baptiste, c'était pas bien ? Bon… Je vais attendre un peu avant de parler de tout ça à maman, ça va la remuer. Je t'embrasse.

Une ride profonde barrait le front de Géraud Dambérailh lorsqu'il revint, le téléphone au creux de la main.

— Des soucis, major ? demanda Géraldine qui ne put s'empêcher de prendre un ton goguenard.

Le regard perdu de Géraud Dambérailh avait quelque chose de poignant et elle regretta son ironie.

— Comment voulez-vous que je lui dise qu'il fout en l'air notre famille ? Il a l'air tellement heureux, tellement dans sa bulle…

— C'est votre aîné ?

— Oui… Et pourtant, on n'a rien fait de spécial, croyez-moi. Ça lui a pris comme ça, en tout cas, on n'a rien vu venir.

— Quoi… il est homo ?

— Je… quoi ? Non, pas du tout, il est entré dans les ordres. Enfin, en discernement. Ils lui ont même changé son prénom. Un père de l'Église ou je ne sais pas quoi. Comment voulez-vous que j'explique ça à Anne ? Qu'il va signer ses cartes postales d'un autre prénom, à coucher dehors en plus ? S'il envoie des cartes postales d'ailleurs, je ne sais même pas s'il a le droit…

— Ça n'est pas la prison tout de même, si ?

— Je ne sais pas, Géraldine, murmura le major, abattu. Je n'y connais rien. Tout ce que je peux dire, c'est qu'il a une voix de gosse qui fête son anniversaire. Il est heureux, et nous, on ne sait pas quoi faire avec son bonheur. Tout ce qu'il nous laisse, c'est une place vide à table.

Un peu gênée, Géraldine Amblevert arasait du pied une taupinière trouvée au milieu de l'herbe.

— Allez, major, il est vivant et il va bien votre gamin. Faut prendre sur vous. Enfin restez vigilant quand même, qu'ils ne vous l'embarquent pas dans une secte ou je ne sais pas quoi.

Le major eut un pauvre sourire et remplit d'air ses poumons, puis il attrapa son adjudante par le coude et la poussa en direction de l'équipe de scientifiques.

— Vous supervisez, Amblevert.

— Et vous, où allez-vous ?
— Chez ma tante !

En descendant vers la sombre silhouette de l'abbaye, Géraud Dambérailh réfléchissait à la nouvelle donne que constituait la mort de Brun-Mareuil. L'aspect sympathique des choses était qu'il pouvait rayer un nom sur la liste des suspects. L'aspect désespérant était qu'il avait perdu son seul moyen de connaître le contenu de cette foutue chemise rouge, autour de laquelle tout semblait se cristalliser. Vincent Brun-Mareuil avait décidé de se rendre à Haut Méac pour faire Dieu sait quoi et il avait rencontré son assassin. Il l'avait suivi jusqu'à la carrière, ce qui montrait qu'il n'avait pas fait le lien avec Clara. La chemise rouge ne livrait donc pas le criminel sur un plateau. Ou bien Vincent n'avait pas consulté tout son contenu – après tout, personne n'était capable de dire si elle contenait une ou cent pages.

Un silence inhabituel régnait dans l'entrée de l'abbaye. Le major laissa ses yeux s'habituer à la pénombre et tenta d'analyser cette étrange sensation d'absence. Son regard se posa sur la haute pendule et son cadran signé des initiales de l'horloger, *BD* pour Baudouin Dambérailh, l'arrière-grand-oncle de Daphné. La pendule se transmettait non pas suivant la logique père-fils, mais en se calquant sur les initiales des descendants. Le père de Daphné se prénommait Bertrand, il avait donc reçu la pendule en cadeau de mariage. Le suivant était Baptiste, son fils. Mais pour lui, on ne parlait plus de mariage. Le major poussa un profond soupir. D'ailleurs, il ne s'appelait plus Baptiste. Franchement, Jean-Chrysostome… Géraud Dambérailh secoua la tête plusieurs fois pour se sortir de ses digressions. L'horloge. Le tic-tac familier du battant ne retentissait plus dans l'entrée. Tante Daphné avait-elle oublié de la remonter ? Ou bien, sachant déjà que Vincent n'était plus, avait-elle arrêté le mouvement du balancier ?

— Nous ne nous quittons plus, mon chéri. Je m'en réjouis ! claironna Daphné Dambérailh qui sortit de sa cuisine, précédée par une odeur épicée.

— Que s'est-il passé avec la pendule, tante Daphné ?

Daphné Dambérailh porta le regard sur la haute pièce d'horlogerie.

— Elle est toujours là, que je sache, répondit-elle, le sourcil interrogateur.

— Mais elle est arrêtée…

Daphné s'essuya les mains sur le devant du tablier et s'approcha de l'horloge. Elle en ouvrit la partie vitrée du bout des doigts et donna un coup impatient sur le balancier pour le faire repartir, en pure perte.

— Eh bien ça, c'est fort ! Les poids ont été décrochés… Oh, mais je sais maintenant qui est derrière toutes ces petites cachotteries !

— Quelles cachotteries ?

— La pendule, ma montre... C'est signé mon petit ! Je réglerai cela moi-même. Qu'es-tu venu me dire ?

— Que votre locataire a été poussé dans la carrière de Haut Méac.

Daphné porta une main à son cœur et ouvrit des yeux épouvantés.

— Est-il mort ?

Le major pinça les lèvres avec une mine navrée.

— Ma petite indiscrétion lui aura coûté bien cher, murmura Daphné qui chercha à tâtons un dossier de chaise à attraper.

Elle se mit à murmurer tout contre ses mains croisées. Géraud Dambérailh crut qu'elle priait, mais il perçut nettement le prénom d'Élise et le mot « clé ».

— Il faut trouver la petite et vite, mon chéri. Elle a parlé à Vincent juste avant qu'il ne parte à Haut Méac. Moi qui m'imaginais une causerie galante, sans doute étais-je loin du compte.

— Elle n'est pas ici ? demanda le major, un peu perturbé de voir sa tante partir si vite sur une nouvelle piste au lieu de pleurer son protégé.

— Tu la trouveras certainement à la *Boulange*.

Géraud Dambérailh conduisait avec une nouvelle aisance sur les petits chemins qui descendaient vers Lafontac. L'enquête aura eu cet avantage de lui faire prendre la voiture plusieurs fois par jour, sans Frégé ni Amblevert à qui confier le volant.

La *Boulange* était déserte, mise à part la silhouette malingre d'Élise Ascaride, le cou vrillé en direction du pont. Pourquoi tourner le dos à ce qui l'intéressait tant alors qu'il était si simple de s'installer sur la chaise qui faisait face à la lourde construction métallique ?

— Mademoiselle Ascaride, j'ai de nouvelles questions à vous poser, annonça le major en s'installant sur la chaise vide.

La jeune femme s'arracha à la contemplation d'un camion-cuve qui faisait vibrer les câbles métalliques sur son passage et se tourna vers le major, un sourire poli aux lèvres.

— C'est au sujet de M. Brun-Mareuil.

— Il s'est donc décidé à parler ?

Géraud Dambérailh éluda et poursuivit la liste de questions qu'il avait établie en chemin.

— Vous a-t-il parlé de la chemise rouge ?

— Bien sûr ! Il se torturait l'esprit à n'en plus finir. Parler ou se taire, s'exposer alors qu'il ne comprenait pas comment ce qu'il avait vu pouvait aider l'enquête. J'ignorais que Vincent était le genre de personne à se faire des nœuds au cerveau.

— Vous a-t-il décrit ce qu'elle contenait précisément ?

— Pas vraiment, mais il doit être disposé à le faire lui-même puisque, apparemment, il a choisi de vous parler !

Le nez du major se mit à le démanger furieusement.

— Mademoiselle, je suis désolé de vous apprendre que M. Brun-Mareuil est décédé.

Élise Ascaride cligna des yeux plusieurs fois, puis attrapa sur sa table le sachet de sucre qu'elle se mit à déchirer en morceaux minuscules. Les petits grains blancs se répandirent sur la table.

— Comment est-il mort ?

— On l'a poussé d'une certaine hauteur dans une carrière de pierres.

— Où ?

— À Haut Méac.

La jeune femme tordit la bouche comme si elle venait d'avaler une cuillère d'acide.

— Je lui avais dit de garder tout ça pour lui. Il n'a pas pu s'empêcher d'aller demander conseil à son copain si génial, et ça l'a tué.

— Mademoiselle, vous comprenez que j'ai absolument besoin de savoir ce que Vincent Brun-Mareuil vous a raconté.

— Vous voulez que je salisse la mémoire d'un mec qui est à peine froid ? Vous me connaissez mal, commissaire.

— Major, corrigea Géraud Dambérailh sans manifester d'agacement. Si vous ne parlez pas, vous m'empêchez de comprendre ce qui est arrivé à votre ami. Si l'assassin a jugé que ce que Vincent savait le mettait en danger, j'ai besoin de savoir de quoi il s'agissait.

Avec une profonde inspiration, Élise balaya du revers de la main le petit amas de papier et de sucre, puis elle démarra.

— Vincent est allé fouiner dans la chambre de Clara. Apparemment, il cherchait quelque chose pour Alexane, il n'a pas voulu me dire quoi. Bref, il est tombé sur la chemise rouge dont tout le monde parle. Dans cette chemise, il a découvert la photo d'un mec qu'il avait croisé étudiant, chez qui il avait passé la nuit un soir de beuverie. Et avec, il y avait un entrefilet de *La Montagne* qui disait que le type était mort de froid dans la rue. Vincent a compris que ce soir-là, il avait laissé le type en bas de chez lui, trop bourré pour monter, et que le gars en était mort. Voilà. Ça l'a rendu malade, comme vous imaginez.

— Et il hésitait à en parler à qui ?

— À vous, bien sûr ! C'était un gamin, il se demandait s'il allait être mis en cause pour non-assistance ou je ne sais quoi. Donc il a voulu demander conseil à son cher Pierre.

— Vous n'aimez pas beaucoup M. des Ombries, on dirait ?

Élise haussa l'épaule et poursuivit.

— Ce n'est pas la question.

— Et pourquoi Clara se promenait-elle avec des informations sur ce jeune homme mort il y a déjà plusieurs années ?

— Aucune idée.

— Qui était-il pour Clara ?

— Son chéri, apparemment. Du coup, vous imaginez le désastre pour Vincent. Il aimait bien Clara et je crois que ça le désolait de voir qu'elle ne faisait pas sa vie. Il a eu l'explication, et ça lui a renvoyé une responsabilité qu'il ne s'imaginait pas avoir, qu'il n'arrivait pas à endosser. Il voyage léger Vincent. Voyageait.

— Qu'avez-vous fait après cette conversation ? demanda sans transition le major.

— Je ne sais plus vraiment. Taillé les lilas défleuris côté sud.

— Qui était avec vous ?

— Personne. Attendez, major, vous êtes en train de me soupçonner ? Vous blaguez ?

Les sourcils froncés, le major faisait défiler à toute allure les éléments dont il disposait.

— Pas du tout, mademoiselle. Vous étiez la seule à connaître la vérité sur cette chemise rouge. Vous avez pu pousser M. Brun-Mareuil, qui avait confiance en vous. Vous semblez connaître ce petit groupe d'amis depuis plus longtemps que vous ne le dites. Vous avez été la dernière à entrer dans la cuisine, à l'heure presque exacte où Clara Levasseur a été enfermée. Ça fait beaucoup, vraiment.

— Mais pourquoi j'aurais tué cette fille ?

— C'est à vous de me le dire.

Géraud Dambérailh s'était penché par-dessus la table pour se rapprocher au maximum de la jeune femme qui jetait des regards affolés dans toutes les directions. Elle se mit à grincer nerveusement des dents et à se gratter la paume de la main.

— Qu'est-ce que c'est que ces conneries ? Je n'ai rien fait, j'ai juste débarrassé ce putain de plateau, je l'ai posé et je suis partie. Je n'y suis pas restée plus de dix secondes, dans cette cuisine !

— Dix secondes, c'est à peine ce qu'il fallait pour pousser Clara et fermer derrière elle.

— Mais vous délirez, major. Je ne l'avais jamais vue de ma vie !

— Elle, non, mais Pierre des Ombries, oui ? Vous en parlez avec... avec rancœur.

— Je connaissais Pierre des Ombries dans le cadre de mon job. C'est tout. Il a largement contribué à ce que je perde les pédales. Mais je ne l'avais vu que deux ou trois fois en réunion. Rien de plus.

Le major changea son fusil d'épaule.

— Ce que je n'arrive pas à comprendre, c'est comment vous avez pu entrer dans cette cuisine alors que Clara Levasseur était en train de se débattre dans la pièce d'à côté. Ne me faites pas croire que vous n'avez rien entendu, mademoiselle.

— Non, rien.

Élise secoua la tête et s'immobilisa, les yeux mi-clos.

— Je n'aurais rien pu entendre, le lave-vaisselle tournait. C'est pour ça que j'ai juste posé le plateau, sinon j'aurais mis la vaisselle dans la machine. Ça faisait un bruit de mobylette.

La signature soignée du meurtre de Clara Levasseur ne laissait rien au hasard. Que le lave-vaisselle ait été en marche au moment où Clara, encore en vie, devait être en mesure de se faire entendre était nécessairement calculé. Qui avait démarré ce foutu lave-vaisselle ? Le major sortit de sa poche son portable, ignora les douze appels en absence attribués à Thierry Delval et écrivit à Géraldine Amblevert :

Filez annoncer la mort de Brun-Mareuil et demandez aux témoins qui a lancé le lave-vaisselle le soir de la mort de Clara.

La réponse ne tarda pas.

J'y suis.
Personne.

Géraud Dambérailh se leva, vaguement écœuré d'avoir secoué Élise Ascaride au point qu'elle semblait maintenant incapable d'arrêter de se gratter. Il allait devoir s'endurcir rapidement, se morigéna-t-il.

Alors qu'il allait pousser la porte de la boulangerie, un vieux souvenir le cloua sur place. Il avait beau avoir vécu en pointillé dans la région, au gré de la pension puis des affectations, il se souvenait tout de même de l'histoire affreuse qui avait frappé la famille Mazet. Le jeune frère de Bernard, qui suivait la voie royale pour reprendre la propriété, était mort brutalement pendant ses études d'agro, à Clermont-Ferrand, justement. Bernard lui-même avait fait le lien entre le groupe d'amis et son frère avant de repousser l'idée qu'ils aient pu se connaître. Les étudiants d'agro et ceux de commerce ont peu d'occasions de se croiser, sauf dans ces soirées floues où le brassage se fait au gré des profils des colocataires. Les Mazet ne s'étaient pas appesantis sur la cause de ce qui avait été pour eux un cataclysme. Thierry. Non, Thomas. Thomas Mazet pouvait être la clé.

Poussé par un élan nouveau, le major n'entendit même pas Fabien Etcheverry lui souhaiter une bonne journée. À peine assis dans sa voiture, il attrapa son téléphone et trépigna jusqu'à ce que Frégé décroche.

— Frégé, c'est moi. Téléphonez aux archives de *La Montagne*. Il faut trouver un petit article sur la mort d'un gamin dans la rue, trop alcoolisé pour monter chez lui. Il est mort de froid. À Clermont. Il y a une douzaine d'années je crois, ou un peu moins. L'hiver, oui, bien sûr. Vous me rappelez quand vous l'avez.

Les deux mains sur le volant, Géraud Dambérailh ne démarrait pas. Il repassait chaque élément à la lumière de cette certitude encore fragile que Clara était venue à Haut Méac dans le but de remuer de vieux souvenirs concernant Thomas Mazet. Quelque chose de suffisamment gênant pour qu'on cherche à la faire taire. Qui était Thomas après tout ? Est-ce qu'au cours de sa relation avec lui, Clara avait découvert un de ces bons vieux secrets de famille qu'on s'échine à étouffer au point qu'ils enflent en silence et finissent par exploser ?

Le nombre de ses suspects se trouvait brutalement réduit. Les Mazet. Ni plus, ni moins. Seul Jacques Mazet était tout à fait hors de cause puisqu'il n'était tout simplement pas là le jour du premier meurtre.

Le téléphone du major tressauta sur le tableau de bord.

— Oui, Amblevert ?

— Le commandant de compagnie ne tient plus, il dit que vous ne répondez à aucun de ses appels, il menace de me faire radier si je n'arrête pas quelqu'un immédiatement. Qu'est-ce que vous fabriquez, major ?

— Je crois bien que je tiens quelque chose. Je dois repasser à l'abbaye. On se retrouve à la brigade dans une heure.

— Mais, major, j'ai une vie, moi ! Dans une heure, c'est Basile qui donne les ordres, plus vous.

— Vous élevez votre fils n'importe comment, Amblevert. C'est vous qui devez donner les ordres.

— Ou il y entrera ?

Le silence du major poussa Géraldine à conclure sans s'appesantir.

— OK, dans une heure.

Géraud Dambérailh était dans un état proche de l'ébullition lorsqu'il poussa la porte de l'abbaye. Il traversa au pas de charge la cuisine puis le petit cloître potager au fond duquel il apercevait le chapeau à larges bords de sa tante.

— Alors, est-ce qu'Élise t'a dit ce que tu voulais savoir ?

— On peut dire ça. De quoi est mort Thomas Mazet ?

— Oh, eh bien... Je n'en sais rien, à vrai dire. Les Mazet sont restés discrets. Ils ont fait une messe du souvenir pour les dix ans de sa mort l'hiver dernier.

— Ils sont discrets sur bien des choses, on dirait. L'histoire du saisonnier mort dans la cuve, vous en souvenez-vous ?

— Oui, bien sûr. Un drame, le brave type venait chaque année faire les vendanges. Il était presque devenu comme un membre de la famille.

— Un membre un peu encombrant sans doute, qui devait tremper dans les fraudes au raisin et autres.

Daphné Dambérailh remit en place une tige de glycine qui tentait de s'enrouler autour des piquets à tomates.

— Ne vois pas le mal partout, ces accidents arrivent malheureusement régulièrement.

— Tante Daphné, tout ce que je vois, c'est qu'il n'y a pas une énorme différence entre refermer le clapet d'une cuve au fond de laquelle un malheureux va mourir asphyxié et verrouiller la porte d'une chambre froide dans laquelle une malheureuse va mourir congelée.

— J'admets que vu sous cet angle...

Le soleil était encore haut et le major songea qu'il était temps de se mettre à l'abri des colonnes de pierre.

— Dernière chose, pourquoi Bernard Mazet a-t-il été radié de la gendarmerie ?

— Une sombre histoire, mon chéri. Tu sais qu'Alexane est assez... légère. Elle aime plaire. Bref, le supérieur de Bernard avait eu la bonne idée de lui faire du gringue et elle, trop ravie, l'avait copieusement encouragé. Un soir, les blagues de fin de journée ont démangé trop fort le pauvre Bernard qui a pris son arme de service, est allé frapper chez son supérieur et l'a tout bonnement menacé de lui faire sauter la cervelle s'il n'arrêtait pas de tourner autour de sa femme.

Le major soupira profondément. L'image de bon gars un peu pitoyable de Bernard prenait un tour différent. Lui passer les menottes ne l'enchantait pas. Il lui manquait encore un mobile sérieux, mais la petite enquête de Frégé lui apporterait la pièce manquante.

Le téléphone sonna de nouveau.

— Frégé, oui, alors ?

— On s'y est mis à trois, le responsable des archives nous a envoyé des paquets et des paquets, heureusement tout est numérisé.

— Bref, et ?

— Et oui, on a l'article. Trois lignes.

— Ce n'est pas ça qui m'intéresse, Frégé. Quelle date ?

— 21 décembre 2007.

Le major raccrocha aussitôt et effectua un bref calcul.

— Alors, mon chéri ? Quelles nouvelles ? demanda avec avidité Daphné Dambérailh.

— Mauvaises, tante Daphné. On dirait bien que j'ai mon coupable, soupira le major.

— Et cela ne te fait pas plaisir.

— Pas du tout. Je n'arrive pas à savoir si je suis furieux contre moi-même de m'être trompé sur lui ou si je suis furieux de devoir enfoncer encore un brave type à qui on n'a pas laissé le choix.

— Tu parles d'un assassin, Géraud, se récria Daphné. Pas de pitié pour les assassins !

La tête basse, le major traversa de nouveau la cuisine et ressortit à l'air libre. Il allait d'abord passer chercher Amblevert. L'idée de coincer Bernard, tout seul dans ses vignes, et de lui annoncer qu'il allait passer le reste de sa vie derrière les barreaux lui semblait insupportable.

— Qu'est-ce qu'on attend exactement ? soupira Olivia, un verre à la main.

Ses yeux creux fixaient le vide avec entêtement. Pierre et Juliette, assis côte à côte, la regardèrent avec pitié. La mort de Vincent les avait tous anéantis. Olivia n'était plus que l'ombre d'elle-même. Elle n'avait pas cessé de boire depuis le départ de l'adjudante Amblevert. Pierre tentait régulièrement de déglutir afin d'avaler la boule dure comme du granit qui lui bloquait la gorge. Il savait qu'il allait exploser, à un moment ou un autre, mais les larmes ne montaient pas. Même Léonie ne cachait pas son chagrin. Elle pleurait doucement contre l'épaule moelleuse de Corentin, dont le visage fermé ne laissait pas transparaître grand-chose.

La porte du grand salon s'ouvrit à la volée et une plainte déchirante leur vrilla les tympans. Alexane, les yeux fous et la bouche ouverte, poussait des cris de bête blessée.

— Ils l'ont pris ! Ils l'ont emmené...

Elle répéta ces mots en litanie jusqu'à ce que Pierre se lève pour lui prendre le bras et tente de la calmer, mais Alexane se dégagea avec fureur et sortit en psalmodiant des propos incohérents.

— Elle va se jeter sous un train, il faut la retenir ! hoqueta Léonie.

— Je n'imaginais pas qu'elle s'était attachée à Vincent à ce point, murmura Juliette.

Pierre, debout devant la fenêtre, suivait des yeux Alexane qui s'était engagée dans l'allée de platanes. Elle butait contre chaque caillou et ses bras étaient parfois pris de spasmes.

— Ce n'est pas de Vincent qu'elle parle. C'est de son mari.

— Comment tu sais ça, toi ? demanda Olivia, la bouche pâteuse.

— Parce qu'elle ne se soucie que de lui. Je l'ai vue quand je taillais avec lui. Elle est venue le secouer, elle le suppliait presque de lui parler. Vincent, c'était pour la frime, elle aimait bien tester son pouvoir de séduction, mais elle n'en avait rien à faire.

— On ne la rattrape pas alors ? demanda Juliette.

Pierre retourna s'asseoir.

— Elle va chez sa belle-mère. Pas d'angoisse.

— Et nous, est-ce qu'on peut rentrer chez nous ? bredouilla Léonie.

— Il faut attendre que le major nous y autorise. J'imagine qu'il y a des délais légaux. Bernard va être placé en garde à vue, et après, on saura, assura Pierre.

L'air du bureau de Géraud Dambérailh était lourd et vaguement malodorant. Le major suspecta immédiatement Péon d'être venu y piquer un somme. Il ouvrit les fenêtres et s'assit à son bureau. L'attitude de Bernard le sidérait. Lorsqu'il lui avait expliqué qu'il était accusé d'un double meurtre, dont l'un avec préméditation, le vigneron avait à peine relevé la tête de son ouvrage. Aucune protestation. Le mobile invoqué ne l'avait pas non plus fait réagir.

— Faites entrer M. Mazet, Péon, merci.

Bernard Mazet s'assit lourdement face au major.

— Merde, Bernard, est-ce qu'il n'y avait pas d'autres solutions ?

Pas de réponse.

— Ça valait vraiment le coup de passer trente ans au frais ? Et quand je dis trente ans…

Face au mutisme de Bernard Mazet, Géraud Dambérailh se résigna à faire les questions et les réponses. Bernard finirait par signer des aveux, il était coincé.

— Voilà les éléments dont je dispose. Clara Levasseur était la petite amie de ton frère. Elle tombe enceinte de lui. Peut-être qu'elle lui en parle et qu'il l'accepte, ça, on ne le saura sans doute jamais. Malheureusement, ton frère meurt, c'est un vrai coup dur. Elle décide d'avorter, mais voilà, elle ne le fait pas. Le petit naît et grandit, elle peine à joindre les deux bouts mais avec sa sœur, elles se soutiennent. La sœur trouve quelqu'un et voudrait faire sa vie. Clara Levasseur s'imagine déjà à la rue et ne voit qu'une solution, venir réclamer son dû. Enfin, celui de son fils. Preuves à l'appui sans doute, lettres de Thomas et autres. Tu vois le danger : partage de Haut Méac, auquel tu as consacré tant d'énergie, Alexane qui refuse la situation, l'impasse. Tu dérègles la chambre froide que tu connais par cœur pendant que ta mère et Élise Ascaride ont le dos tourné. Tu donnes rendez-vous à la petite et tu vas la boucler dans la chambre froide en prenant soin de démarrer ton vieux lave-vaisselle pour qu'il couvre le bruit. Dans la confusion de la soirée, personne ne remarque ton absence, il te faut moins de deux minutes. C'est du travail de précision. Tu apprends par la presse que tu n'es pas le seul à avoir connaissance de la démarche de Clara, puisque Vincent Brun-Mareuil connaît apparemment le contenu de la chemise rouge. Tu l'entraînes au bord de la carrière et tu le pousses. Voilà. Est-ce que tu vois autre chose à ajouter ?

Le regard vitreux de Bernard se détacha du presse-papiers en pâte à sel qui ornait le bureau du major depuis une quinzaine d'années.

— J'ai un neveu ?

— Oui.

— La relève est assurée alors. Boucle-moi et qu'on n'en parle plus. Je suis fatigué, Géraud. Fatigué.

Dimanche 17 septembre 2017

— Je suis heureuse que tu ne perdes pas tes bonnes habitudes, mon chéri ! s'exclama Daphné Dambérailh, son éternel sécateur à la main.

— On m'a dit que vous faisiez votre excellente fondue de poireaux, je n'allais pas manquer ça, répondit le major en posant à terre deux larges paniers à poires.

— C'est ta femme qui t'envoie me rendre mon bien, tu veux dire, taquina Daphné. Comment se porte-t-elle ?

— Mieux. Baptiste commence son noviciat dans deux mois, elle a même consenti à organiser un déjeuner. Dans l'ambiance déjeuner de mariage, vous voyez le genre. Du coup, j'ai l'impression que c'est moi, maintenant, qui fais un blocage.

— Vous traversez toutes les étapes d'un deuil, chacun avance à son rythme, assura Daphné.

Tu verras un jour, pas tout de suite, tu seras capable de te réjouir. Ton fils a trouvé ce qui allait donner un sens à sa vie. Ça n'est pas donné à tout le monde.

Géraud Dambérailh fit sauter quelques brins d'osier du bout de l'ongle sans répondre.

— N'abîme pas mes paniers ! Mes cueilleurs méritent du matériel en bon état !

— À quelle heure avez-vous convoqué tout le monde ? s'enquit le major.

— Nous avons juste le temps de déjeuner. Sors donc deux assiettes.

— Mlle Ascaride ne déjeune pas ici ?

— Tu ne le répéteras pas si je te dis qu'elle est tombée dans les filets du boulanger ? Avec le temps qu'elle passait là-bas, c'était presque écrit !

— Vous devriez devenir correspondante de *L'Écho gascon,* ma tante, s'étrangla Géraud Dambérailh qui n'avait pas ri depuis des semaines.

— Et devenir collègue de cette vermine de Foncaude ? Tu plaisantes, j'espère ! protesta vigoureusement Daphné.

Le couvert fut mis en quelques secondes. La cocotte fumante fit monter l'eau à la bouche du major.

— M'en voudrais-tu si j'offrais à Élise la pendule de l'oncle Raoul en cadeau de mariage ?

— Vous allez vite en besogne, tante Daphné, sourit Géraud Dambérailh. Mais quelle pendule ? Celle qui vous avait été volée ?

Daphné soupira en levant les yeux au ciel de manière comique.

— Je l'ai retrouvée ! Mais tu n'écoutes jamais rien !

— Vous ne m'en avez jamais reparlé, s'indigna le major.

— Tu n'as pas entendu que le tic-tac de l'horloge est revenu. J'ai retrouvé les poids. Ainsi que ma montre.

— Mais où ?

— Sous le matelas d'Élise. Elle devait atrocement mal dormir, la pauvre, tu n'imagines pas les bosses que cela faisait.

Incrédule, Géraud Dambérailh se figea, la cuillère de service au-dessus de la cocotte.

— Eh oui, mon cher. Si tu avais la moitié de mon sens de l'observation, tes enquêtes seraient plus vite bouclées. Tu n'avais pas remarqué qu'elle s'asseyait toujours dos à la pendule de la *Boulange* ?

Le major poussa une exclamation prolongée, comme si la lumière se faisait enfin après des années d'obscurité.

— Eh bien, c'est grâce à tous ces petits indices mis bout à bout que j'ai compris que notre Élise était chronophobe.

— Chronophobe…

— Elle a la phobie du temps qui passe, des horloges, montres, tic-tac et j'en passe. Elle m'a expliqué qu'elle attribuait cela à son burn-out. Son patron la chronométrait toute la journée pour qu'elle améliore le temps passé sur chaque dossier. Elle avait fini par programmer cinq réveils différents pour être sûre de se lever le matin, dont un qu'elle avait posé dans sa salle de bains. Bref, les marqueurs d'horaires lui étaient devenus insupportables.

Le major éclata de rire et acheva de se servir.

— Dans un registre moins réjouissant, avez-vous des nouvelles d'Alexane Mazet ?

— Elle lutte. Elle doit arriver d'un instant à l'autre pour m'aider à mettre en place les paniers, piquets et écriteaux. Je me fais vieille.

Le repas se poursuivit en silence. Le souvenir de Bernard Mazet, mutique, signant ses aveux sans faire le moindre commentaire planait entre eux.

La porte claqua et Alexane Mazet s'encadra dans la porte de la cuisine. Elle tenait à la main un plat rond en porcelaine. La vue de Géraud Dambérailh la coupa dans son élan et elle sembla se faire violence pour entrer dans la cuisine. Elle posa le plat sur le buffet et se pencha pour saluer Daphné. Le major n'eut droit qu'à un signe de tête rapide.

— Ma chère, je vous remercie de votre aide. Je disais justement à Géraud que vous étiez particulièrement courageuse. Que m'avez-vous apporté là ? s'enquit Daphné en désignant le plat.

— C'est à ma belle-mère. Je dois lui rapporter depuis des semaines. Depuis cette horrible soirée. Je lui aurai bien déposé en venant mais j'allais être en retard chez vous. J'y passerai après.

— Finalement, c'est moi qui n'ai pas regardé l'heure ! Vous êtes bien aimable de le lui apporter, c'est Colette qui n'a pas de tête d'être repartie sans son plat, commenta Daphné qui sentait monter l'angoisse de devoir nourrir une conversation laborieuse.

— Il était dans le lave-vaisselle. Je l'ai trouvé quand on a enfin retiré les scellés.

Un silence de plomb s'abattit dans la cuisine. Géraud Dambérailh mastiqua de plus en plus lentement jusqu'à s'arrêter complètement. Le sourire figé de Daphné fondit en quelques secondes.

— Qu'y avait-il d'autre dans ce lave-vaisselle ? demanda Géraud Dambérailh après avoir dégluti.

— Il était vide. Ou presque.

— Mon Dieu..., souffla Daphné.

D'un bond, Géraud Dambérailh fut debout, il sortit en trombe et ne prit pas la peine de refermer la porte derrière lui. Daphné Dambérailh frotta maladroitement les deux épaules d'Alexane Mazet qui clignait des yeux sans comprendre, puis elle sortit à la suite de son neveu et s'engagea dans le chemin qui grimpait à Haut Méac en allongeant le pas aussi largement que possible.

Lorsqu'elle arriva devant la grille de Haut Méac, elle s'arrêta, luttant pour retrouver son souffle. Le pavillon de Jacques et Colette Mazet bénéficiait de l'ombre paisible des platanes. Le mois de septembre était encore chaud. La fenêtre du salon était ouverte. C'était par là que

Colette Mazet voyait entrer et sortir chaque personne. Le pavillon était le passage obligé devant lequel chacun s'arrêtait pour échanger deux mots avec Colette, ou bien entrer et prendre un thé. C'était là que Vincent avait cherché du réconfort lorsqu'il n'avait pas trouvé Pierre au château. Bien mal lui en avait pris.

Daphné poussa la porte juste à temps pour entendre Colette répondre à son neveu.

— Alors, c'est fini ? disait Colette, un économe à la main et une pomme à moitié pelée dans l'autre.

— J'en ai bien peur, madame Mazet.

— Ça aura duré ce que ça aura duré.

— Vous auriez laissé votre fils moisir en prison ? s'indigna Daphné qui ne put garder le silence.

— Bernard n'était pas calibré pour garder Haut Méac. À la première échappatoire, il en a profité pour rendre le tablier.

— C'est pour protéger les intérêts de Bernard que vous avez tué la petite ? interrogea le major, partagé entre la perplexité et l'indignation.

— Bernard, il lui faut des œillères pour qu'il avance. Ce gamin soi-disant héritier, cette petite geignarde incapable de se prendre en charge, ça aurait été trop pour lui. Déjà qu'il devait traîner Alexane… C'est un vrai drame, ces mariages d'amour. Jacques, par exemple, est charmant, mais ce n'est pas lui qui aurait su garder le cap.

— C'était votre partie ?

— C'est ma partie. J'ai été élevée pour ça. C'est dommage, j'assurais l'intérim, ma petite-fille Charlotte était taillée pour prendre la suite. De la volonté et pas trop d'états d'âme. À croire qu'il manque aux hommes soit l'une, soit l'autre de ces qualités. Et donc, qu'est-ce qui m'a perdue ? Je pensais avoir réussi le crime parfait, ironisa Colette Mazet avec un rire creux.

— Le plat à quiche, devança Daphné qui refusait de laisser son neveu s'attribuer la gloire du dénouement de l'enquête. Vous avez intentionnellement démarré le lave-vaisselle une vingtaine de minutes avant de pousser Clara dans la chambre froide lorsque vous êtes allée chercher le dessert, vous saviez qu'il faisait un bruit de réacteur en milieu de cycle. Mais vous avez été obligée de le démarrer presque à vide, il n'y avait que quelques couverts et votre plat dedans, expliqua Daphné, trop heureuse d'être en mesure d'étayer son hypothèse.

— C'était en effet le point faible du plan, admit Colette.

— Je n'arrive pas à comprendre que vous ayez laissé Bernard signer ses aveux.

Colette darda un regard acéré sur Daphné.

— Cela fait des années que je le tiens à bout de bras. Il avait toutes les cartes en main pour se sortir de ce mauvais pas. C'est lui qui avait ordonné à l'ouvrier de chai d'aller pomper l'eau de la carrière. L'aurait-il fait s'il y avait vraiment poussé ce nigaud de Brun-Mareuil quelques heures avant ?

Géraud Dambérailh chercha une chaise et s'assit, sonné. Il murmura, autant pour lui-même que pour Daphné :

— Et à l'époque du saisonnier dans la cuve, il avait à peine dix ans…

Il expira profondément et reprit :

— Comment avez-vous attiré Clara dans la chambre froide ?

— C'est elle qui est venue me chercher. Le jour de la cueillette, elle m'a téléphoné. Elle avait des choses à me dire, m'a-t-elle annoncé. Elle est arrivée, la morve au nez, ses photos et son échographie en bandoulière, pour m'annoncer qu'elle n'avait pas d'autre choix que de faire valoir les droits de son enfant sur la propriété. Vous vous rendez compte, ce culot ! Je lui ai dit que ses trois bouts de papier ne valaient rien, elle a osé me répondre qu'elle était venue avec des témoins. Toute cette petite bande pouvait attester de sa relation avec mon fils. L'une de ses amies aurait même pu affirmer que cette relation avait engendré ce petit bâtard qu'elle voulait nous coller dans les pattes.

Colette Mazet se remit à éplucher la pomme qu'elle tenait.

— Je lui ai dit que j'avais besoin d'en parler à Jacques. J'ai donc organisé les choses de manière à dîner à Haut Méac. Les plombs n'avaient pas sauté tout seuls, voyez-vous, Daphné. Une fois à Haut Méac, j'ai réglé la chambre froide et mis en route le lave-vaisselle, je suis montée démarrer la douche dans la chambre de cette sotte avant de revenir avec le dessert au salon. Elle m'avait elle-même proposé de me retrouver dans la cuisine à 23 heures. Je n'ai eu qu'à l'y attendre. Élise était partie devant, j'ai prétexté un passage aux toilettes.

— Comment l'avez-vous enfermée ? relança le major.

— Un truc infaillible. Je lui ai raconté que j'avais glissé dans la chambre froide que j'avais laissé ouverte, et que mes lunettes s'y trouvaient encore. Elle y est allée comme une brebis rentre à l'étable.

L'ironie mordante de Colette Mazet scandalisait Daphné. La vieille femme découpait à présent des quartiers qu'elle divisait en lamelles.

— Ça a marché avec le jeune homme brun aussi. Il a suffi que je me penche et que je m'écrie « Oh, mes lunettes ! » pour qu'il se penche aussi. Je n'avais plus qu'à lui donner une pichenette. Mais celui-là, j'ai été heureuse de ne pas le rater. Il a laissé mon fils dans la rue.

Une fois la dernière pomme préparée, Colette se leva et sortit un moule à tarte d'un placard haut.

— Je n'ai eu que des déceptions avec ces garçons, soupira-t-elle.

— Et la chemise rouge ? interrogea Daphné qui refusait de perdre le fil.

— Brûlée. J'ai bien peur que le billet de loto de notre Alexane soit parti en fumée, j'ai vu l'enveloppe sur la table de nuit et je l'ai prise aussi. Qu'en aurait-elle fait, de toute manière, à part le dépenser en fanfreluches…

Une fois les morceaux de pomme disposés en une rosace parfaite, Colette Mazet tendit le plat à Daphné.

— Tenez, ma chère, je n'aurai pas l'occasion de la cuire.

13354

Composition
NORD COMPO

Achevé d'imprimer à Barcelone
par CPI Black Print
le 12 décembre 2021

Dépôt légal décembre 2021
EAN 9782290362556
OTP L21EPLN003171N001

Éditions J'ai lu
87, quai Panhard-et-Levassor, 75013 Paris

Diffusion France et étranger : Flammarion